고해실의 악마

고해실의 악마

초판 1쇄 발행 | 2024년 10월 21일

지은이 | 최필원
펴낸이 | 박영욱
펴낸곳 | 북오션

주 소 | 서울시 마포구 월드컵로 14길 62 북오션빌딩
이메일 | bookocean@naver.com
네이버포스트 | post.naver.com/bookocean
페이스북 | facebook.com/bookocean.book
인스타그램 | instagram.com/bookocean777
유튜브 | 쏠쏠TV · 쏠쏠라이프TV
전 화 | 편집문의: 02-325-9172   영업문의: 02-322-6709
팩 스 | 02-3143-3964

출판신고번호 | 제 2007-000197호

ISBN 978-89-6799-840-0 (03810)

고해실의 악마

최필원
소설집

Bookocean

차 례

시스터즈

"지금까지 네가 보고 싶은 걸 봤잖아. 이젠 연속극 틀어."

재선의 언성이 높아졌다. 10시 28분. 절대 놓쳐서는 안 될 월화 드라마는 이미 절반이나 흘러가 버린 후였다.

"영화 채널에서 〈타이타닉〉 한단 말이야. 넌 주말에 재방송으로 보면 되잖아. 내일 컴퓨터로 보던지."

재림은 순순히 리모컨을 넘길 마음이 없는 듯했다.

"〈타이타닉〉이야말로 케이블에서 지겹도록 틀어주는 거잖아. 빨리 리모컨 내놔."

재선의 볼멘소리에도 재림은 눈 하나 깜빡하지 않았다. 재림이 채널을 돌리자 기다렸다는 듯 레오나르도 디카프리오의 조각 같은 얼굴이 화면을 꽉 채웠다.

6

"지금부터가 하이라이트야. 이것만 마저 보고 넘길게."

"패션쇼 끝나면 연속극 보기로 했었잖아. 약속대로 해야지. 내가 아까 좋아서 그걸 같이 봐줬는지 알아?"

"짜증 나게 이러지 마. 금방 끝날 거야."

"〈타이타닉〉이 금방 끝날 거라고? 세 시간이 넘는 영화가 금방 끝나? 지금 장난해?"

재림은 듣는 둥 마는 둥 화면만 뚫어져라 응시했다. 재선이 리모컨을 향해 손을 뻗었고, 재림은 잽싸게 피했다. 재선의 얼굴이 심하게 일그러졌다.

"TV가 네 거야? 왜 항상 네 마음대로만 하려고 들어? 보고 싶은 걸 차례로 보기로 합의했잖아."

"시끄럽다니까. 저 소리가 하나도 안 들리잖아."

뚝.

재선의 안 어딘가에서 둔탁한 소리가 들려왔다. 인내심이 부러지는 소리였다.

"좋은 말 할 때 채널 바꿔."

재선이 뜨거운 콧김을 뿜어내며 나지막이 경고했다.

"영화 끝나면 리모컨 넘길게."

"지금 당장 바꿔. 몇 분 있으면 드라마도 끝날 거야."

"내일 다시 보기로 보라니까."

"셋 셀 때까지 돌려. 나도 더 이상은 못 참아."

"세든지 말든지."

폭발 직전의 재선이 심호흡을 한 번 한 후 수를 세기 시작했다.

"하나."

재림은 태연하게 디카프리오의 얼굴만 감상하고 있을 뿐이었다.

"둘."

재림이 콧노래를 흥얼거리기 시작했다. 재선의 관자놀이에서 맥이 빠르게 뛰고 있었다. 그녀의 얼굴은 벌겋게 달아오른 상태였다. 그녀가 눈을 질끈 감았다.

"셋."

무반응. 재림은 콧노래의 볼륨을 한층 높였다.

"야!"

재선이 빽 소리쳤다. 재림이 가소롭다는 표정으로 그녀를 돌아보았다.

"셋 다 셌어? 이젠 어떨 건데? 폭력이라도 쓰게? 내 머리채 잡고 싶어?"

어떻게 된 게 재림은 점점 더 기고만장해질 뿐이었다. 재선은 결국 폭발해 버리고 말았다. 그녀가 냅다 휘두른 손이 재림의 가슴에 떨어졌다.

"이게 어디서 폭력을 써?"

재림도 지지 않고 반격했다. 그녀가 재선의 머리채를 잡고 휙 잡아당겼다.

"아!"

재선의 입에서 외마디 비명이 터져 나왔다. 이제 두 사람은 서로의 머리채를 움켜쥐고 힘겨루기를 펼치고 있었다. 두 사람 모두이를 악물고 상대의 항복을 기다렸다. 필요하다면 상대의 머리 가죽까지 벗겨낼 각오였다.

"더 이상은 정말 못 참아."

재선이 이를 갈았다.

"못 참으면 어쩔 건데?"

재림도 새어 나오려는 비명을 애써 참고 있었다.

"너만 보고 싶은 거 다 보고, 난 뭐야? 이 TV 네가 전세 냈어?"

"재방송으로 보면 되는 걸 가지고 고집을 부리니까 그렇지. 이영환 너도 좋아하잖아."

"누가 좋아한대?"

"너도 할 때마다 보잖아."

"좋아하든 말든 지금 그게 문제가 아니잖아. 왜 약속을 안 지키는 거냐고!"

재선이 먼저 재림의 머리에서 손을 뗐다. 재림도 재선의 머리를 놓아주었다. 두 사람은 한동안 말없이 씩씩대며 서로를 노려보았다. TV 화면에선 디카프리오와 케이트 윈슬렛이 뜨거운 키스를 서로에게 퍼붓는 중이었다. 지금 자매와는 전혀 다른 상황이었다. 아무리 심호흡을 해봐도 재선은 화가 풀리지 않았다.

"또 한 번 그 손 함부로 놀렸단 봐. 그땐 정말 자매고 뭐고 없어."

재림이 눈에 잔뜩 힘을 준 채 말했다.

"웃기고 있네. 그런다고 내가 쫄 것 같아? 누군 손이 없는 줄 아냐고!"

"분명히 경고했어. 두 번 다시 나한테 대들지 마. 오늘처럼 순순히 받아주진 않을 거니까."

그 말에 재선의 주먹이 부들부들 떨렸다. 마음 같아서는 주먹으로 재림의 코를 짓이겨 버리고 싶었다.

"그야 두고 보면 알게 될 거고."

"나중에 후회하지 마."

"개폼 그만 좀 잡지 그래?"

"뭐?"

이번엔 재림이 발끈했다. 그녀의 얼굴이 새빨갛게 달아올라 있었다. 잘하면 귀로 뜨거운 김이 뿜어져 나오는 걸 볼 수 있게 될지도 몰랐다.

"내 인내력을 시험하지 마. 이미 한계를 넘어섰으니까."

"누가 할 소리. 너야말로 똑바로 해. 나 막 가는 거 보고 싶지 않으면."

두 사람의 치열한 눈싸움은 계속됐다. TV에선 중간 광고가 흐르고 있었다.

"정말 죽여 버리고 싶어."

눈을 깜빡이지도 않은 채 재선이 나지막이 말했다. 그 말에 재림이 실실 미소를 흘리기 시작했다.

"말이야 누가 못 해?"

"더 이상 자극하지 마. 정말 무슨 일 벌일지도 모르니까."

"그러니까 말로만 그러지 말고 행동으로 보여달라고."

재림은 다시 여유를 되찾은 모습이었고, 그게 못마땅한 재선은 점점 더 약이 올랐다. 그때였다. 침대 옆 탁자에서 뭔가가 번뜩이는 게 재선의 눈에 들어왔다. 가위였다. 아까 두 자매가 바느질하며 썼던 무식하게 생긴 낡은 가위. 시장 원단 가게에서나 볼 수 있을 법한, 끝이 날카로운 가위. 재림은 재선이 탁자 위 가위에 흘끔 눈길을 주고 있다는 사실을 깨달았다.

"왜? 그걸로 찌르게?"

재림이 피식 웃었다.

"됐어. 그만해."

"되긴 뭐가 돼? 용기 있으면 어디 한 번 잡아봐. 어서."

재선의 시선이 다시 가위로 돌아갔다. 재림의 입가에 머금어진 미소는 점점 더 커져만 갔다.

"그냥 입 닥치고 영화나 봐. 이번엔 쿨한 내가 양보할 테니까 신나게 감상이나 하시라고."

"어이구, 갑자기 천사가 되셨어. 왜? 차마 못 찌르겠어? 그 정도 배짱도 없이 대든 거였어?"

"마지막 기회야. 마음 바꾸기 전에 눈 돌리고 저 쓰레기 영화나 실컷 봐."

"마지막 기회 같은 소리 하네. 네가 그렇게 눈에 힘주면 내가 움찔할 줄 알았어? 유치하긴."

재림의 입에서 다시 피식 웃음이 새어 나왔다.

"이게 정말 보자 보자 하니까!"

더 이상 참지 못한 재선이 손을 뻗어 섬뜩하게 생긴 가위를 집어 들었다. 순간 재림이 움찔했다. 하지만 그녀의 얼굴에는 이내 여유 넘치는 미소가 되돌아왔다.

"그래. 말로만 주절대지 말고 그렇게 행동으로 보이란 말이야."

"마지막 경고야. 입 닥치고 영화나 봐."

재선의 손에서 가위가 번뜩였다.

"싫다면 어쩔 건데?"

재선이 가위를 쥔 손을 천천히 올렸다. 그녀의 눈에서는 살기가 감돌고 있었다.

"눈 돌려. 죽기 싫으면."

"아직도 주절대는 거야? 나 같으면 벌써 열두 번도 더 찔렀겠다."

"닥쳐."

"찌를 거면 빨리 찔러. 안 할 거면 너나 닥치고 있어."

재선이 눈을 질끈 감았다. 가위를 쥔 그녀의 손이 바들바들 떨리고 있었다. 손에는 더 이상 핏기가 남아 있지 않았다. 그녀는 강철 가위를 부러뜨려 버릴 것처럼 손에 힘을 잔뜩 주고 있었다.

"왜? 못하겠어? 아니야. 넌 할 수 있어. 자, 여기가 심장이니까 잘 겨누고 찔러봐."

재림이 도전적으로 턱을 치켜들며 말했다. 재선의 눈은 여전히 꽉 감겨 있었다. 그녀는 애써 호흡을 가다듬는 중이었다.

"어서 찔러봐. 그걸로 눈을 후벼 파든, 목을 긋든 상관없으니까 빨리해보라고."

재림의 킬킬거림에 재선이 천천히 눈을 떴다.

"찔러봐. 찔러봐."

재림이 높이 쳐든 턱을 재선 앞으로 들이댔다.

"못하지? 못하겠지? 그러고만 있지 말고 찔러보라니까. 찔러, 찔러, 찔러!"

재선의 손이 뒤로 살짝 젖혀졌다. 재림의 미소는 사그라질 줄 몰랐다.

"배짱도 없는 게 큰소리만 치고. 너랑 자매인 게 내 생애 최악의 치욕이다."

순간 재선의 입이 굳게 다물어졌다. 코에서는 콧김이 연신 뿜어져 나왔고, 눈에는 힘이 잔뜩 들어가 있었다.

"찔러봐. 찔러, 찔러! 이 한심한 년아, 몸이 얼어붙기라도 했냐? 한 번 시원하게 휘둘러보라고!"

재림이 가슴을 앞으로 불쑥 내밀었다.

"이렇게 밤이라도 샐 거야? 빨리 찔러보라고! 찔러! 찔러! 눈 딱 감고 휘둘러보란 말…."

재선이 휘두른 가위가 재림의 가슴을 파고들었다. 푹 소리와 함께 가슴에서 붉은 피가 사방으로 튀었다. 재림의 얼굴에도, 재선의 얼굴에도. 재림의 휘둥그레진 눈은 재선의 얼굴을 응시하고 있었다. 그녀의 입은 크게 벌어져 있었지만 새어 나오는 것이라고는 들릴락 말락 한 신음뿐이었다.

"너… 너…."

재림의 시선이 천천히 가슴에 꽂힌 가위로 내려갔다. 재선의 머리가 아찔해져 왔다. 그녀의 손은 여전히 가위의 손잡이를 꼭 쥐고 있었다.

재림의 흰색 셔츠가 피로 흥건히 젖어 들고 있었다. 재선이 자신의 가슴을 움켜쥐었다. 그녀의 머리에서 의식이 들락거리기를 반복하고 있었다. 가슴에서는 말로 표현할 수조차 없는 극심한 통증이 느껴졌다. 다리가 후들거렸고, 몸은 앞뒤로 심하게 흔들리고 있었다. 이래서 기고만장했던 건가? 이렇게 될 줄 알았기 때문에? 내가 그걸 알고 찌르지 못할 거라 확신했기 때문에?

재림의 시선은 다시 재선에게로 돌아왔다. 더 이상 그녀의 눈에서 의기양양함을 찾아볼 수 없었다. 이제 그녀의 눈 속에는 극도의 공포만이 가득 담겨있을 뿐이었다.

재선의 손이 가위에서 떨어졌다. 머릿속이 뜨거워지면서 의식이 빠져나가고 있었다. 그녀의 고개가 앞으로 푹 꺾였다. 마침내 휘청이던 다리가 무너졌고, 재선은 그렇게 바닥에 고꾸라져 버렸다.

10시 37분.

TV 속에서는 레오나르도 디카프리오와 케이트 윈슬렛이 손을 잡고 타이타닉호 안을 신나게 누비고 있었다.

샴쌍둥이, 집에서 숨진 채 발견

연합뉴스 기사 입력 2010-11-07 03:59

샴쌍둥이, A씨와 B씨(24, 여) 자매가 숨진 채 발견돼 경찰이 수사에 나섰다.

서울 관악 경찰서는 7일 오전 1시께 관악구 남현동 주택에서 숨져있는 자매를 어머니가 발견, 경찰에 신고했다고 밝혔다.

경찰은 시신의 흉부에 가위가 꽂혀있고, 외부인의 침입 흔적이 남아 있지 않은 점, 그리고 최근 분리 수술 불가 관정을 받은 후 자매가 부쩍 우울해했다는 가족의 진술을 바탕으로 그들이 스스로 목숨을 끊었다는 쪽에 무게를 두고 있다.

경찰은 그러나 자매에 대한 부검을 하는 등 자세한 사망 원인을 조사할 방침이다.

바그다드

이라크 반군의 RPG 공격이 시작됐을 때 미군 제1 기병사단 소속 정찰대는 다급하게 아무 문이나 골라 들어가 몸을 피했다. 허술하고 허름해 보이는 노란 건물은 곡물 따위를 저장해두는 창고인 듯했다. 꽝음과 함께 미군이 우르르 몰려 들어오자 안에 있던 남자 서너 명이 기겁하며 뒷문으로 빠져나가 버렸다.

케빈 셔우드 상등병이 작은 창문 밖으로 상황을 살폈다.

"놈들이 주변 건물 옥상에 진을 치고 기다렸던 모양입니다."

그의 눈이 불타는 험비 두 대와 그 주변을 빠르게 훑어나갔다.

"사상자는?"

마크 첼리오스 중위의 질문에 대원들이 웅성대며 동료의 생사를 확인하기 시작했다. 밖에서 AK-47이 발사될 때마다 건물 외벽에서 돌과 흙먼지가 튀었다. 이라크에서 대량으로 찍어낸 AK-47은 값이 저렴할 뿐만 아니라 내구력과 파워가 탁월해 반군의 트레이드마크로 굳어져 버린 지 오래였다.

"모리스!"

"네!"

"맥매스터!"

"여기 있습니다!"

"블레이크 상사님!"

"여기!"

"프랭코! 닐리! 머피!"

자욱한 먼지 속에서 대원들이 다급하게 서로를 불러댔다.

"해밀턴! 해밀턴은 어딨지?"

"해밀턴과 포스터가 보이지 않습니다."

벤 켄모어 병장이 소리쳤다.

"포스터와 해밀턴은 RPG가 폭발했을 때 험비에서 빠져나오지 못했습니다."

케빈 셔우드 상등병이 말했다.

"그들과 같이 타고 온 헌팅턴은 저쪽에 누워있습니다. 얼핏 봐도 부상이 꽤 심각한 것 같습니다. 눈도 보이지 않는답니다."

드숀 그린 상등병이 덧붙였다.

"다른 부상자는?"

첼리오스가 패닉에 빠진 눈빛으로 물었다.

"블레이크 상사님이 파편에 맞아 얼굴과 목에 출혈이 생겼습니다. 쏜은 임팩트 순간에 건물 외벽에 부딪혀 어깨와 허리에 부상을 입었고요. 프랭코 일등병님은 지프에서 뛰어내리시다가 발목이 접질렸습니다. 그 외 확인된 대원들의 부상은 경미합니다."

의무병, 에릭 모리스 이등병이 보고했다.

"셔우드와 켄모어, 자네들은 실종자들이 보이는지 창문으로 계속 밖을 살피도록 해. 닐리와 헌팅턴, 자네들은 뒷문을 지키고, 머피 자네는 앞문에서 실종자들을 불러봐. 아직 살아있다면 나가서 데려와야 하니까."

중위의 지시가 내려지자 호명된 대원들이 신속하게 움직였다.

"지원 요청을 해야 하는데 하필 포스터가 실종돼버려서 큰일입니다."

창밖을 살피던 셔우드가 말했다. 랜덜 포스터 일등병은 유닛의 통신병이었다. 적에게 포위된 상황에서 무전기를 챙기러 나가는 건 자살행위나 다름없었다. 게다가 RPG 공격에 무전기가 손상됐을 가능성도 배제할 수는 없었다.

어두운 표정으로 창고 안을 찬찬히 둘러보는 첼리오스 중위의 입에서 긴 한숨이 터져 나왔다.

빌어먹을 양키놈들. 내가 오늘 다 쓸어버리겠어.

나는 이를 갈아대며 자욱한 연기를 조심스레 헤쳐나갔다. 예고도 없이 사방에서 RPG가 날아들었을 때 기고만장하던 미국 놈들은 기겁하며 도로변의 아무 문이나 열고 들어가 버렸다. 꽁지 빠지게 달아나는 꼴이 어찌나 우습던지.

양키놈들의 험비와 지프는 아직도 불길에 휩싸여 있었다. 나는 현장 주변을 빠르게 살펴나갔다. 놈들에게 발각되지 않고 접근하려면 자욱하게 피어오르는 연기를 잘 활용해야 했다.

나는 건물을 멀리 돌아 뒤편으로 향했다. 놈들이 패닉에 빠져 있는 틈을 타 기습하면 의외로 손쉽게 양키놈들을 전멸시킬 수 있을 것이다. 이제야 우리 부류를 능멸하고 학대하고 업신여겨 온 노랑머리 코쟁이 놈들에게 본때를 보여줄 기회가 온 것이다.

"블레이크의 상태는?"

첼리오스가 의무병에게 물었다.

"지혈은 됐고요, 다행히 위독한 상태는 아닙니다, 중위님."

모리스가 대답했다.

첼리오스는 굳은 표정으로 고개를 끄덕이며 부상자들을 차례로 쳐다보았다. 당장 지원 요청을 해야 했지만 통신병, 포스터가 실종됐으니 낭패였다. 신속히 항공지원이 이루어지면 이 악몽 같은 상황은 단 몇 분 만에 해결될 테지만 지금으로서는 기지가 상황을 파악하고 연락두절된 순찰 유닛을 찾아 나설 때까지 기다리는 수밖에 없었다.

"실종자들이 보이나?"

중위가 창문 밖을 유심히 살피고 있는 셔우드와 켄모어에게 물었다.

"연기가 너무 자욱해서 보이질 않습니다, 중위님."

켄모어 병장이 대답했다.

"반군은?"

"반대편 건물 옥상에서 계속 총을 쏴대고 있습니다. 도로 양옆에서도 무장한 놈들이 야금야금 접근 중입니다. 보나 마나 창고 뒤편으로도 몰려들고 있을 거고요. 여기서 이렇게 죽치고 있다간 금세 포위당하고 말 겁니다."

그때 창고 뒷문 쪽에서 총성이 들려왔다.

"닐리! 헌팅턴!"

첼리오스가 큰 소리로 불러보았지만 부하들의 응답이 없었다. 순간 그의 등골이 오싹해졌다.

양키놈 둘이 뒷문을 지키고 있었다. 그들은 나를 보지 못했지만 허물어지다 만 돌담 뒤에 몸을 숨긴 나는 놈들을 똑똑히 볼 수 있

었다. 바짝 긴장한 노랑머리 악마들은 수시로 고개를 내밀며 썰렁한 뒷골목을 살폈다. 나는 라이플을 어깨에 메고 조심스레 돌담에서 떨어져 나왔다.

두 놈 중 하나가 뒤를 돌아보며 누군가에게 소리치고 있었다. 동료들에게 뒷골목 상황을 보고하는 것일 테지. 나는 좁은 골목에 줄지어 세워진 차량 뒤에 몸을 숨긴 채 창고 왼편으로 조심스레 이동해나갔다.

악의 무리를 내 손으로 직접 응징할 기회가 굴러들어 오다니! 아직도 실감이 나지 않았다. 얼마나 오랫동안 꿈꿔온 순간이던가! 쳐 죽여도, 산 채로 씹어먹어도 시원치 않을 원수 놈들.

미군들의 고개가 다시 건물 안으로 사라졌다. 나는 그 틈을 타 잽싸게 좁은 길을 건너갔다. 그리고 발소리를 죽인 채 창고 뒷문을 향해 빠르게 나아갔다. 문 뒤편에서 잔뜩 경직된 양키놈들의 목소리가 흘러나왔다. 어느새 뒷문에 도착한 나는 벽에 몸을 밀착시키고 가쁜 호흡을 가다듬었다.

잠시 후, 한 놈의 고개가 다시 문밖으로 튀어나왔다. 나와 눈이 마주치는 순간 놈이 헉하고 짧은 숨을 내쉬었다. 그의 눈은 툭 튀어나올 것처럼 휘둥그레졌다. 나는 그가 기겁하며 법석을 떨어대기 전에 망설임 없이 방아쇠를 당겼다. 그리고 문 앞으로 이동해 패닉에 빠진 또 한 놈을 쏴 죽였다.

선량한 사람들 괴롭힐 땐 신나고 좋았지? 너희가 똑같이 당해 보니 어때? 너희 양키놈들 때문에 얼마나 많은 사람들이 피눈물을 흘린 줄 알아? 자, 이제 인과응보의 대가를 치를 시간이야. 피로 네놈들 죗값을 치르게 해주지.

나는 먼지 덮인 바닥에 큰대자로 뻗어버린 놈의 벨트에서 짙은 초록색의 원통형 수류탄을 뽑아 들었다. *M83 SMOKE TA*. 나는 유유히 링을 뽑고 연막수류탄을 창고 안쪽 깊숙이 던져 넣었다.

"제가 가보겠습니다, 중위님."

창가에 서 있던 벤 켄모어 병장이 총성이 들려온 뒷문을 향해 조심스레 이동했다.

"그린, 맥매스터. 자네들도 켄모어를 따라가 봐."

첼리오스 중위가 다급하게 지시했다. 모리스 의무병을 도와 부상자들을 챙기던 드숀 그린 상등병과 스티브 맥매스터 이등병이 벽에 기대어놓은 라이플을 집어 들고 병장을 뒤따라 나갔다.

바로 그때, 둔탁한 소리와 함께 무언가가 안으로 튕겨져 들어왔다. 짙은 색의 원통형 물체는 대원들에게 너무나 익숙한 것이었다.

"연막탄입니다!"

그린이 소리쳤다.

순간 퍽 하는 소리와 함께 하얗고 매캐한 연기가 뿜어져 나오기 시작했다.

"빌어먹을! 닐리! 헌팅턴! 이게 어떻게 된 거야?"

첼리오스가 뒤편을 향해 소리쳤다.

창고 안은 순식간에 자욱한 연기로 가득 차버렸다. 첼리오스가 연막탄을 찾아 다급하게 바닥을 더듬어 나갔다.

"앞문과 창문을 열어!"

중위의 지시가 떨어지자 패트릭 머피 이등병이 콜록대며 앞문을 활짝 열어젖혔다. 케빈 셔우드 상등병은 라이플 총구로 유리창을 깨뜨렸다. 문과 창문으로 하얀 연기가 내뿜어지자 기다렸다는 듯 밖에서 AK-47이 일제히 발사됐다.

간신히 연막탄을 찾아낸 첼리오스가 창가로 달려가 그것을 밖으로 힘껏 내던졌다. 하지만 이미 실내를 뒤덮어버린 연기는 쉬이 걷히지 않았다. 모래바람이 일자 밖으로 뿜어져 나간 연기가 소용돌이치며 발광했다.

"모두 정신들 똑바로 차려! 우리 시야가 가려진 틈을 타서 놈들이 들이닥칠 수 있으니까. 연기가 걷힐 때까지 필사적으로 버텨야 해! 셔우드는 창문으로 바깥 상황을 살피고, 켄모어와 머피는 앞문을 지키고 있다가 적의 움직임이 포착되면 발포해. 그린, 맥매스터. 자네들은 뒷문을 맡아. 놈들이 이미 진입해 있는지도 모르니까, 자네들도 움직임이 포착되면 지체 없이 발포하도록 해."

24

중위의 지시에 따라 대원들이 신속하게 움직였다.

"모리스. 자넨 부상자들을 저쪽 곡물 부대 뒤편으로 옮겨. 한데 모아놓으면 챙기기 수월할 테니."

"중위님, 저도 뒤편으로 가겠습니다. 발목 조금 삐끗한 것 가지고 중상자 취급하시면 곤란합니다."

리치 프랭코 일등병이 라이플을 집어 들며 말했다. 그는 자신의 발목이 부러졌음을 짐작하고 있었다. 통증이 극심했지만 이런 위태로운 상황에 멀쩡한 두 손을 놀리고 있는 건 용납할 수 없는 일이었다. 그의 발목 상태를 잘 알고 있는 모리스가 반발하려 하자 프랭코가 모리스 이등병을 매섭게 쏘아보았다.

"좋아. 프랭코 자네도 그린과 맥매스터를 따라가."

프랭코가 절뚝거리며 뒤편으로 사라지자 첼리오스가 곡물 부대를 앞문으로 가져가 차곡차곡 쌓아놓았다. 켄모어와 머피를 위한 총알막이었다.

"다들 기운 내! 이곳 상황이 파악되는 대로 기지가 지원을 급파할 거야. 딱 10분만 더 버텨보자고!"

첼리오스 중위는 창고 안을 쓱 둘러보고 나서 뒷문에 쌓아놓을 부대를 주섬주섬 챙기기 시작했다. 그가 묵직한 곡물 부대를 어깨에 둘러메고 돌아서려는 찰나 뒤편에서 또다시 총성이 들려왔다. 누군가의 비명과 함께 대원들의 응사가 시작됐다.

첼리오스는 부대를 던져놓고 자욱한 연기 속에서 라이플을 찾아 바닥을 더듬기 시작했다.

창고 뒷방에는 온갖 잡동사니가 어지럽게 널려있었다. 나는 한쪽에 쌓아둔 나무 상자들 뒤에 몸을 숨긴 채 놈들을 기다렸다. 활짝 열린 뒷문으로 하얀 연기가 내뿜어지고 있었다.

잠시 후, 무거운 군화 소리와 함께 양키놈들이 모습을 드러냈다. 그들은 연신 기침을 토해내며 조심스레 걸음을 옮겨나갔다. 그들 중 하나는 문 옆에 바짝 붙어 서서 밖을 살폈고, 나머지 하나는 뒷방 구석구석을 수색해나갔다.

나는 터져 나오려는 기침을 간신히 참고 라이플로 두 놈을 차례로 겨누었다. 어느 놈 먼저 죽여줄까? 하얀 악마? 까만 악마?

그때 세 번째 양키놈이 뒷방으로 불쑥 들어왔다.

"뒷문은 상등병님과 내가 맡을 테니까 맥매스터 자넨 뒷방을 샅샅이 뒤져봐. 놈들이 이미 진입해있는지도 모르니까."

뒤늦게 따라 들어온 땅딸막한 놈이 한쪽 구석에서 라이플 총구로 곡물 부대를 푹푹 찔러대고 있는 멀대 같은 놈에게 말했다.

"알겠습니다, 일등병님."

세 번째 양키는 눈에 잔뜩 힘을 주고 문밖을 살피는 깜둥이 양키 옆으로 바짝 다가가 섰다.

26

"발목도 성치 않은데 왜 왔어?"

"상등병님이 미덥지 않아서요."

땅딸보가 씩 웃으며 말했다.

"난 여기서 왼편을 살필 테니까 자넨 문 반대편에서 오른편을 살피도록 해."

땅딸보는 상관의 지시에 따라 움직였다.

"맥매스터! 벽에 놈들이 기어들어 올 만한 구멍이 나 있진 않은지 꼼꼼히 살펴봐!"

"알겠습니다, 상등병님."

깜둥이와 땅딸보가 문밖을 살피는 동안 멀대는 사방에 널린 잡동사니를 발로 걷어차 대며 수색을 이어 나갔다.

잠시 후, 반대편 수색을 마친 멀대가 내가 숨어있는 쪽으로 돌아섰다. 연기는 서서히 걷혀가는 중이었다. 더 이상 꾸물거릴 시간이 없었다.

나는 나무 상자 밖으로 라이플을 내밀고 멀대와 문 양옆에 서서 바깥 상황을 살피고 있는 두 양키놈을 향해 총알을 쏟아부었다. 바닥에 고꾸라진 땅딸보가 다급하게 응사했지만 맹렬히 날아든 총알은 든든한 방패를 갖춘 내게까지 미치지 못했다. 그세 연기가 다시 시야를 가려놓았고, 나는 문간의 두 놈을 향해 남은 총알을 전부 쏟아냈다.

나는 방아쇠에서 손가락을 떼고 귀를 쫑긋 세워보았다. 다행히 더 이상의 응사는 없었다. 나는 탄약이 얼마 남지 않은 라이플을 한쪽으로 던져버리고 부자연스러운 자세로 엎어져 있는 멀대의 손에서 M4 카빈 라이플을 거두었다.

나는 쓰러진 양키놈들을 마지막으로 둘러본 후 나머지 악마들이 갇혀있는 창고로 빠르게 이동해나갔다. 놈들에게 신의 분노를 똑똑히 보여줄 시간이었다. 나는 뛰는 가슴을 애써 진정시키고 속으로 나지막이 되뇌었다.

자비로운 신이시여, 저 악마들을 지옥으로 보내소서.

자비로운 신이시여, 뜻하는 바 이룰 수 있도록 지켜주소서.

지켜주소서.

"뒷방에 가봐야겠어. 모리스, 부상자들 잠깐 놔두고 날 따라와!"

첼리오스 중위가 의무병을 손짓해 불렀다. 뒷방에서 보게 될 참혹한 광경을 떠올리는 그의 온몸이 덜덜 떨리고 있었다.

모리스가 마지막으로 코너 블레이크 상사의 얼굴과 목 상태를 살피고 나서 라이플을 챙겨 들었다.

"내 뒤에 바짝 붙어 따라와. 놈들이 뒷문으로 진입했을 수도 있으니까."

중위의 말에 모리스가 겁에 질린 얼굴로 마른침을 삼켰다. 제네

바 협약에 따라 적군이라도 의무병을 공격할 수 없고, 대신 의무병도 호신용 무기 외의 살상 무기를 소지할 수 없었다. 의무병은 적이 자신과 자신이 보호해야 할 환자를 공격하려는 경우에만 무기를 사용할 수 있는데, 이 경우, 합당한 무기 사용으로 인정되어 국제법의 보호를 받을 수 있었다. 하지만 미치광이 타월 헤드들이 제네바 협약 따위를 알 리 없었고, 모리스 또한 생사가 걸린 위태로운 상황에서 이것저것 따지다가 총알 밥이 되고 싶지 않았다.

"그린! 프랭코! 맥매스터!"

첼리오스가 대원들의 이름을 부르며 뒤편으로 이동했다. 뒷방으로 통하는 좁고 어두운 통로는 아직도 자욱한 연기로 가득 차 있었다.

"답이 없는 걸 보니 놈들에게 당한 모양이야. 어차피 연기 때문에 적군인지 아군인지 구분할 수도 없을 테니까, 앞에서 움직임이 포착되면 일단 방아쇠부터 당겨. 알아듣겠지?"

첼리오스가 정면을 노려보며 나지막이 말했다.

"알겠습니다, 중위님."

라이플을 쥔 모리스의 손에는 힘이 잔뜩 들어가 있었다.

"그린! 프랭코! 맥매스터! 다들 무사한가?"

중위가 다시 대원들을 불러보았지만 들려오는 것이라고는 문밖에서 일고 있는 거센 모래바람 소리뿐이었다.

안쪽에서 대원들을 부르는 목쉰 소리가 들려왔을 때 나는 좁은 통로 한쪽에 수북이 쌓인 곡물 부대 뒤에 몸을 숨긴 채 기다리고 있었다. 라이플을 쥔 손에서 땀이 배어 나왔지만 긴장되기보다는 한껏 들뜬 마음이었다.

창고 앞쪽에서는 아직도 반군의 AK-47과 양키놈들의 M4가 산발적으로 발사되고 있었다. 이제 곧 반군에게 포위당한 정찰대를 구하러 양키 기지가 급파한 지원이 도착하게 될 것이다. 서둘러야 했다. 악마들이 무시무시한 화력을 앞세우고 몰려들기 전에 뜻한 바를 이루어야 했다.

몇 초 후, 마침내 두 개의 형체가 통로로 들어섰다. 앞장선 놈은 빠르게 걸어 뒷방으로 향했고, 뒤따르는 놈은 좁은 통로를 좌우로 살피며 잰걸음으로 따라 나가는 중이었다. 두 놈이 곡물 부대 앞을 지나 뒷방으로 들어섰다. 나는 잽싸게 뛰쳐나가 뒷놈에게 라이플을 갈겼다. 갑자기 들려온 총성에 몇 걸음 앞서나가던 놈이 화들짝 놀라며 바닥에 납작 엎드렸다. 나는 그가 돌아보기 전에 후다닥 달려가 놈에게 총구를 들이밀었다.

"총 버려."

놈은 순순히 시키는 대로 했다. 나는 그가 앞으로 던져놓은 라이플을 한쪽 구석으로 차 넣었다.

"천천히 일어나."

양키놈은 가쁜 숨을 쌕쌕 내쉬며 몸을 일으켰다.

"중위님! 괜찮으십니까? 중위님!"

창고 쪽에서 한 대원이 큰 소리로 상관을 불렀다.

"괜찮다고 대답해. 각자 포지션 유지하라고 하고."

중위는 잠시 뜸을 들이다가 내 지시에 따랐다.

"여긴 괜찮아! 포지션 이탈하지 말고 바깥 상황 잘 감시해!"

"잘했어."

내가 총구로 놈의 등을 쿡 찌르자 그가 움찔했다.

"자, 이제 우린 창고로 돌아갈 거야. 허튼수작 부렸다간 내 M4
가 용서하지 않을 테니까 명심해. 알아듣겠어?"

놈이 말없이 고개를 끄덕였다.

"앞장서서 걸어. 아주 천천히."

놈이 몸을 틀고 창고를 향해 걸음을 옮겨나가기 시작했다. 나는
총구를 놈의 등에 갖다 붙인 채 그를 따라 나갔다.

연막탄을 신속하게 처리한 덕분에 창고 안의 연기는 많이 걷힌
상태였다. 나는 앞서나가는 양키놈에게 몸을 밀착시킨 채 문턱을
넘어갔다.

마침내 원수 놈들을 조져버릴 때가 온 것이었다.

"중위님!"

곡물 부대 뒤에서 애런 쏜 이등병의 목소리가 터져 나왔다. 딱딱하게 굳은 표정으로 두 손을 번쩍 든 상관의 모습에 쏜은 당혹스러웠다. 나머지 대원들도 속속 고개를 돌리고 첼리오스 중위를 쳐다보았다.

"다들 총 버려!"

중위 뒤에서 미군 군복 차림의 남자가 흠잡을 데 없는 완벽한 발음으로 소리쳤다. 대원들이 일제히 중위 쪽으로 총구를 돌렸다. 남자가 라이플로 등을 쿡 찌르자 첼리오스가 긴 한숨을 내쉬며 대원들을 찬찬히 돌아보았다.

"시키는 대로들 해. 다들 총 버려."

중위의 맥 빠진 목소리에 대원들은 어찌할 바를 모르고 서로를 쳐다보았다. 첼리오스가 말없이 고개를 끄덕이자 중위를 빤히 응시하던 케빈 셔우드 상등병이 먼저 라이플을 바닥에 내려놓았다. 나머지 대원들도 그를 따라 무기를 내놓았다.

"다들 저쪽 구석으로 이동해."

남자가 수북이 쌓인 곡물 부대를 턱으로 가리켰다. 앞문을 지키고 있던 켄모어와 머피, 그리고 창가의 셔우드가 부상자들이 앉아 있는 쪽으로 쭈뼛쭈뼛 이동했다. 다섯 명의 대원을 한쪽 구석으로 몰아넣은 남자가 중위와 함께 움직이며 바닥에 널린 무기를 반대편 구석으로 차넣었다.

"너도 저기 가서 앉아."

남자가 총구로 중위의 등을 떠밀었다. 첼리오스는 여전히 두 손을 든 채 부하들이 모여 앉은 곳으로 천천히 걸어 나갔다. 그가 대원들 앞에 자리를 잡고 앉자 남자가 얼굴에서 전투복 얼굴 덮개를 턱밑으로 내렸다. 중위와 대원들은 눈을 가늘게 뜨고 옅은 연기에 가려진 남자의 얼굴을 일제히 올려다보았다. 마침 창문으로 스며든 바람이 연기를 걷어내자 남자의 얼굴이 드러났다.

순간 대원들의 눈이 휘둥그레졌다. 몇몇은 숨이 턱 막혀버린 모습이었다.

"해밀턴!"

첼리오스 중위가 믿을 수 없다는 얼굴로 조슈아 해밀턴 이등병을 올려다보았다. 나머지 대원들의 반응도 그와 다르지 않았다.

"왜? 놀랐나?"

해밀턴이 실실 미소를 흘리며 말했다.

"해밀턴, 너 이 자식. 이게 뭐 하는 짓이야? 반란은 사형감이라는 거 몰라?"

첼리오스가 이를 갈며 말했다.

해밀턴이 총구를 내리고 그의 왼쪽 무릎에 총알을 하나 박아 넣었다. 중위가 외마디 비명을 지르며 피가 배어 나오는 무릎을 두 손으로 꼭 움켜쥐었다.

"어디, 또 할 말 있는 사람?"

해밀턴이 공포에 질린 대원들을 찬찬히 돌아보았다. 그들은 숨을 죽인 채 해밀턴의 얼굴과 총구를 번갈아 쳐다보았다.

"이유가 뭐지?"

정찰대 2인자, 코너 블레이스 상사가 기어들어 가는 목소리로 물었다. 얼굴과 목에 파편이 박힌 그는 마치 공포영화 속 캐릭터처럼 피범벅이 돼 있었다.

"이유? 그래, 이유라도 알고 죽어야 덜 억울하겠지."

해밀턴이 씩 웃으며 대원들의 얼굴을 차례로 쳐다보았다.

"자네 혹시⋯."

"닥치고 있어!"

첼리오스 중위가 입을 열자 해밀턴이 빽 소리치며 총상 입은 그의 다리를 냅다 걷어찼다.

"마크, 아직도 네가 내 상관인 줄 알아? 아직도 상황 파악이 안 돼?"

중위의 입이 닫히자 해밀턴이 심호흡을 몇 번 하며 흥분을 가라앉혔다.

"너희들이 나한테 무슨 짓을 했는지 다들 잘 알 거야. 아까 순찰 나오기 직전까지도 그랬잖아. 차별, 학대, 무시, 따돌림."

해밀턴의 시선이 벤 켄모어 병장에게로 돌아갔다.

"벤 켄모어. 우리 유닛에서 가장 악명 높은 인종차별주의자. 넌 내가 유닛에 처음 배치됐을 때부터 별의별 트집을 다 잡아 엄청나게 갈궈댔어. 인정하지?"

"그… 그건 오해….”

총성과 함께 켄모어의 오른쪽 어깨에서 피가 튀었다.

"오해라고? 마주칠 때마다 실실 쪼개면서 욕을 해대지 않았던가? 손 하나 까딱하기 싫어서 날 노예 부리듯했던 거 잊었어? 우리 유닛에 이등병이 나 하나야? 헌팅턴, 머피, 맥매스터, 모리스, 닐리. 왜 걔들은 가만 놔둔 거지? 게다가 머피는 깜둥이이기까지 한데. 왜 나만 그리도 못살게 군 거냐고!"

해밀턴이 빽 소리치자 켄모어가 움찔하며 마른침을 꿀꺽 삼켰다.

"독실한 크리스천이라고 했던가? 너희 교회에선 그러라고 가르치냐? 유색인종들은 마음껏 조롱하고, 모욕 주고, 학대하고, 무시해도 된다고 배웠어? 네가 저 밖에 타월 헤드들이랑 뭐가 달라? 네오 나치처럼 굴 거면 최소한 목에 걸고 다니는 그 십자가만이라도 벗어놓던가."

"내 말과 행동에 상처받았다면 사과할게. 진심으로. 널 괴롭힐 의도는 없었어. 그냥… 그냥….”

켄모어가 덜덜 떨리는 목소리로 말했다.

"아니, 오히려 내가 미안해. 난 널 용서해도 이 총은 널 용서 못

하거든."

해밀턴이 망설임 없이 방아쇠를 당겼다. 켄모어의 뒤통수에서 피와 회백질이 폭발했다. 대원들이 기겁하며 일제히 몸을 웅크렸다.

"케빈."

해밀턴이 셔우드 상등병을 매섭게 쏘아보았다. 셔우드는 당장이라도 울음을 터뜨릴 것 같은 표정으로 그를 올려다보았다.

"네가 뭘 잘못했는지 알지?"

"미안해, 조슈아. 제발 죽이지만 말아줘. 진심으로 사과할게."

셔우드가 머리를 조아리며 말했다.

"켄모어가 죽어라 날 갈궈댈 때 옆에서 깐족대며 부추겼던 거, 기억해?"

"나도 그러고 싶어서 그랬던 게 아니야. 너도 켄모어 성질 알잖아. 뭘 하든 자기 장단에 안 맞추면 망나니로 돌변하는 거. 내가 살려면 어쩔 수 없었어. 정말 미안해."

"두 달 전, 켄모어가 당번도 아닌 나한테 사흘 연속으로 화장실 청소를 시켰을 때였어. 울분을 삼켜가며 걸레질을 하고 있었는데 네놈이 휘파람을 불면서 들어왔지. 그날 기억해, 케빈?"

상등병이 겁에 질린 얼굴로 고개를 끄덕였다.

"넌 언제나처럼 날 조롱하면서 볼일을 봤어. 그러다가 갑자기

36

획 돌아서서 바닥에 오줌을 갈겨대기 시작했지."

해밀턴이 앞으로 한 걸음 다가갔다. 셔우드를 비롯한 모든 대원이 흠칫 놀라며 당황하기 시작했다.

"그때 일은 뼈저리게 반성하고 있어. 미안해. 정식으로 사과할게."

"내가 힘들고 괴로워할 땐 뭐 하다가 이제야 마음에도 없는 사과를 하지? 게다가 네놈이 내게 저지른 악행이 어디 그것뿐이었어? 너나 켄모어나 뼛속까지 KKK이긴 마찬가지야. 지구가 멸망해도 절대 박멸되지 않을 바퀴벌레 새끼들."

예고도 없이 해밀턴의 라이플이 불을 뿜었다. 셔우드의 상체가 옆으로 스르르 넘어가 애런 쏜 이등병의 무릎 위로 떨어졌다.

"코너!"

해밀턴이 맨 뒤에서 벽에 몸을 기댄 채 웅크려 앉은 코너 블레이크 상사를 노려보았다.

"해밀턴, 제발 이성을 찾아. 정말 동료들을 다 죽일 셈이야?"

"동료? 지금 동료라고 했어? 세상에 어떤 놈이 동료를 그렇게 학대하고 무시하지? 저 알카에다 야만인 놈들도 그런 짓은 안 할걸?"

"해밀턴. 유닛 리더로서 내가 정식으로 사과하지. 이번 일은 내가 책임지고 처리할 테니 제발 그 총 좀 내려. 응? 부탁이야."

여전히 무릎을 움켜쥔 헬리오스가 울먹이며 호소했다.

"곧 네 차례가 돌아올 테니 닥치고 있어!"

해밀턴이 다시 그에게 총구를 겨누자 중위가 움찔하며 입을 닫았다.

"코너 블레이크. 내가 몇 번 찾아가서 유닛 상관과 동료들의 만행을 신고했을 때 넌 어떻게 했지?"

피범벅이 된 블레이크는 말없이 고개를 떨어뜨렸다.

"동료들끼리 장난 좀 친 것 가지고 오버하지 말라고 했지? 기억해? 내가 몇 번 더 찾아갔더니 오히려 짜증을 내더군. 그것도 기억하지? 문제를 키우면 내가 다치게 될 테니 경거망동 말라고 오히려 역정을 냈잖아."

블레이크가 시선을 피하자 해밀턴이 총구를 그에게로 돌렸다.

"대답해! 그랬어, 안 그랬어?"

"대원들을 세심히 챙기지 못한 내 잘못이야. 인정해. 그리고 정말 미안해."

"네 죄를 인정했으니 너무 억울해하지 마. 자업자득이니까."

탕!

고막을 찢을 듯한 요란한 총성과 함께 상사의 미간에 까만 구멍이 생겼다.

"다음!"

해밀턴의 라이플이 남은 세 명의 대원을 차례로 훑어나갔다. 첼리오스는 어금니를 악문 채로 해밀턴을 노려보고 있었다. 그와 계급이 같은 머피와 쏜은 고개를 푹 숙인 채 나지막이 흐느끼는 중이었다.

"내 입대 동기, 애런."

자신의 이름이 불리자 애런 쏜 이등병이 고개를 저으며 더 격하게 흐느끼기 시작했다.

"남들이 그래도 넌 그러면 안 되잖아. 네가 내 상관이야? 어떻게 계급 같은 입대 동기에게 그렇게 냉담할 수 있지?"

"조쉬, 네가 힘들 때 곁에서 힘이 돼주지 못했던 거, 반성하고 사과할게. 하지만 나도 고참들에게 많이 시달렸다고. 물론 너만큼은 아니었지만."

"많이 시달려? 고작 기분 나쁜 농담 몇 번 들은 게 전부잖아. 난 하루에 열두 번도 넘게 자살 충동에 휩싸일 만큼 고통받았어. 알기나 해? 넌 그나마 내가 가장 믿고 의지했던 동료였어. 날 위해 바람막이가 돼달라는 게 아니잖아. 내가 부대에서 신체적으로, 정신적으로, 정서적으로 학대받고 있을 때 단 한 번이라도 윗선에 보고한 적 있었어? 이 부조리를 네 눈으로 똑똑히 목격했으면서 어떻게든 손을 써볼 생각이나 해봤느냐고!"

"미안해, 조쉬. 정말 미안해….."

쏜이 머리를 조아리며 한층 더 격하게 흐느꼈다.

"방관도 학대야. 넌 그걸 알면서도 외면했어. 네가 죽을 이유는 그걸로 충분해."

해밀턴이 앞으로 다가가 총구를 애런 쏜 이등병의 머리에 가져가 댔다.

"해밀턴. 그 정도 했으면 됐어. 모두가 진심으로 뉘우치고 있어. 기지로 복귀하는 대로 이 문제를 확실히 바로잡겠다고 약속할게. 나부터 참회하고 징계 위원회 회부를 자청할 테니 제발…."

탕!

첼리오스 중위의 호소가 끝나기도 전에 쏜이 옆으로 픽 고꾸라졌다. 해밀턴은 다시 뒤로 몇 걸음 물러나 첼리오스에게 라이플을 겨누었다.

"드디어 중위님 차례가 돌아왔군요."

해밀턴이 히죽 웃으며 말했다. 패트릭 머피 이등병의 호명을 예상했던 첼리오스가 흠칫 놀라며 해밀턴을 올려다보았다. 그의 눈은 극도의 공포로 가득 차 있었다.

"이 시대의 참군인, 프랜시스 중장의 연설, 기억해?"

뜻밖의 이름이 언급되자 중위가 고개를 갸웃거렸다. 공군 중앙 사령부 부사령관 폴 J. 프랜시스 중장은 한 흑인 장병에 대한 인종 차별 사건이 발생한 직후 부대원들을 모아놓고 7분에 걸친 명연설을 남겨 화제가 된 인물이었다. 어떤 이유로든 상대를 존엄과 존중으로 대할 수 없다면 당장 부대에서 꺼지라는 독기 어린 메시지는 〈뉴욕 타임스〉를 비롯한 유수의 언론들에 의해 대서특필될 정도로 큰 주목을 받았고, 프랜시스 중장은 그 연설을 통해 '참군인'의 아이콘으로 떠오르게 됐다.

"난 그걸 보고 가슴이 뭉클했는데, 당신은 어땠어?"

"훌륭한 분이시지. 프랜시스 중장님. 나도 존경하는 분이야."

중위의 대답에 해밀턴이 기가 막힌다는 듯 피식 웃었다.

"존경? 그래서 그랬던 거야? 명색이 소대장이라는 작자가 신고가 접수돼도 깔아뭉개버리고. 아니, 오히려 더 그러라고 부추겼잖아. 행동 보고서엔 날 피해자가 아닌, 망상증 환자로 둔갑시켜버렸고."

"이봐, 해밀턴. 내가 어떻게 하면 되겠어? 내가 뭘 해주면 진정하겠냐고. 뭐든 다 들어줄 테니 얘기해 봐."

"난 이름만 미국인일 뿐, 보다시피 아시아인이야. 검은 머리, 노란 피부, 미세하지만 분명히 감지되는 악센트. 당신 눈에 난 그저 '칭크'로만 비칠 뿐이겠지."

"아니야. 난 절대 그런 적⋯."

"닥쳐, 이 새끼야!"

해밀턴이 군홧발로 중위의 가슴을 냅다 찍었다. 첼리오스가 가슴을 부여잡고 뒤로 벌러덩 누워버렸다.

"똑똑히 들어. 내 이름은 김정환이야. 정식 본명은 조슈아 정환 해밀턴. 한국에서 태어났고, 한 살 때 미국인 회계사, 스티븐 D. 해밀턴에게 입양돼 지금껏 미국인으로 살아왔어. 출생지는 서울이지만 고향은 코네티컷이야. 난 자랑스러운 미국인으로서 조국에 봉사하고자 입대했는데, 막상 들어와서 보니 군대라는 곳은 인종차별과 백인 우월주의가 일상화된 지옥이더군."

첼리오스는 여전히 군홧발에 찍힌 가슴을 손으로 문지르며 가쁜 숨을 몰아쉬고 있었다. 해밀턴은 중위 뒤로 쓰러진 대원들을 찬찬히 돌아보았다.

"아까 RPG가 날아들었을 때 난 너희 양키놈들을 따라 창고로 들어가지 않았어. 순간적으로 기발한 아이디어가 떠올랐거든. 내가 겪어온 설움을 한 방에, 그리고 아주 확실하게 갚아줄 방법 말이야. 모두가 패닉에 빠져있을 때 난 불타는 험비들 뒤에 몸을 숨겼어. 의식 잃은 포스터가 험비 안에 갇혀있는데도 다들 제 한목숨 건사하는 데만 정신이 팔려있더군. 내 위치에선 얼마든지 꺼내올 수 있었지만⋯."

해밀턴이 한숨을 내쉬며 고개를 저었다.

"난 그러지 않았어. 아니, 그리고 싶지 않았어. 포스터 그 새끼도 너희랑 다를 게 없었거든."

"그래서 이 위중한 상황을 사적 복수를 위한 절호의 기회로 삼았다, 이건가?"

"빙고."

"지원이 도착하면 너도 무사치 못할 텐데."

"내 걱정일랑 마. 다 생각이 있으니까."

해밀턴이 유유히 미소를 흘리며 말했다.

"기어이 이렇게까지 해야겠어?"

"왜? 다른 좋은 방법이라도 있나?"

"정신교육 세션에 인종차별 근절을 위한 관련 커리큘럼을 포함하고 캠페인을 지속적으로…."

"닥쳐! 네놈이 그런 말을 지껄인다고 마크 첼리오스가 폴 프랜시스가 되는 줄 알아? 난 말이지, 21세기 군대에서 '미시시피 버닝'을 실사판으로 겪게 될지 꿈에도 몰랐어. 아랫것들은 신나게 차별하고, 조롱하고, 무시하고, 학대하고, 윗것들은 그러든지 말든지 방조만 할 뿐이고. 날 갈궈댄 놈들도 죽어 마땅하지만 그걸 알고도 모른 척 방조한 넌 몇 배 더 큰 죄를 지은 거야."

"이봐, 조쉬. 흥분하지 말고, 재발 방지를 위해 함께 애써보자고. 내가 기지에 복귀하는 즉시 사령관님께…."

불쑥 내민 해밀턴의 총구가 미간에 닿자, 중위의 말이 뚝 멎었다.

"마지막으로 할 말 있으면 해봐."

"조쉬. 제발 이러지 마. 부탁이야…."

"마지막으로 할 말 없어?"

"조쉬, 제발…."

"바이바이."

해밀턴이 매정하게 방아쇠를 당겼다. 첼리오스가 쓰러진 대원들 위로 힘없이 고꾸라졌다. 해밀턴은 앞으로 성큼 다가가 중위를 잠시 내려다보았다. 그리고 다시 라이플을 들어 그의 이마에 총알을 몇 번 더 박아 넣었다.

총성의 메아리가 잦아들자 밖에서 웅성거림이 들려왔다. 해밀턴은 기지가 급파한 지원이 달려오고 있음을 짐작했다. 긴급 항공 지원이 결정됐다면 지금쯤 '죽음의 사신'이라 불리는 AH-64 아파치가 맹렬히 날아오고 있을 것이다. 동체 하부에 장착된 30밀리미터 M230 체인건과 최강 화력을 자랑하는 AGM-114 헬파이어 대전차 미사일이 작정하고 '불벼락'을 내리면 현장 주변은 순식간에 잿더미로 변하게 될 것이다. 눈치 빠른 반군 놈들은 진작 멀찌감치 달아났을 게 뻔했다. 한동안 밖이 잠잠했던 이유였다.

다급해진 해밀턴이 마지막 남은 대원, 패트릭 머피 이등병을 돌아보았다. 머피는 두 손으로 마리를 감싸 쥔 채 소리 없이 흐느끼고 있었다.

"패트릭."

해밀턴이 나지막이 동료를 불렀다. 머피는 여전히 고개를 떨군 채 어깨를 들썩이고 있었다.

"걱정 마, 패트릭. 넌 죽이지 않을 테니까."

그 말에 머피가 조심스럽게 고개를 들었다. 촉촉이 젖은 그의 눈에는 극도의 공포가 머금어져 있었다.

"넌 내게 잘못한 게 없잖아. 오히려 흑인이라고 나만큼이나 괴롭힘을 당했으면서."

"조… 조쉬…."

"저 KKK 레드넥들, 내가 싹 다 청소했어. 봐, 너도 후련하지?"

머피가 피범벅이 된 채 널브러진 동료와 고참들을 찬찬히 돌아보았다. 넋이 반쯤 나간 듯한 그가 다시 해밀턴에게 시선을 되돌렸다.

"앞으로 흑인이라고 부당한 갈굼을 당하는 일은 없을 거야. 우리 유색인종들이 한 번 화나면 무섭다는 걸 이번에 확실하게 보여 줬잖아. 안 그래?"

겁에 질린 표정의 머피가 말없이 고개를 끄덕였다. 공감의 제스처가 아닌, 그저 해밀턴의 비위를 맞추려는 필사의 몸부림이었다.

"그래서 말인데… 날 위해 뭐 하나만 해줬으면 해. 내 부탁, 들어줄 거지?"

머피가 다시 고개를 끄덕였다.

"넌 잘할 수 있을 거야. 난 널 믿어."

해밀턴이 머피에게로 바짝 다가가 섰다. 그리고 동료에게 장난스럽게 살짝 윙크를 해 보인 후 널브러진 시체들에 대고 라이플 탄창에 남은 탄약을 전부 쏟아내기 시작했다. 패트릭 머피 이등병이 두 손으로 귀를 막아 쥐고 비명을 질러댔다. 탄창이 바닥났음을 확인한 해밀턴이 머피의 머리에서 두건을 벗겨냈다. 그는 땀으로 흥건히 젖은 두건으로 라이플을 박박 문질러 닦기 시작했다. 머피는 그가 라이플에서 지문을 지우려 한다는 걸 알아차렸다.

"이봐, 팻, 미안하지만 이것 좀 들고 있어 주겠어?"

해밀턴이 머피에게 라이플을 내밀었다. 잠시 망설이던 머피는 쭈뼛쭈뼛하며 라이플을 받아서 들었다.

"난 나가서 지원이 오고 있는지 살펴볼 테니까 넌 여기서 기다리고 있어. 상황 봐서 괜찮으면 나오라고 부를 테니까. 알았지?"

"그… 그래."

"그 총, 손에서 놓으면 안 돼. 알았지? 잘 갖고 있다가 이따 나와서 돌려줘. 할 수 있겠지?"

머피가 고개를 끄덕였다. 해밀턴이 자신의 라이플을 앞으로 돌려놓고 손을 뻗어 머피의 벨트에서 M67 세열 수류탄 두 개를 뽑아들었다.

"수류탄은 왜…?"

"걱정 마. 잠깐 빌리려는 것뿐이니까. 밖에 타월 헤드 놈들이 남아있을지 모르잖아.”

해밀턴이 수류탄을 주머니에 쑤셔 넣고는 라이플의 총구를 머피에게로 돌렸다.

“조금만 기다려. 몇 분 후에 듬직한 아파치가 우릴 구하러 올 테니까.”

해밀턴이 머피의 어깨를 가볍게 두들겨주고 나서 슬슬 뒷걸음질 치기 시작했다. 그의 눈과 총구의 방향은 머피에게 단단히 고정돼 있었다. 앞문으로 빠져나온 그는 잽싸게 몸을 숙여 창문 밑으로 이동했다. 머피는 해밀턴의 주문대로 탄약이 바닥난 라이플을 어색하게 쥔 채 멍한 얼굴로 앉아있었다.

해밀턴이 머피의 수류탄에서 핀을 차례로 뽑았다. 안전 레버가 튕겨져 나오자 그가 창문 안에 대고 소리쳤다.

“미안하지만 대의를 위해서 네가 희생해줘야겠어! 오늘 이 순간은 영원히 잊지 않을게! 이 지옥을 떠나서 좋은 데로 가라, 패트릭!”

해밀턴이 수류탄 두 개를 창문 안으로 던져 넣고 몸을 최대한 움츠렸다. 순간 요란한 굉음과 함께 창고 안에서 수류탄이 폭발했다. 박살 난 창문 밖으로 파편과 화염이 터져나왔다.

해밀턴은 한동안 그렇게 움츠린 채 엎드려있었다. 잠시 후, 정적이 찾아들자 남쪽에서 헬리콥터 로터 소리가 아득하게 들려오기 시작했다. 지원이 달려오는 소리였다. 해밀턴은 엉금엉금 기어 여전히 까만 연기를 게워 내고 있는 험비 밑으로 기어들어 갔다. 그리고 동쪽 하늘에서 늠름한 아파치가 모습을 드러낼 때까지 차분히 기다렸다.

"머피 이등병이?"

숀 머클러 상사가 해밀턴에게 물었다. 해밀턴은 넋 나간 표정으로 고개를 끄덕였다. 그들은 기지로 복귀하는 험비의 뒷좌석에 나란히 앉아있었다.

"대원들을 다 쏴 죽이고 나선 수류탄으로 자폭했고?"

해밀턴이 다시 고개를 끄덕였다.

"그러는 동안 자넨 불타는 험비 밑에 은신하고 있었고?"

"주변 건물에서 반군들이 끊임없이 사격을 해댔습니다. 위치를 노출시키면서 대원들에게 합류하는 대신 지원이 도착할 때까지 몸을 숨기고 있는 게 낫겠다고 판단했습니다."

"그래, 현명한 선택이었어."

상사가 해밀턴의 어깨를 토닥이며 말했다. 머클러의 얼굴에는 막내아우를 대하는 맏형과 같은 인자한 미소가 머금어져 있었다.

"머피에게서 뭔가 징조 같은 게 없었나? 자네랑은 계급도 같고, 아무래도…."

머클러는 유색인종끼리 무언가 통하는 게 있지 않았는지를 묻고 싶은 것이었다. 머피가 음흉하고 충격적인 속내를 아시아인인 해밀턴에게만 살짝 암시하지는 않았는지.

"패트릭은… 입대 직후부터 고참과 동료들에게 온갖 학대와 무시를 당해왔어요. 저 역시 아시아인이라는 이유로 멸시와 차별을 숱하게 겪었지만 그건… 패트릭이 당한 것에 비하면 새 발의 피였어요."

"자네나 머피나, 왜 그때그때 상부에 보고하지 않았지?"

"보고해봤자 묵살만 당하니까요. 저도 예전에 한 번 상담 장교를 찾아가 하소연했다가 나약해 빠져서 적응 못 하는 거라는 핀잔만 들었습니다."

"21세기에, 그것도 우리 부대에서 이런 말도 안 되는 일이 벌어지다니."

머클러 상사가 긴 한숨을 내쉬며 고개를 저었다.

"두어 달 전쯤 패트릭이 나중에 기회가 오면 전부 싹 쓸어버리겠다고 얘기한 적이 있었습니다. 그땐 그냥 지나가는 말로 흘려들었는데…."

"그때 이미 전조가 있었군."

"켄모어 병장님이 에미넴과 투팍 중 누가 더 나은 래퍼인지 물었을 때 패트릭이 눈치 없이 투팍이라고 대답했다가 큰 곤욕을 치렸습니다. 병장님은 에미넴의 골수팬이시거든요. 패트릭은 그걸 알면서도 소신껏 대답했다가….”

“그깟 래퍼 때문에 또 무슨 일이 있었나?”

“병장님이 에미넴의 '앙코르' CD를 던져주면서 일주일 안에 거기 수록된 스무 곡을 달달 외우라고 지시하셨습니다. 단 한 단어라도 빼먹거나 틀리면 아주 '혹독한' 대가를 치르게 해주겠다고….”

머클러가 더 듣고 싶지 않다는 듯 한 손을 들어 해밀턴의 말을 막았다. 그의 얼굴에는 경멸의 표정이 역력히 드러나 있었다.

“그러니까….”

한동안 진저리 치던 머클러가 다시 입을 열었다.

“그런 말도 안 되는 일들이 유닛 안에서 조직적으로 행해졌다는 거지?”

“그 일로 한참 시달리고 나서 전부 싹 쓸어버리겠다는 발언이 나온 것이었죠.”

머클러가 말없이 고개를 끄덕였다.

“패트릭은 그린 상등병님에게 특히 실망했다고 했습니다.”

“드숀 그린?”

“네. 같은 흑인끼리 챙겨주고 막아주진 못할망정 오히려 방관만 한다면서 말입니다.”

“예고된 참사였군. 자네 얘길 들어보니.”

"죄송합니다, 상사님. 제가 들어가서 어떻게든 막아봤어야 했는데."

"아니, 밖에서 지원을 기다리는 게 현명한 판단이었어."

해밀턴이 울먹이며 고개를 떨어뜨렸다.

"복귀하는 대로 사령관님께 제대로 된 대책 마련을 건의드려야겠어. 자네도 알다시피 군대 내 인종차별이 어제오늘 일이 아니잖아. 이번 기회에 확실한 자구책을 마련해서 완전히 뿌리 뽑아야지."

머클러가 다시 해밀턴을 쳐다보며 인자한 미소를 지어 보였다. 그리고 이등병의 어깨를 가볍게 두드렸다.

"자네라도 살아남았으니 정말 다행이야, 해밀턴. 죽지 않고 버텨줘서 고마워."

머클러가 또다시 한숨을 내쉬며 자신 쪽 창문으로 시선을 돌렸다. 한동안 고개를 떨구고 있던 해밀턴도 몸을 살짝 틀어 창밖으로 스쳐 가는 바그다드 변두리 풍경을 바라보았다. 그의 입가에는 어느새 보일 듯 말 듯 한 미소가 머금어져 있었다.

인스턴트 메시지

iron_citizen_0725
김나리, 뭐해?

햄볶는 나리
어, 철민! 너 어떻게 된 거야?

iron_citizen_0725
나 철민이 아니야. 철민인 죽었어.
내가 죽였어.

햄볶는 나리

뭐?

iron_citizen_0725

내가 죽였다고. 이젠 널 죽이려고.

햄볶는 나리

장난치지 마. 무섭단 말이야.

iron_citizen_0725

요 며칠 동안 철민이 안 보였지?

전화도 안 받고, 학교도 안 나오고.

그럴 수밖에. 내 손에 죽었으니.

햄볶는 나리

너 정말 철민이 아니야?

장난이면 당장 그만둬!

iron_citizen_0725

못 믿겠으면 철민이 사는

인스턴트 메시지 **53**

사당동 원룸에 가봐. 꿈에서도 잊지 못할
끝내주는 광경을 보게 될걸.

햄볶는 나리
누군지 모르지만 이런 장난은
당신 여자친구에게나 쳐.

iron_citizen_0725
여자친구도 내가 죽였어. 나 몰래 철민이랑
바람을 피우다 걸렸거든.

햄볶는 나리
지금 경찰에 신고할 거야.
이거 다 캡쳐해 놓았어.

iron_citizen_0725
좋을 대로 해.
지금 거실이지?

햄볶는 나리

뭐?

iron_citizen_0725

네 핸드폰 여기 보인다.

기다려. 지금 가지고 나갈 테니까.

고해_
첫 번째 고해

고해실을 찾은 마지막 신자는 바로 그전에 들어왔던 신자와 거의 똑같은 내용의 고해를 늘어놓고 있었다. 남편에게 소홀했고, 아이들에게 소홀했고, 부모에게 소홀했고…. 아니, 이미 열 명도 넘는 신자가 같은 내용의 고해를 하고 갔다. 그것도 오늘 하루에만.

한없이 이어질 것만 같던 고해가 끝이 났고, 나는 오른손을 앞으로 펴든 채 사죄경을 읊어나갔다.

"인자하신 하느님 아버지, 성자의 죽음과 부활로 세상을 구원하시고, 죄를 용서하시려고 성령을 보내주셨으니, 교회를 통하여 이 교우에게 용서와 평화를 주소서. 성부와 성자와 성령의 이름으로 이 교우의 죄를 용서합니다."

"아멘."

"주님을 찬미합시다."

"주님의 자비는 영원합니다."

"주님께서 죄를 용서해 주셨습니다. 평안히 가십시오."

"감사합니다."

고해실 문이 닫히는 소리와 함께 내 입에서 짧은 한숨이 내뱉어졌다. 지긋지긋한 불면증 때문에 어젯밤도 두 시간 정도밖에 눈을 붙이지 못했다. 눈은 침침하다 못해 따끔거렸고, 온몸이 나른했다. 나는 손목시계를 들여다보았다. 고해 시간은 이제 10분도 채 남지 않았다. 기다렸다는 듯 졸음이 밀려들었다. 맞은편이 희미하게 들여다보이는 칸막이에 팔꿈치를 얹고 점점 무거워져만 가는 머리를 손으로 떠받쳤다.

어느새 9월로 접어들어 있었지만 이상기온 탓에 사제복은 땀으로 축축이 젖어있었다. 비좁은 고해실에 장시간 갇혀있다 보니 살짝 호흡곤란 증세가 보이기도 했다. 10분. 고해실에서의 10분은 10년만큼이나 길게 느껴진다. 눈을 감자 손목시계의 경쾌한 초침 소리가 점점 커졌다.

그렇게 몇 분이 지났을까. 깜빡 선잠에 빠져든 나는 나지막한 딸깍 소리에 정신을 번쩍 차렸다. 누군가가 고해실 문을 열고 느릿느릿 들어오는 중이었다. 칸막이 너머 신자의 모습이 뚜렷이 보이기 전에 나는 잽싸게 고개를 돌렸다. 사제는 고백자에게 어떠한

부담도 주어선 안 되었고, 그런 이유로 항상 칸막이로부터 시선을 돌리고 있어야 한다. 사제와 눈이 마주치는 순간 신자들의 입이 조개처럼 딱 다물어지기 때문이다. 하긴, 사제와 눈을 맞춘 상태에서 어떻게 솔직한 고백이 나올 수 있겠나. 습관적으로 부정한 생각을 해왔습니다, 자꾸 다른 여자에게 눈길이 갑니다, 가끔 친구를 죽이고 싶을 때가 있습니다, 며칠 전에 엄마 지갑에서 돈을 훔쳤습니다 등.

하지만 이상하리만큼 굼뜬 신자의 움직임에 나도 모르게 시선이 자꾸 칸막이 쪽으로 돌아가려 했다.

"저, 최용희 신부님?"

"네? 아, 네. 그렇습니다."

성당에서 본명으로 불려본 것은 10년 만에 처음이었다. 사제가 된 후로 지금까지는 줄곧 최용희라는 본명 대신 마르코라는 세례명으로 불려 왔다. 왠지 고백자는 이 성당의 신자가 아닌 것 같았다. 아니, 고해 의식을 모르는 거로 보아 천주교인이 아닌 듯했다.

"고해하러 오셨습니까?"

"저, 그게…."

기어들어 가는 음성으로 남자가 말했다. 대체 무슨 고백이기에 이토록 뜸을 들이는 걸까? 나는 고해가 얼마나 힘든 일인지 잘 알고 있었다. 막상 고해실에 들어서면 오늘 아침에 늦잠을 잤다는 고백조차도 쉽게 나오지 않는다. 그게 정상이었다. 언젠가 한 신자로부터 백화점에서 명품 스카프를 훔쳤다는 고백을 듣기 위해 무려 한 시간이나 고해실에서 진땀을 흘려야 했던 적도 있었다.

칸막이 너머의 남자. 분위기가 심상치 않았다. 어쩌면 몇 시간 동안 답답한 고해실에 그와 함께 갇혀있게 될지도 몰랐다.

"어려워하지 마시고 편히 말씀하십시오."

"전… 이석구라고 합니다. 천주교 신자는 아니고요. 집사람과 딸아이가 이 성당에 다니고 있습니다. 세례명이…."

"아, 그건 말씀 안 하셔도 됩니다. 그냥 선생님께서 하고 싶으신 말씀만 해주시면 됩니다."

"네…."

남자는 잔뜩 경직된 모습이었다. 대체 무슨 엄청난 고백을 하러 왔기에. 목에서 떨어진 땀방울이 등줄기를 타고 흘러내렸다.

"며칠 전부터 제가 끙끙거리는 걸 보고 집사람이 고해성사를 한번 보고 오라고 하더군요. 다 털어놓고 오면 마음이 한결 가벼워질 거라고 해서…."

"들을 준비는 됐습니다. 편하실 때 말씀 시작해 주십시오. 고해실에서 하시는 말씀은 절대 밖으로 새어 나가지 않습니다. 그 점은 염려하지 않으셔도 됩니다."

남자가 한숨을 길게 내쉬었다. 한숨이 채 멎기도 전에 심한 기침이 연달아 터졌다. 그것은 보통 기침이 아니었다. 기침을 한 번 토할 때마다 그는 무척 괴로워했다. 그 정도 기침이라면 단 몇 번만으로도 목이 심하게 손상될 것만 같았다. 칸막이 때문에 보이진 않았지만 어쩌면 그는 벌써 고해실 바닥에 피를 뿌려놓았는지도 몰랐다.

절대 멈출 것 같지 않던 기침이 멎자, 그가 다시 한숨을 내쉬었다. 나는 조바심에 몸을 살살 뒤틀었다. 갑자기 화장실이 급해졌다.

"암입니다."

"네?"

"췌장암입니다. 말기."

"선생님께서요?"

뜻밖의 말에 나는 흠칫 놀랐다.

"병원에서… 그 왜 드라마 보면 자주 나오는 대사 있지 않습니까? 길어야 몇 개월이라고. 저도 두 달 전에 그 얘길 들었습니다."

"아….'

"청천벽력 같은 소리였지만 듣는 순간엔 그냥 웃음 밖에 안 나오더군요. 어떻게 내가… 그것도 췌장암에… 그것도 말기라니….'

남자가 미소를 흘리며 고개를 가로저었다. 다시 기침이 터져 나올 분위기였지만 그는 용케 참아냈다.

60

"그뿐 아니라 전 오랫동안 심근경색을 앓아왔습니다. 죽을 고비도 몇 번 넘겨봤죠. 췌장암이 아니더라도 언제든 급사할 가능성이 있습니다. 조금만 흥분해도 가슴이 따끔거리고, 호흡곤란 증세가 찾아듭니다. 흥분해도 안 되고, 화를 내도 안 되고, 격하게 울어도 안 되고… 늘 살얼음판을 걷는 기분으로 감정 조절을 해야 했습니다. 사실 췌장암 말기 판정을 받았을 때도 아슬아슬했었습니다. 그때 받은 쇼크 때문에…."

심근경색에 췌장암. 기구한 사연이었다. 하지만 고해실은 그런 심각한 상태의 환자가 찾아올 곳이 아니었다. 그가 있어야 할 곳은 국립암센터의 말기 암 병동이었다. 나는 계속해서 그가 용건을 풀어놓기를 기다렸다.

"신부님께 생전에 지은 죄를 다 고백하고 용서를 구하러 왔습니다. 지금이 아니면 기회가 또 없을 것 같아서요. 너무 늦기 전에…."

그가 살짝 울먹거리기 시작했다. 심근경색 때문에 흥분하면 위험하다고 본인 입으로 얘기했으면서. 나는 점점 불안해졌다.

"그래야 떠나는 제 마음이 홀가분해질 것 같습니다. 물론 이런다고 제가 지은 엄청난 죄가 사해지진 않겠지만. 그래도 이렇게 털어놓고 속죄할 기회가 주어졌다는 것만으로도 전 만족합니다."

"무슨 죄를 지으셨습니까?"

내가 물었다. 어느새 나는 그의 용건을 빨리 듣고 싶어 조바심을 내고 있었다. 여전히 감정 조절 중인 그가 얄미워질 정도로 궁금해 미칠 것 같았다.

"제겐 죽마고우가 있습니다. 30년 지기 친구죠."

그가 떨리는 음성으로 고백을 시작했다.

"김형태라는 친구인데… 아주 좋은 친굽니다. 절 위해서라면 뭐든 다 해줄… 진짜 이런 친구는 세상에 또 없을 겁니다. 제가 살짝 기침만 해도 약국에 달려가 약을 사다 줍니다. 전 지금껏 한 번도 그 친구에게 밥을 산 적이 없습니다. 자기 형편도 넉넉지 않으면서 제가 밥 한 번 사는 꼴을 못 보거든요. 제가 고집을 부리면서 지갑을 어렵게 꺼내면 버럭 화를 냈습니다. 술이나 한잔하자고 오랜만에 연락하면 항상 산본에 있는 집에서 털털거리는 차를 몰고 제가 사는 동네까지 와주었습니다. 뭐 하러 갈 데도 없는 산본까지 수고스럽게 오느냐 이거죠."

대단한 친구였다. 그 김형태라는 사람. 순간 나는 내 죽마고우, 준하를 떠올렸다. 내 30년 지기 친구, 민준하. 내가 피를 토하며 기침하면 녀석은 어떻게 반응할까? 그냥 성의 없이 병원에 가보라고만 툭 내뱉겠지? 내가 밥을 사겠다고 지갑을 꺼내면? 보나 마나 잘 먹었다고 실실거릴 거고.

"뭐 그런 친굽니다. 제가 필요하다고 하면 간이든 쓸개든 주저 없이 다 빼줄 것 같은 친구."

"혹시 그 친구분께 무슨 잘못이라도….."

남자가 잠시 말을 멈추었다. 그의 호흡이 조금씩 거칠어져 가고 있었다. 그는 다시 감정 조절 중이었다. 이런 식으로 나간다면 몇 시간이 지나도 고해실을 벗어날 수 없을 것이다.

"자, 흥분하지 마시고, 차분하게 말씀해 보십시오. 누가 쫓아오는 것도 아닌데… 서두르실 거 없습니다."

"죄송합니다. 시작부터 이러면 안 되는데. 정작 본론은 들려드리지도 못하고 여기서 큰일을 치르게 될지도 모르겠네요."

칸막이 너머에서 그가 어색하게 미소를 지어 보였다. 잘 보이진 않았지만 왠지 그는 울고 있을 것 같았다. 그렇지 않아도 불규칙한 호흡이 심하게 거칠어진 것을 보면.

"5년 전… 정리해고 당하고 나서 백수로 지낼 때…."

그의 음성이 가볍게 떨렸다. 격해진 감정의 주체가 쉽지 않은 모양이었다. 심근경색이라면서. 게다가 말기 암까지. 나는 조금만 더 지켜보다가 안 되겠다 싶으면 그를 잘 설득해 집으로 돌려보내야겠다고 마음먹었다. 의사는 아니지만 언뜻 봐도 그의 상태가 무척 심각하다는 것을 알 수 있었다.

"다른 건 몰라도 내 식구 굶기는 일만은 없게 하겠노라고 그토록 다짐했었는데… 어느 날 갑자기 텅 빈 쌀통을 보니 저도 모르게 나쁜 생각을 하게 됐습니다."

남자는 결국 울음을 터뜨렸다. 말려야 할까? 지금? 조금만 더 두고 볼까? 하지만 나는 그의 고백을 마저 듣고 싶었다. 뭐라 설명할 수 없는 묘한 기분.

"급한 대로 형태에게 돈을 빌려야겠다고 생각했습니다. 처음엔 정말 돈 백만 원만 빌릴 생각이었습니다. 당장 쌀부터 사고, 밀린 공과금을 해결하려고요. 정말입니다. 처음엔 정말 그럴 생각이었습니다."

"그분이 당연히 도와주셨겠죠?"

"바로 그게 문제였습니다."

이해가 되지 않았다.

"형태는 제가 수억 원을 빌려달라고 해도 거절 못 할 친굽니다. 아무것도 묻지 않고, 아무 조건도 없이… 수중에 가진 돈이 없다면 남에게 빌려서라도 제게 꿔주고도 남을 놈입니다. 사채를 얻어서라도 말입니다."

그제야 남자가 무슨 얘길 하려고 뜸을 들이는지 대충 짐작할 수 있었다. 30년 우정을 초월한 탐욕. 그리고 30년 신뢰를 초월한 배신.

"욕심부리지 말고 딱 백만 원만 빌려왔어야 했는데…."

남자가 격하게 흐느끼기 시작했다. 나는 칸막이 너머를 뚫어져라 응시하며 소매로 이마의 땀을 훔쳐냈다.

"자, 자… 흥분하지 마시고요."

"그 친구를 앞에 두고 있으니 저도 모르게 이상한 말이 절로 튀어나왔습니다. 그냥… 한동안 수입이 없어서 식구를 굶기게 됐다. 쌀이나 사게 여유 되면 백만 원만 빌려다오. 솔직하게 털어놓아야 했는데 말이죠. 딱 거기까지만. 하지만 저도 모르게…."

"다른 핑계를 대고 더 큰 돈을 빌리신 거군요."

남자가 고개를 끄덕였다. 그의 어깨가 리드미컬하게 들썩였다. 가빠진 호흡에 그는 괴로워하고 있었다.

"저, 선생님, 오늘은 여기까지만 들려주시고 나머지 이야기는 다음에 오셔서…."

하지만 남자는 고집을 꺾지 않았다.

"극비리에 진행되고 있는 엄청난 프로젝트가 있다고 했습니다. 얼마를 투자하든 몇 주 안에 두 배 이상의 수익을 올릴 수 있을 거라고 큰소리쳤습니다. 너무 아까운 기회라 놓치고 싶지가 않은데 수중에 가진 돈이 없어서 난감하다고 했죠. 혹시 여윳돈이 있으면 절 믿고 맡겨달라고 했습니다. 수익이 나는 대로 원금에 이자까지 두둑이 얹어서 갚겠다고 말입니다."

"친구분께서 순순히 들어주시던가요?"

"처음엔 좀 망설였습니다. 형태는 욕심이 없는 친굽니다. 너무 고지식해서 돈 굴리는 방법 따위엔 전혀 관심이 없어요. 요행을 바라지도 않고, 세상을 쉽게 살려고 하지도 않습니다. 무슨 일이 있어도 정도만 걷는, 그런 꽉 막힌 친굽니다."

"정말 세상에 그런 대박 프로젝트가 있긴 한가요? 돈만 넣어두면 정말 몇 주 안에 두 배 이상 불릴 방법이 있습니까?"

"신부님, 그렇게 쉬운 돈벌이는 세상에 없습니다."

그가 기다렸다는 듯 대답했다. 역시.

"솔직히 말씀드릴게요. 사실 전 그때… 도박에 빠져 지내고 있었습니다."

그것도 어느 정도 예상하였다.

"백수로 지내면서 딱히 할 일도 없고… 구경 삼아 카지노도 들락거리고, 경마장도 들락거리게 됐습니다. 집에선 못난 가장 때문에 집사람과 딸내미가 고생고생하고 있는데…."

"친구분께 돈을 빌려 도박하셨습니까?"

내가 나지막이 물었다. 그의 고개가 끄덕여졌다.

"최소한 3천만 원 이상 투자해야 프로젝트에 낄 수 있다고 둘러댔습니다. 3천만 원… 왜 갑자기 그런 액수가 튀어나오게 됐는지 저도 모릅니다. 그냥 말이 그렇게 나와버렸습니다. 3천만 원이 어느 집 개 이름도 아닌데…."

남자가 다시 기침을 시작했다. 다행히 이번엔 다섯 번 만에 끝이 났다. 그의 고백이 이어졌다.

"데드라인이 있어서 열흘 안에 반드시 돈을 마련해야 한다고 호들갑을 떨었습니다. 전 최대한 절실하게 들리게끔 연기했습니다. 아니, 사기를 쳤다는 게 적절한 표현이겠군요. 그 친구 형편에 당장 돈 천만 원 마련하기도 쉽지 않았을 겁니다. 그걸 알고 있었음에도 전 형태가 어떻게든 그 돈을 마련해 제게 넘겨주길 내심 기대했습니다. 그 정도로 전 도박에 미쳐있었습니다. 독하게 마음먹고 도박을 끊을 생각은 못 하고, 오히려 세상에 둘도 없는 친구를 등쳐먹을 궁리만 하고 있었습니다. 그땐… 정말 제정신이 아니었습니다. 머리가 제대로 돌아갔다면 절대 그렇게 못 했겠죠."

그가 흐느꼈다. 과거의 잘못을 뉘우치는 그에게서 진심이 느껴졌다. 그의 죄를 알고 나니 이젠 그 형태라는 친구가 어떻게 됐는지 궁금해졌다.

"그래서 어떻게 됐습니까? 결국 빌리셨습니까?"

"며칠 후 형태의 연락을 받게 됐습니다. 돈이 마련됐으니 만나자고 해서 들뜬 마음으로 나갔습니다."

"며칠 만에 3천만 원을 마련해 오셨다고요?"

"그날 형태가 제게 건넨 건 5천만 원이었습니다. 어쩌다 보니 돈이 더 마련됐다면서 아무것도 묻지 말고 가져가라고 하더군요. 꼭 두 배로 불려 이자를 두둑이 챙겨달라면서 씨익 웃더군요. 제가 장담한 대로 큰 수익이 나면 두 가족이 함께 해외여행을 다녀오자고 농담까지 했습니다. 그 친구의 얼굴 어디서도 의심의 빛을 찾아볼 수 없었습니다. 형태는 절 철석같이 믿고 있었어요. 미련하게. 전 멍하니 돈 봉투만 내려다보고 있었습니다. 가슴이 답답해지고, 코끝이 찡해져 왔어요. 갈등이 생기더군요. 일이 더 커지기 전에 돈을 돌려주고 일어나야겠다고 생각했지만, 몸이 말을 듣지 않았습니다. 어느새 눈앞에선 슬롯머신이 아른거리고, 귓전에선 경마장의 함성이 맴돌았습니다. 아무리 애를 써도 떨쳐지지 않았어요."

그는 얼굴을 두 손에 묻어버렸다. 결국 돈을 받아 도박으로 탕진해 버렸다는 얘기로군, 나는 속으로 혀를 끌끌 찼다.

"형태가 그런 거금을 어떻게 마련했는지 궁금했지만 그 친구 성격에 순순히 가르쳐 줄 리도 없었습니다. 게다가 그 돈을 날려버리면 어떻게 갚아야 할지도 전혀 걱정되지 않았습니다. 오직 큰 거한 건 터뜨려서 그동안 도박에 날린 돈도 되찾고, 형태에게 빌린 돈도 고스란히 돌려줘야겠다는 생각뿐이었습니다."

나도 모르게 고개가 저어졌다. 어떻게 그럴 수 있었을까? 다른 사람도 아니고, 30년 지기 죽마고우에게. 그의 말이라면 뭐든 의심하지 않고 믿어주는 친구에게. 그것도 5천만 원이라는 엄청난 돈을. 마음 같아선 따끔하게 호통을 쳐주고 싶었지만 나는 애써 흥분을 가라앉혔다.

"신부님…."

그가 격하게 흐느꼈다. 나는 칸막이 너머를 흘끔 쳐다보았다. 남자가 가볍게 떨리는 두 손으로 왼쪽 가슴을 움켜쥐고 있었다. 오, 하느님 맙소사.

"신부님…."

가래 끓는 음성으로 그가 나를 불렀다. 기어들어 가는 듯한 목소리가 심상치 않았다.

"저, 괜찮으십니까? 119 불러드릴까요?"

너무 오래 앉아있어 감각을 잃어버린 내 엉덩이는 어느새 의자에서 번쩍 들려있었다. 오, 주님. 제발 저분에게 아무 일이 없게 해주소서. 오, 성모 마리아여….

"괘… 괜찮습니다."

그가 가쁜 숨을 몰아쉬며 힘겹게 대답했다. 하지만 믿기 힘들었다. 희미하게 보이는 그의 표정은 여전히 심하게 일그러진 상태였다. 목소리에서도 기운이 전혀 느껴지지 않았다.

"아무래도 안 되겠습니다. 오늘은 이만 돌아가시죠. 정말 119에 연락하지 않아도 되겠습니까?"

"아닙니다. 괜찮습니다. 정말입니다."

그가 손사래 치며 말했다. 마침내 그의 두 손이 움켜쥐고 있던 가슴에서 떨어졌다.

"신부님 말씀처럼 오늘은 이만 돌아가는 게 좋겠습니다. 그때 생각을 하니 갑자기 울컥하고, 가슴이 뛰어서… 죄송합니다."

나는 들리지 않게 안도의 한숨을 내쉬었고, 그는 천천히 몸을 일으켰다. 달려 나가 부축을 해주고 싶었지만, 그는 이미 고해실 문을 열고 나가려는 참이었다.

"나중에 다시 오겠습니다. 고백할 게 아직 더 남았습니다. 워낙에 지은 죄가 커서요."

"네, 그러시죠. 그럼 조심해서 들어가십시오."

남자가 몸을 살짝 틀고 가볍게 묵례했다. 나는 들릴 듯 말 듯한 모깃소리로 사죄경을 읊어나가기 시작했다. 인자하신 하느님 아버지, 성자의 죽음과 부활로 세상을 구원하시고….

"저…."

고해실을 나가다 말고 남자가 천천히 몸을 돌렸다. 초췌한 얼굴에 구부정한 허리. 마치 걸어 다니는 시체를 보는 듯한 기분이었다.

"죽었습니다."

"네?"

"그 친구… 형태 말입니다. 죽었습니다. 자살했어요."

아….

"며칠 후에 형태를 찾아가 다 털어놓았습니다. 물론 그 친구가 마련해준 돈은 전부 날려버렸고요. 그런 엄청난 일을 벌여놓고도 전 염치없이 형태가 모든 걸 이해해 줄 거라 기대했습니다. 원래 그런 친구였으니까요. 제가 무슨 짓을 저질러도 절 다그치기보단 감싸주는 친구였으니까."

그의 고개가 떨구어졌다. 그의 어깨가 다시 들썩이기 시작했다.

"형태는 유서도 남기지 않고 스스로 목숨을 끊었습니다. 농약을 마시고… 제가 죽인 겁니다. 제가 그 친구를 죽였다고요!"

그의 감정이 격해져 갔다. 눈물샘도 다시 터져버리고 말았다. 절규에 가까워진 그의 말은 제대로 알아듣기가 힘들 정도였다.

"그 친구… 형태가 어떤 녀석인지 아십니까? 장례식을 치르고 용서를 구하기 위해 제수씨를 찾아갔는데… 다 털어놓고 나서 제수씨의 처분을 달게 받으려고 했는데… 그런데 제수씬 아무것도 모르더군요. 남편에게 무슨 일이 있었는지. 왜 남편이 자살을 했는지. 형태는 저 때문에 전 재산이나 다름없는 집을 날렸습니다. 그런데도 식구들에겐 저에 대해 한마디도 하지 않았어요. 죄는 제가 지었는데 대가는 그 친구가 대신 치른 겁니다."

이젠 내 가슴이 답답해져 왔다. 이야기가 그렇게 맺어질 거라고는 미처 상상도 못 했다. 나는 남자가 원망스러웠다. 사제 신분이 아니었다면 당장 뛰쳐나가 그를 흠씬 두들겨 패주었을지도 몰랐다. 아무리 그가 죽음을 앞둔 말기 암 환자라 해도. 어떻게… 어떻게 사람이 그럴 수 있을까?

"신부님…."

그가 흐느끼며 말했다.

"전 정말 죽어 마땅한 인간입니다. 아니, 인간도 아닙니다. 짐승
도 이러진 않을 거예요."

그건 맞는 말이었다. 사제복을 벗는 일이 있어도 그 얘기는 꼭
해주고 싶었다. 당신은 인간도 아니라고. 짐승만도 못하다고.

"그… 그런데… 제겐 신부님께 고백할 중죄가 더 남아있습니다.
하지만 오늘은 도저히… 다음에 와서 마저 고백하겠습니다. 아무
리 인간 같지 않아도 꼭 들어주십시오. 다음에 와서 이보다 더 엄
청난 고백을 하더라도 부디… 부디 들어주십시오. 그래야 제가 편
하게 갈 수 있습니다."

"돌아가십시오."

"신부님…."

더는 듣고 싶지 않았다. 나는 칸막이의 덧문을 닫고 눈을 질끈
감은 채 몸을 홱 돌려버렸다. 그렇게 몇 분간 소리 없이 흐느껴 울
던 남자는 조용히 문을 닫고 고해실을 나갔다.

두 번째 고해

　그는 벌써 네 번째 한숨을 내쉬고 있었다. 남자는 아동도서 전집 외판원이라고 했다. 아무리 먹고사는 게 중요하다지만 자신이 하고 다니는 '짓'은 정말 해선 안 되는 사기행위라고 고백했다. 그는 오늘 하루 동안만 서른 명이 넘는 무고한 주부를 괴롭혀 댔다고 했다. 필요 없으니 나가달라는 요청에도 아랑곳하지 않고 현관에 버티고 서 있었고, 거친 말이 오가는 동안 상대를 잡아먹을 듯 험악하게 노려보기도 했으며, 순진해 보이는 주부들에겐 말도 안 되는 거짓말로 허위광고를 해댔다고 말했다. 그뿐 아니라, 화를 내며 그를 쫓아낸 집 대문엔 가래침을 뱉어놓았고, 당장 꺼지지 않으면 경찰에 신고하겠다고 으르렁거리는 상대에겐 눈을 부라리며 저주를 퍼붓기도 했다고 덧붙였다. 하지만 무엇보다도 수준 미달의 책들을 황당할 정도로 비싼 가격에, 그것도 불법으로 팔고 다니는 것이 자신이 하루도 빠짐없이 저지르는 죄라고 털어놓았다.

고해를 마치고 일어서는 그에게 나는 명함이 있으면 하나 달라고 했다. 문득 어린 조카들이 떠올랐기 때문이다. 나중에 필요하면 연락하겠다고 하자 남자는 머뭇거렸다. 최소한의 양심은 남아있는 듯했다. 그는 차마 명함을 내놓지 못했다. 나는 그에게 몇 가지 조건을 내걸었다. 본인 스스로도 수준 미달인 책들이라 시인한 만큼 이치에 닿는 적절한 가격을 제시할 것. 둘째 조카의 돌이 코앞으로 다가왔으니 만약 판매가 이루어지면 신속히 배달해줄 것. 그리고 책을 받아본 누나가 마음에 들어 하지 않으면 조건 없이 전액 환불해줄 것. 그제야 남자는 지갑에서 명함을 꺼내 고해실 칸막이 밑으로 밀어 넣어 주었다. 도서출판 그린 트리, 세일즈 담당, 김봉식. 남자의 정감 넘치는 이름에 나도 모르게 피식 웃음이 터져 나왔다. 다행히 남자는 그 소리를 듣지 못했다.

아동도서 전집 외판원이 고해실을 나갔다. 나는 눈을 감은 채 그의 명함을 만지작거리며 다음 고백자를 기다렸다. 밖은 쥐 죽은 듯 고요했다.

스르르 졸음이 몰려오기 시작했다. 몸에 긴장이 풀리면서 지난주 고해실을 찾아왔던 남자가 떠올랐다. 이름이 뭐였더라? 이석규? 석구? 나는 지난 일주일간 오로지 그만을 생각하며 지냈다.

남자의 고백은 사제서품을 받은 후 고해실에서 들어본 것 중 가장 충격적인 내용을 담고 있었다. 도박에 빠져 친구에게 사기를 치고, 결국 그를 죽음으로 몰고 갔다는…. 고해실에서 용서받지 못할 죄는 세상에 없었다. 하지만 과연 그런지 의심스러웠다. 과연…

기도하듯 모아 쥔 두 손에 이마를 가져가 댔다. 그리고 스르르 잠에 빠져들어 갔다. 요 며칠 밤을 지새운 탓인지 눈꺼풀이 닫히기가 무섭게 나지막이 코까지 골기 시작했다. 선잠이었지만 단잠이었다. 제발 다음 고백자까지 딱 5분만 주어졌으면.

얼마나 지났을까. 앞에서 들려온 바스락 소리에 눈이 번쩍 떠졌다. 기분으로는 3분도 채 눈을 붙이지 못한 것 같았다. 하지만 머리가 한결 가벼워진 것을 보니 적어도 10분 이상은 잠에 빠져들어 있었던 모양이었다.

나를 깨운 바스락 소리는 어느새 들어와 있는 다음 고백자의 점퍼가 내는 것이었다. 나는 헛기침을 한 번 하고 잽싸게 자세를 바로잡았다.

"신부님…."

고백자의 음성을 듣는 순간 정신이 번쩍 들었다. 나는 두 눈으로 확인해보기 위해 고개를 살짝 돌리고 칸막이 밖을 내다보았다. 그 사람이었다. 일주일간 내 마음을 산란하게 휘저어 놓았던, 바로 그 남자.

"두 번째 고백을 하러 왔습니다."

남자의 음성엔 여전히 힘이 없었다.

"몸은 좀 괜찮으십니까?"

묻고 나서도 마음이 불편했다. 좋아져봤자 시한부 인생인데.

"저번에… 여길 다녀간 후로 마음이 많이 편해진 걸 느꼈습니다. 아무리 이곳에서 죄를 사해준다 해도 죽는 날까지 마음이 무겁겠지만… 어쨌든 큰 짐 하나를 벗어놓은 것처럼 편해졌습니다."

나는 그 덕분에 일주일을 찜찜하고, 불편하게 보냈다고 대꾸해주려다 꾹 참았다. 왜 이 사람에겐 관대해지지 않는 거지? 난 신부잖아. 설령 상대가 부모를 냉혈하게 죽인 패륜아라도 이러면 안 되는 거잖아. 그런데 왜 이 사람만 보면 감정 주체가 안 되는 거지?

"저… 그럼 시작하겠습니다."

내게서 아무 대꾸가 없자 그가 머뭇거리다가 입을 열었다. 오늘은 또 무슨 거창한 얘길 하려고 시작부터 이렇게…

"좀 오래된 일입니다. 그러니까 집사람이 은주, 우리 딸내미를 배 속에 넣고 다닐 때였습니다."

두 번째 고백이라 그런지 처음보다는 긴장이 많이 풀려있는 듯했다. 하지만 그의 몸 상태를 잘 알기에 이번에도 역시 그가 자극받지 않도록 묵묵히 듣기만 했다.

"신부님, 전 아내를 사랑합니다. 진심으로. 세상에 우리 집사람처럼 착하고, 속 깊은 여자는 또 없을 겁니다."

갑자기 아내 자랑을….

"전 무조건 아내를 위해 희생하고 헌신해야 했습니다. 제 목숨보다도 소중한 사람입니다. 그냥… 아내 말이라면 뭐든 다 들어줘야 했습니다. 전 아낼 사랑하니까요. 하지만…."

그가 긴 한숨을 내쉬었다. 나는 서서히 긴장하기 시작했다. 혹시 그의 호흡이 가빠지진 않는지 지켜봐야 했다. 말기 암에 심근경색. 그야말로 몸에 시한폭탄을 두르고 다니는 셈이었다. 그를 자극했다간 내가 살인자가 될 수도 있었다.

"전 항상 말뿐이었습니다. 늘 사랑한다고 하면서도 아내에게 보이는 행동은 전혀 그렇지 못했습니다."

"부인을 매우 힘들게 하셨던 모양입니다."

고해라기보다는 상담에 가까운 분위기였다. 남자도 그런 점을 별로 개의치 않는 듯했다.

"아내가 임신 7개월에 접어들었을 때 부부싸움을 심하게 한 적이 있었습니다. 술을 먹고 들어와 자리에 누우려는데 왜 매일 귀가가 늦느냐고 잔소리를 하더군요. 마침 그날 회사에서 좋지 않은 일도 있었고… 게다가 거의 고주망태가 되어있던 상태라…."

남자가 다시 흔들리기 시작했다. 서서히 가빠지는 호흡.

"그래도 처음엔 꾹 참아봤습니다. 요즘 아침 프로를 보면 부부간의 갈등이 어쩌고저쩌고, 설루션 프로그램이니 뭐니 하면서 나오던데… 거기 나오는 한심한 남자들… 흥분하고, 욕하고, 손찌검하고…. 전 정말 제가 그런 인간들과 다르다고 생각했습니다. 배우자에게 함부로 손찌검하는 놈들이야말로 세상에서 가장 나쁜 놈입니다. 안 그렇습니까?"

"상대가 누구든 폭력은 옳지 않죠."

"하지만 그 상대가 자기 배우자라면 문제가 더 심각한 거 아닙니까? 술집에서 시비가 붙어서 주먹이 오가는 상황과는 차원이 다르잖아요. 바로 이런 게 패륜이 아니고 뭐겠습니까."

"임신 중인 부인에게 손찌검하셨습니까?"

남자가 두 손에 얼굴을 묻고 나지막이 흐느끼기 시작했다. 결국 또 터지고 말았군. 나는 다시 긴장 모드에 접어들었다.

"신부님. 저란 사람도 아침 프로에 나오는 버러지만도 못한 인간들과 다르지 않았습니다. 아니, 그 사람들보다도 훨씬 나쁜 놈입니다."

어떤 일인지 대충 감이 왔다. 측은하기보다는 남자의 꼴이 점점 보기 싫어졌다. 죽마고우에게 사기를 치질 않나, 임신 중인 배우자를 폭행하질 않나. 앞으로 고해실에서 남자와 함께 머물러야 하는 시간이 죽기보다 싫어질 것 같았다. 그것이 1분이든, 10분이든, 1시간이든.

"전 원래 폭력적인 사람이 아닙니다. 하지만 그날은… 저도 모르겠어요. 그냥… 순간적으로 욱하더라고요. 그냥 잔소리 몇 마디 들었을 뿐인데."

나지막한 흐느낌은 어느새 곡을 하듯 격해져 있었다.

"아무리 술김에 했다 해도 이건 절대 용서받을 수 없는 일입니다."

아셨으면 애초에 하질 말았어야죠. 그 말이 목구멍까지 올라왔지만 가까스로 다시 삼켜버릴 수 있었다. 이 남자, 이 사람, 이 인간. 점점 더 혐오스러워졌다. 나는 그가 이런 죄도 고백하면 깨끗이 사해질 수 있느냐고 물어주길 바랐다. 그 질문이 던져지자마자 나는 준비했던 대답을 머뭇거림 없이 들려줄 참이었다. 절대! 절대! 절대!

"저도 모르게 손이 올라갔습니다. 아내의 뺨을 올려붙였죠. 아내의 눈이 휘둥그레졌습니다. 그리고… 당연한 반응이었지만, 아내는 이성을 잃고 말았습니다. 악을 쓰며 제게 달려들었죠. 그때 그냥 묵묵히 맞고만 있어야 했는데…."

"부인께서 임신 중이셨다니 선생님께서 더더욱 참으셨어야죠. 임산부에겐 가벼운 스트레스조차도 치명적이지 않습니까."

애써 온화하게 말했다. 상대에겐 고백이겠지만 내겐 인내력 테스트나 다름없었다. 더 이상 시한부 인생이라고 동정하고 싶지 않았다. 그럴 수만 있다면 당장 남자를 성당에서 쫓아내 버리고 싶었다. 처음으로 사제가 된 게 후회가 됐다.

남자가 손수건을 꺼내 코를 풀었다. 그는 격해진 감정을 추스르느라 한동안 말을 잇지 못했다.

순간 민희가 떠올랐다. 그녀가 다시 내 머릿속으로 찾아든 건 거의 여섯 달 만의 일이었다. 교통사고로 세상을 떠났을 때, 그녀 역시 칸막이 너머 남자의 불쌍한 아내처럼 임신 중이었다. 앞의 남자는 꾹 참고 아내의 잔소리를 묵묵히 받아주었어야 했고, 나는 그날 피곤해하는 민희를 밖으로 끌어내지 말았어야 했다. 그녀가 사고를 당한 건 다 내 책임이었다. 나 때문에 민희와 그녀 뱃속의 태아가, 내 아이가, 우리 아이가….

"아내가 갑자기 달려드니 저도 확 돌아버리더라고요. 아내의 불룩한 배를 보고 생각을 고쳐먹을 겨를이 없었습니다. 생각보다 몸이 먼저 반응했습니다."

남자의 고백이 이어지자 그때 일이 더욱 생생하게 떠올랐다. 비명, 타이어 미끄러지는 소리, 그리고 피. 자그마한 몸이 쏟아냈다고는 믿어지지 않을 만큼 엄청난 양의 피.

"일부러 그런 건 아니지만… 어쩌다 보니 아내의 배를 걷어차게 됐습니다."

나도 모르게 두 주먹이 불끈 쥐어졌다. 아내를, 임신한 아내를,

그것도 임신한 아내의 부푼 배를.

"아내가 외마디 비명을 지르며 나가떨어졌습니다. 순간 시간이 멈춘 것 같았습니다. 그냥… 멍했습니다. 저 자신이 저지른 짓인데도 믿어지지가 않더군요. 아내는 두 손으로 배를 움켜잡은 채 실신했습니다. 전 그날 태어나서 처음으로 기도라는 걸 해봤습니다. 119에 연락하고도 마음이 놓이지 않아 제가 직접 아내를 태우고 병원으로 달렸습니다. 정신없이 차를 몰아가면서 제발 아내에게, 그리고 우리 아이에게 아무 일 없게 해달라고 하느님께, 부처님께, 빌고 또 빌었습니다. 아내에게 무슨 일이라도 생기면 당장 한강으로 달려가 자살할 결심까지 했습니다."

"부인과 태아는…."

"아내는 하혈을 조금 했고, 쇼크를 크게 받은 상태였지만 다행히 회복되었습니다. 여러 검사를 통해 아이도 무사하다는 걸 확인했고요."

남자가 손수건을 쥔 주먹으로 가슴을 몇 번 쓸어내렸다.

"우릴 담당한 응급실의 젊은 여의사가 자초지종을 듣고 절 경찰에 신고했습니다. 외국이었다면 벌써 수갑을 차고 유치장에 들어갔을 거라고 하더군요. 전 신고를 받고 온 경찰에게 제발 끌고 가서 유치장에 처넣어달라고 애원했습니다. 그 의사도 당장 끌고 가라고 길길이 날뛰었고요. 하지만… 의식을 회복한 아내가 의사와 경찰에게 눈물로 애원했습니다. 자기가 부주의해서 넘어졌을 뿐이라고 거짓말을 했습니다. 남편을 체포할 거면 자기도 같이 데려가라고 고래고래 소리쳤습니다. 의사는 흥분한 아내를 진정시켰고, 경찰은 간단한 조사만 하고 나서 돌아갔습니다. 결국 아내 덕분에 범죄자 신세를 면할 수 있었던 거죠."

저번엔 죽마고우 친구가 그를 살렸고, 이번엔 아내가 그를 살렸다. 인간 말종에게도 인복은 있는 모양이었다.

"이런 죄도 사해주실 수 있습니까? 친구를 죽이고, 아내와 딸까지 죽일 뻔했습니다. 이런 저도 용서를 받을 수 있나요?"

두 줄기 눈물이 그의 양 볼을 타고 흘러내렸다. 내게 그럴 권한이 있었다면 보나 마나 아니라고 했겠지만….

"아마… 아닐 겁니다. 신부님도 이런 고백은 처음 들어보셨을 겁니다. 정말… 말이 안 나오지 않습니까? 하나도 아니고, 둘씩이나."

왜 이 사람만 보면 감정 조절이 안 되는 거지? 고해성사를 한두 번 해본 것도 아니고. 이러면 안 되는데. 난 사제야. 그냥 듣기만 하라고. 타이밍에 맞춰 보속을 주고, 사죄경만 읊어주면 되는 거야. 흥분할 거 없어.

"그렇죠? 어렵겠죠?"

"오늘 고백은 다 하신 겁니까?"

냉담한 내 말에 남자가 잠시 당혹스러워했다.

"네…."

나는 눈을 감고 칸막이 쪽으로 두 손을 펼쳤다.

"인자하신 하느님 아버지…."

사죄경을 읊어나가는 중에도 그는 연신 코를 훌쩍였다. 갑자기 피로가 밀려들었다. 서둘러 남자를 돌려보내고 사제관으로 달려가 몸을 뉘이고 싶었다. 칸막이 너머의 남자만 대하고 있으면 이상하게 진이 빠졌다. 42.195킬로미터를 전력 질주해 온 무모한 러너라도 된 듯이.

"주님께서 죄를 용서해주셨습니다. 평안히 가십시오."

"아, 신부님…."

나는 그의 말을 못 들은 척 칸막이 덧문을 매몰차게 닫아버렸다. 칸막이 맞은편은 잠잠했다. 남자는 여전히 고해실을 나가지 않고 있었지만, 1분이 지나도록 입을 열지 않고 있었다. 제발 가주십시오. 제발.

"저, 신부님…."

그가 떨리는 음성으로 칸막이 너머에서 입을 열었다.

제발 좀….

"다음에 다시 오겠습니다. 마지막… 마지막으로 고백할 게 남았습니다. 정말 마지막입니다. 그때도 제 고백을 들어주시고, 씻을 수 없는 제 죄를 사해주시면…."

사해주면? 그렇게 해주면?

"얼마 남지 않은 제 인생… 그나마 편안하게 갈 수 있을 것 같습니다. 부탁드리겠습니다."

고해실 문이 닫히고 남자가 발을 질질 끌며 성당을 걸어 나가는 소리가 들려왔다. 그제야 오랫동안 참고 있던 숨이 탁 터져버렸다.

마지막 고해

오늘처럼 비가 억수로 내리는 날엔 민희 생각이 더 간절했다. 이석구라는 남자가 두 번째 고백을 하고 가버린 후로 나는 하루하루를 민희 생각으로만 보냈다. 미사 집전 중에 딴전을 피우다 신도들의 눈총을 받기도 했다. 하지만 시도 때도 없이 떠오르는 그녀의 얼굴은 막을 수도 없고, 막고 싶지도 않았다. 잠시라도 눈을 감고 있을 때면 두 번 다시 떠올리고 싶지 않은 그날 일이 자동으로 눈앞에서 재연되었다. 단 한 번의 예외도 없이. 북적거리는 골목, 그녀의 환한 미소, 갑자기 등 뒤에서 들려온 굉음, 그리고 비명. 10분 전에 겪은 일처럼 너무나도 생생했다. 특히 피, 그리고 절규.

그럼에도 나는 그를 위해 기도했다. 아니, 그래 보려 노력했다. 이석구, 사기꾼, 파렴치한, 인간 말종. 쉽진 않은 일이었지만 그래야만 했다. 나는 사제니까. 선택의 여지가 없었다. 마음에 들든 아니든, 그건 상관없었다. 비록 절차를 무시한 고해였지만 고해실 안에선 누구나 죄의 사함을 받고 마음의 평화를 얻어갈 권리가 있었다. 칸막이 너머의 고백자가 이석구보다 몇십 배, 아니, 몇백 배 더 짜증 나고, 악랄한 인간이라 해도. 사제서품 받던 날 주님 앞에 엎드려서 했던 맹세를 잊어선 안 되었다.

남자는 열흘째 모습을 보이지 않고 있었다. 불길한 기분이 들었다. 그의 상태를 잘 알기에 걱정이 클 수밖에 없었다. 만약… 만약 그가 병마에 백기를 들어버린 것이라면… 집이라도 알고 있었으면 진작 찾아가 종부성사를 봐주었을 텐데. 그는 자신의 아내와 딸이 이 성당의 신도라고 했었다. 그가 그들의 세례명을 대려 했을 때 나는 그럴 필요 없다고 그의 말을 막았었다. 그의 아내와 딸이 누구인지 알지 못하니 그들을 통해 거주지를 알아낼 방법도 없었다.

오늘은 고해성사가 없는 날이었다. 왠지 모를 허전함이 성당 안에 감돌고 있었다. 놀라운 일이었다. 어느새 나는 그를 기다리고 있었다. 조바심이 났고, 호기심이 발동했다.

"마지막으로 고백할 게 남았습니다. 정말 마지막입니다."

두 번째 고백을 마치고 고해실을 나서며 그는 말했었다. 사기와 배우자 폭행. 과연 세 번째 고백은 어떤 내용일지 궁금했다. 인간이 그보다 더한 죄를 지을 수 있는지도 의문이었다. 뭘까, 세 번째 고백은? 강간, 성추행, 살인? 연쇄 살인?

거센 빗줄기가 양쪽 벽에 줄지어 나 있는 스테인드글라스 창을 후려쳐 대고 있었다. 가끔 천둥 번개가 가슴을 철렁 내려앉게 만들기도 했다. 번뜩이는 십자가상을 한동안 물끄러미 올려다보고 있을 때 성당 출입문 쪽에서 거슬리는 끼익 소리가 들려왔다. 문이 열리고 소름 끼치는 바람 소리가 귓전을 때렸다. 콩닥거리는 가슴을 애써 진정시키고 몸을 돌려보았다.

남자. 그가 온 것이었다. 여전히 꾀죄죄한 모습. 그는 물이 뚝뚝 떨어지는 우산을 바닥에 살며시 내려놓고 나를 향해 가볍게 묵례했다. 나는 말없이 고해실을 가리켰다. 그가 고개를 끄덕이고 고해실 쪽으로 천천히 걸어 나가기 시작했다. 우산을 쓰고 왔음에도 그의 머리와 옷은 흠뻑 젖어있었다. 나는 그가 고해실에 들어갈 때까지 기다렸다. 심장 박동이 빨라졌다. 심호흡을 한 번 한 후 성호를 그으며 고해실로 향했다. 고해실 뒤편에 나 있는 사제 전용 문으로 들어서자 남자의 거친 호흡 소리가 들려왔다. 나는 들릴 듯 말 듯한 신음을 짧게 내뱉고 나서 자리에 앉았다. 내가 칸막이 덧문을 열자 기다렸다는 듯 남자의 입이 열렸다.

"아, 계셨군요. 다행입니다. 고해성사가 있는 날도 아니고… 안 계시면 어쩌나 걱정했습니다."

"고해성사가 있을 때 오실 줄 알았습니다."

"그때까지 기다릴 수가 없었습니다. 아시다시피 이런 상태로는 언제 큰일을 당하게 될지 몰라서요. 그냥… 좀 불안했습니다. 마지막 고해까지 마쳐놔야 가벼운 마음으로 떠날 준비를 마무리 지을 수 있을 것 같았습니다."

지난 두 차례의 고해와 달리 남자는 유난히 조바심을 내고 있었다. 말은 속사포처럼 빨랐고, 가볍게 떨리는 음성에선 흥분이 묻어나왔다.

"그럼 시작해 보시죠."

남자가 심호흡을 두어 번 한 후 헛기침을 했다.

"전 친구를 등쳐먹었고, 임신 중이던 아내에게 손찌검했습니다. 둘 다 용서받지 못할 중죄죠. 그런데…."

그가 다시 한숨을 내쉬며 고개를 떨어뜨렸다. 곧이어 요란한 천둥소리가 들려왔지만 남자는 움찔하지 않았다. 야릇한 기분이었다. 폭우가 쏟아지는 날의 어둑한 고해실. 갑자기 정전이라도 되는 날엔… 상상도 하고 싶지 않았다.

"전 그보다 훨씬 끔찍한 죄를 지은 적이 있습니다."

사기, 배우자 폭행. 대체 무엇이 그보다 더 끔찍할 수 있을까?

"딱 10년 전의 일입니다."

10년 전이라…. 그렇다면 1998년. 남자는 10년 전에 사기와 배우자 폭행보다 훨씬 끔찍한 죄를 지었다고 고백 중이었고, 같은 해

88

에 나는 그 어떤 악몽보다 훨씬 잔인한 사건을 겪어야만 했었다.

"새로 뽑은 차를 타고 가다가 사람을 치었습니다."

순간 가슴이 철렁했다. 설마 뺑소니?

"집 앞 골목이었는데… 새 차다 보니 저도 모르게 들뜨더라고요. 평소엔 과속 한 번 안 해봤는데… 새 차라 그런지 쌩쌩 잘 나가는 것 같고, 그러다 보니 흥이 절로 나더군요. 항상 사람들로 북적이는 골목이라 과속은 절대 금물인데…."

"저… 그럼 사고를 당하신 분은…."

"죽었습니다. 아니, 정확히는 모르지만 아마 죽었을 겁니다."

마치 기다리고 있었다는 듯 천둥소리가 요란하게 들려왔다. 내 입에서 짧은 입김이 탁 뱉어졌다. 머릿속에서 민희의 모습이 스멀스멀 떠올랐다. 그리고 검은 바닥에서 빠르게 번져 나가던 피도.

"너무 경황이 없어서 제대로 보진 못했지만… 젊은 여자였습니다. 기껏해야 20대 중반 정도밖에 되지 않았을 겁니다."

순간 머리가 아찔해졌다.

"먹자골목 입구라 항상 통행하는 사람들이 많았죠. 속도를 줄이고 안전운전을 하지 못한 제 탓이었습니다."

"먹자골목이라면…."

"사당 사거리 먹자골목."

민희가 변을 당했던 곳도 바로 사당 사거리 먹자골목 입구였다. 나는 귀를 의심했다.

"앞에서 택시가 불쑥 나타났습니다. 전 깜짝 놀라서 핸들을 꺾었죠. 골목 가장자리로 사람들이 많았지만 전 오로지 차만 생각했습니다. 새로 뽑은 차라 어떻게서든 접촉 사고만은 피하고 싶었습니다. 저도 모르게 무의식적으로 반응한 거죠. 물론 사람이 차보다 덜 중요하다는 건 아닙니다. 그런 상황에선 당연히 사람부터 생각하는 게 마땅하죠. 하지만…."

남자가 습관처럼 얼굴을 두 손에 파묻었다. 격하게 흐느끼는 그의 어깨가 들썩였다. 어느새 그의 호흡이 가빠져 있었다. 하지만 나는 빠르게 악화되어 가는 그의 몸 상태보다 고백을 마저 듣는 데 더 신경을 쏟고 있었다.

"택시를 피하기 위해 핸들을 꺾었고, 마침 앞에서 걷던 여자를 치었습니다."

"아까… 사고를 당한 여자분이 사망했다고 하셨죠?"

"차의 오른쪽 앞부분이 그녀의 허리에 정통으로 꽂혔거든요. 그리고 앞으로 고꾸라지면서 바닥에 머리를 심하게 부딪쳤습니다. 끊어진 허리 때문이 아니라면 머리가 깨져서 죽었을 겁니다."

민희도….

"그… 그래서 어떻게 하셨습니까?"

"순간적으로 멈춰야 한다는 생각은 했는데… 발이 액셀러레이터에서 떨어지지 않더군요. 정신이 하나도 없고… 머리와 몸이 따로 놀았습니다. 머리는 세우라고 하는데 몸은 계속 차를 몰아 나갔어요."

"그럼, 뺑소니를?"

남자가 괴로워하며 고개를 끄덕였다.

"무서웠습니다. 너무너무… 왠지 멈추면 제 인생이 끝장나 버릴 것 같았습니다. 아주 짧은 시간이었지만 수갑을 차고 재판을 받는 모습과 교도소에서 썩고 있는 모습이 떠오르더군요. 사람을 치어 죽이다니…."

"그게… 정확히 언제였습니까? 10년 전이라면 1998년 말씀입니까?"

남자가 고개를 끄덕였다.

"봄이었나요?"

다시 끄덕. 고해실에서 사제가 형사처럼 심문하고 있다는 사실을 아직은 이상하게 생각하지 않는 눈치였다.

"4월이었습니다. 1998년 4월, 제가 낸 뺑소니 사고는 그날 9시 뉴스에도 나왔었죠."

"1998년 4월, 사당 사거리 먹자골목 입구에서 뺑소니…."

"네. 그날 뉴스에 나왔던 그 사건… 바로 제가 범인이었습니다."

남자가 목을 놓아 울기 시작했다. 나는 멍한 얼굴로 칸막이 너머를 내다볼 뿐이었다.

"나중에 자수는 안 하셨고요?"

남자가 말없이 고개를 끄덕였다.

"차가 뭐였습니까? 그때 선생님께서 운전했던 차가….."

그가 고개를 들고 나를 쳐다보았다. 이제야 사제에게 심문받고 있는 자신의 상황이 이상하다고 여겨진 걸까?

"소나탑니다. 아직도 그걸 몰고 다니고 있습니다."

"색깔은요? 무슨 색이었습니까?"

남자가 어깨를 들썩이며 내 얼굴을 빤히 쳐다보았다. 그의 고개가 아주 살짝 갸우뚱거려졌다.

"흰색입니다."

꼬치꼬치 디테일을 캐묻는 사제를 이상하게 여기고 있을 테지만 그는 그것을 두고 뭐라 할 입장이 아니었다. 죄의 사함을 원한다면 사제가 아니라, 누가 심문을 해도 묵묵히 협조해야 할 판이었다.

믿을 수 없었다. 고백자가 그때 민희를 치고 달아났던 바로 그 뺑소니범이었다니.

1998년 4월 25일. 오후 4시경, 민희는 사당 사거리 먹자골목 입구에서 반짝거리는 흰색 쏘나타에 치여 목숨을 잃었다. 당시 민희는 임신 7개월이었다. 그녀의 뱃속엔 내 아이가 있었다. 굉음을 내며 달려온 그 차는 불과 1초 만에 사랑하는 내 여자와 세상 공기 한 번 쐬어보지 못한 내 아이를 죽음으로 몰아넣었다. 순식간에 벌어진 일이라 뺑소니 차의 번호판도 제대로 확인하지 못했다. 아직 내 기억에 또렷이 남아있는 것은 '7'이라는 숫자 하나뿐이었다. 그 차 번호판의 마지막 자리.

당시 스물다섯 살이었던 내게 민희와 배 속 아이는 인생의 전부였다. 그들은 내가 숨 쉬며 사는 이유였고, 그들을 위해서라면 언제든 목숨을 내놓을 각오가 되어있었다. 철없던 시절이었지만 우리의 사랑은 세상의 그 어떤 사랑보다도 뜨거웠고, 진지했으며, 확고했었다. 그 덕분에 우리는 집안 반대를 무릅쓰고 독립선언을 할 수 있었고, 간신히 월세 30만 원의 옥탑방을 얻어 아무도 축복해주지 않는 새 출발을 할 수 있었다.

비록 결혼식은 올리지 못했지만, 우리는 여느 신혼부부보다 훨씬 깨가 쏟아지게 살았다. 서로를 존중했고, 한없이 아껴주었다. 배려는 습관이 되었고, 헌신은 버릇이 되었다. 한 번 끓인 콩나물국으로 일주일 이상 버티기 일쑤였고, 사 온 김치가 삭아 문드러질 때까지 아껴 먹었지만, 우리는 행복했다. 도서관에 갈 차비가 없어서 한여름 열기로 찜질방이 되어버린 비좁은 방에서 책을 들고파야 했지만 그래도 우리의 얼굴에선 미소가 가실 날이 없었다. 고시만 패스하면 그동안의 고생을 몇백 배로 보상받을 수 있을 거라 믿었다.

오래 가지 않아 민희는 임신을 했고, 우리는 아홉 달 후에 태어날 2세를 떠올리며 더욱 악착같이 살았다. 민희는 인근 봉제공장에서 일감을 조금씩 받아와 어려운 가정형편에 조금이나마 보탬이 되려 했고, 나는 그 모습을 측은히 지켜보며 몇 번이나 눈물을 삼켜야 했다. 고시 패스. 우리가 살길은 그것뿐이었다. 두 번째 기회는 꿈도 꿀 수 없었고, 실패는 옵션이 아니었다.

민희가 임신 7개월째 접어들었을 때 잘 먹지 못해 초췌해진 그녀의 모습을 보고 더 이상은 안 되겠다는 생각이 들었다. 운동 삼아 새벽에 신문 배달을 하며 조금씩 모아놓은 돈을 챙겨 들고 안 가겠다고 버티는 민희를 기어이 끌고 밖으로 나왔다. 마음 같아선 최고급 레스토랑에 데려가 최고급 메뉴를 원 없이 먹이고 싶었지만, 마지못해 끌려 나온 민희는 집 앞에서 밥이나 한 끼 먹고 들어가자며 고집을 부렸다. 30분에 걸친 실랑이 끝에 나는 민희의 고집에 두 손을 들어버리고 말았다. 우리는 손을 잡았고, 가벼운 걸음으로 먹자골목 입구의 식당들의 간판을 하나씩 훑어나갔다. 그녀의 발걸음은 가벼워 보였고, 내 가슴 한편은 은은히 아렸다.

그렇게 10분쯤 동네를 걷고 있을 때였다. 갑자기 뒤에서 들려온 굉음에 우리의 고개가 일제히 돌아갔다. 그리고 무엇이 그 굉음을 내고 있는지 확인도 하기 전에….

순간 시간이 멈춘 듯했다. 고막을 찢을 듯했던 굉음도 그 순간 만큼은 들리지 않았다. 누군가가 리모컨으로 느린 재생 버튼을 눌러놓은 것 같았다. 민희는 눈은 휘둥그레져 있었고, 그녀를 향해 맹렬히 달려드는 흰색 괴물을 지켜보는 내 눈은 몇 배 더 커져 있었다. 일 초도 채 되지 않는 짧은 순간이었지만 나는 살기를 뿜어내며 무섭게 달려오는 거대한 백곰 한 마리를 떠올렸다. 그 백곰의 진로를 가녀린 민희가 막고 서있었다. 슈퍼맨이 아니고선 절대 벗어날 수 없는 상황이었다. 흰색 차는 민희로부터 3미터도 채 떨어져 있지 않았고, 나는 그제야 부질없는 반응을 시작했다. 성난 백곰이 달려드니 우리도 치타가 되어 그 자리를 피해야 했다. 하지만 우리에겐 변신은커녕 외마디 비명 한 번 지를 여유도 없었다.

둔탁한 소리와 함께 민희의 몸이 붕 떠올랐다. 두 눈으로 똑똑히 목격하고 있는 순간에도 나는 내 눈을 의심했다. 영화 속에서도 보기 힘든 장면이 눈앞에서 보란 듯이 펼쳐지고 있었다. 말이 안 되었다. 그것은 악몽이었고, 악몽은 잠에서 깨는 순간 잊을 수 있었다. 하지만 악몽이라 넘겨짚기엔 눈에 들어오는, 귀에 들어오는 모든 것이 너무나도 생생했다.

민희를 친 흰색 쏘나타는 멈추지 않았다. 마치 아무 일도 없었다는 듯 먹자골목 입구를 잽싸게 빠져나가 버렸다. 나는 본능적으로 뺑소니 차의 번호판을 확인했다. 7. 마지막 자리가 7인 것만을 확인하고 다시 쓰러져있는 민희 쪽으로 시선을 돌렸다. 뭔가 해야 했지만 몸은 말을 듣지 않았다. 사방에서 행인들이 모여들어 우리를 에워쌌지만, 누구 하나 나서서 손을 써주는 이는 없었다.

나는 민희의 목에 손가락을 가져가 댔다. 맥이 짚이지 않았다. 가슴이 철렁 내려앉았다. 그녀의 얼굴로 귀를 가져가 보았지만 역시 호흡은 느껴지지 않았다. 절규가 끓어올랐지만 쇼크로 벌어진 입에선 아무 소리도 나오지 않았다. 한 손으로는 민희의 얼굴을, 또 다른 손으로는 민희의 배를 매만졌다.

그제야 몰려든 사람들이 휴대폰을 꺼내 들고 다이얼을 시작했다. 나는 바닥에 널브러진 민희를 끌어안았다. 여전히 믿어지지 않았다. 그래서 눈물도 나오지 않았다. 눈을 한 번 질끈 감았다 뜨면 이 악몽에서 깨어날 수 있을 것만 같았다.

신고가 들어간 지 5분 만에 경찰이 도착했고, 15분 만에 구급차가 도착했다. 그리고 민희는 끝내 눈을 뜨지 못했다. 의사들은 민희를 소생시키지 못했고, 경찰은 뺑소니범을 찾아내지 못했다. 민희의 죽음을 받아들이기까지는 사흘이 걸렸다. 영안실을 지키면서도 넋 나간 사람처럼 민희만 불러댔다.

그렇게 민희를 묻고 난 후에야 나는 그녀가 영영 돌아오지 않을 거란 사실을 깨달았다. 하지만 그 깨달음을 얻고 난 후에도 한동안 그녀가 내 곁을 맴돌고 있기라도 한 듯 나 자신도 알아듣기 힘든

중얼거림을 쏟아냈다. 그녀에게 안부를 물었고, 농담을 던졌으며, 왜 날 두고 먼저 가버렸냐고 질책해 댔다. 더 이상 있지도 않은 그녀에게.

나는 정해진 수순에 따라 폐인의 길로 접어들었다. 고시 공부는 포기했다. 사람답게 사는 것도 포기했다. 몇 달 동안 옥탑방에 틀어박혀 지냈다. 방 구석구석 배어있는 그녀의 흔적을 보고, 맡고, 느꼈다. 머리는 어깨를 완전히 덮어버렸고, 수염은 얼굴의 절반을 감추어버렸다. 기력도 점점 떨어져 갔다.

머릿속에선 민희의 모습과 내게서 그녀를 앗아간 흰색 쏘나타만이 아른거렸다. 매일 아침 눈을 뜨면 습관처럼 담당 형사에게 전화를 걸었다. 항상 같은 질문, 잡았습니까? 찾았습니까? 언제부터인가는 전화를 걸어도 응답이 없었다. 경찰서에 불을 지르고 싶었다. 그런 다음, 전국을 돌며 눈에 보이는 흰색 쏘나타를 망치로 부숴버리고 싶었다. 그 차 주인들을 갈가리 찢어 죽이고 싶었다. 하지만 충동이 일 때마다 민희는 환영으로 나타나 나를 말렸다. 그녀는 그만 잊으라고 했다. 그만 정신을 차리라고 했다. 설령 그를 찾아 복수를 한다 해도 자기는 전혀 기쁘지 않을 거라고 했다. 민희는 꿈속에서도 내게 애원했다. 그를 용서하라고.

내가 고집을 꺾던 날, 마침내 민희는 내게 미소를 지어 보였다. 그리고 나는 그녀가 세상을 뜬 후 처음으로 길고, 달콤한 잠을 누릴 수 있었다.

하지만 용서란 그리 쉬운 일이 아니었다. 더군다나 그런 인간을 용서하려면 초인적인 능력이 필요했다. 하지만 나는 초인이 될 수 없었고, 결국 내 머리로 떠올릴 수 있는 유일한 방법으로 민희의 간청을 들어주기에 이르렀다.

원래 가톨릭 신자였던 나는 본당 신부와 교구장의 추천을 받아 신학교에 입학했고, 대학에서 4년, 대학원에서 3년, 그렇게 총 7년간 사제직 수행에 필요한 영성 교육과 지적 교육을 받고 나서 사제 서품을 받았다. 팔자에도 없는 신부가 된 것이었다.

그 후로도 민희는 가끔 꿈속으로 나를 찾아왔다. 그녀는 매번 같은 질문을 던졌다. 진정으로 그를 용서했냐고, 마음의 평화를 찾았냐고, 더 이상 저승에서 내 걱정을 하지 않아도 되겠냐고.

그래.

물론.

당연하지.

이렇게라도 민희의 간청을 들어주게 돼서 다행이었다. 꿈속 그녀의 얼굴도 몰라보게 환해졌다. 하지만…

민희가 이렇게 나를 시험하리라고는 상상도 못 했다. 그것도 아주 고약한 방법으로. 어떻게 자길 치고 달아났던 뺑소니범을 내 앞에 툭 던져놓을 수 있는지. 대체 나더러 어쩌라고. 가혹한 테스트였다. 용서하겠노라고, 잊겠노라고 다짐을 해왔건만 어느새 주먹이 쥐어진 내 두 손엔 힘이 잔뜩 들어가 있었다. 고해실 어디선가 민희가 나를 지켜보고 있을 것 같았다. 엄한 감독관처럼 매서운 눈초리로 나를 평가하고 있을 것 같았다. 하지만 절대 패스하고 싶지 않은 테스트였다. 마음 같아서는 칸막이를 부수고 달려나가 이석구라는 파렴치한의 멱살을 잡아 쥐고 싶었다.

칸막이 너머에서 거칠어진 남자의 숨소리가 들려왔다. 그의 오른손은 빠르게 들썩이는 가슴을 쥐고 있었다.

나는 더 이상 고백자를 대하는 사제가 아니었다. 고해는 어느새 추궁으로 바뀌어 있었다. 민희가 지켜보고 있든 말든, 나는 황금 같은 복수의 기회를 놓치고 싶지 않았다. 남자는 내 인생을 한순간에 지옥으로 만들어버렸다. 이젠 그가 지옥을 맛볼 차례였다. 민희, 그리고 그녀와 함께 떠나버린 우리 아이. 용서? 재고의 가치도 없었다.

"저⋯."

가까스로 입을 열었다. 하지만 쿵쾅대는 가슴이 자꾸 입을 막으려 했다. 하지만 마지막 확인 작업은 반드시 거쳐야 했다. 그리고 그 후엔⋯ 그 후엔⋯.

"분명히 1998년 4월에 사고를 냈다고 하셨죠?"

어깨를 들썩이며 흐느끼는 남자가 살짝 고개를 들었다. 뜻밖의 질문에 흠칫 놀라는 것 같았다.

"네."

그가 불안해하는 표정으로 고개를 끄덕였다.

"그리고 차는 흰색 쏘나타였고요? 맞습니까?"

"네. 그런데 그건 왜…."

더 이상 꺼질 곳도 없는 가슴이 다시 한번 철렁 내려앉았다. 나는 지금 민희를 살해한 범인과 마주 앉아 있는 것이었다. 칸막이 너머를 쏘아보는 내 눈에 한층 더 힘이 들어갔다.

"사당 사거리 먹자골목 입구에서…."

"신부님, 대체 왜 그러시는지 말씀을 좀…."

어느새 나는 복수를 생각하고 있었다. 고해실에서, 그것도 사제가. 하지만 인간쓰레기, 이석구를 마주하고 있는 이 순간만큼은 복수의 화신이 되고 싶었다. 자꾸 민희의 얼굴이 눈앞에 아른거렸고, 코끝이 찡해져 왔다. 당장이라도 목에 둘린 로만칼라를 뽑아 칸막이에 내던지고 싶었다.

"신부님…."

"왜 그러셨습니까?"

내 음성은 다시 차분해져 있었다. 아직은 흥분할 때가 아니었다.

"신부님…."

"왜 그러셨습니까? 왜 사람을 치고 달아나셨습니까?"

"그땐 저도 왜 그랬는지…."

"자기가 차로 받은 사람이 쓰러져 피를 쏟고 있는데 왜 그냥 도망치셨습니까? 그 사람을 태우고 응급실로 데려갔으면 살 수도 있지 않았겠습니까? 그런데 왜 모른 척 가버리셨습니까?"

마침내 남자가 큰 소리로 울음을 터뜨렸다. 격한 흐느낌이 고해실을 가득 채웠다. 이 순간을 위해 수십 년을 참아왔던 울음 같았다.

"당신… 인간 맞습니까?"

"잘못했습니다, 신부님. 잘못했습니다. 용서해주십시오."

'용서'라는 단어가 튀어나오자 나도 폭발했다.

"용서? 사람을 치고 달아났다고 하지 않았습니까. 그래 놓고도 용서라는 말이 나옵니까?"

"신부님…."

"당신은 살인을 저질렀습니다. 죽마고우 친구는 사기를 쳐서 숨지게 했고, 부인을 걷어차는 것으로 배 속 아이를 죽일 뻔했습니다. 그리고 10년 전엔 사람을 치고 달아나기까지… 그런데도 용서를 받고 싶단 말씀입니까? 대체 무슨 배짱으로 여기까지 온 겁니까?"

놀랍게도 내 음성은 여전히 차분하고, 차가웠다. 두 손으로 가슴을 움켜쥐며 괴로워하는 이석구를 지켜보면서도 나는 전혀 동요

하지 않았다. 아니, 오히려 어떻게 하면 그를 더욱 극심한 고통의
나락으로 떠밀어 버릴 수 있을지 궁리하고 있었다.

"그냥 집사람이… 고해실에 가서 다 털어놓으면… 나중에 떠날
때 가뿐하게….“

"무고한 사람을 죽여놓고도 가뿐하게 눈을 감을 생각을 하신 겁
니까?"

남자가 기침을 시작했다. 두 손으로는 헝클어진 머리를 움켜잡
은 채였다. 질타는 계속 이어졌다.

"당신이 죽인 그 사람… 당신이 백번 죽는다고 다시 살아나지
않습니다. 어떻게 책임지실 겁니까?"

"잘못했습니다. 잘못했습니다….“

남자의 절규 너머로 천둥소리가 쩌렁쩌렁 울렸다. 하늘도 진노
하고 있었다. 이 사람에게 벼락을 내려달라는 간절한 기도를 올리
고 싶어졌다.

"사람을 치어 죽여놓고도 그동안 잠이 오던가요?"

남자가 숨넘어가는 소리를 내기 시작했다.

"신부님… 심… 심근경색 때문에….“

심근경색, 췌장암, 시한부 인생. 더 이상 그의 상태가 신경 쓰이
지 않았다. 고해실에서 캑캑거리다가 죽든지 말든지. 내가 로만칼
라를 두르고 사제복 차림으로 고해실에 앉게 된 것도 다 눈앞의 파

렴치한 때문이었다. 그때 사고만 아니었으면 지금쯤 민희와 우리 아이, 우리 세 식구는….

"그동안… 지난 10년간 단 하루도 두 다리를 뻗고 잠을 자본 적이 없습니다."

남자가 가까스로 진정을 되찾은 후 말했다.

"믿으실지 모르지만 사실입니다."

당연히 믿을 수 없었다. 살인자의 말을 어떻게….

"매일 악몽에 시달렸고, 양심에 시달렸습니다. 하루하루를 참회하는 마음으로 살아왔습니다. 말기 암 진단을 받은 후로는 참회 일기도 써왔습니다. 하루도 빠짐없이 진심으로 참회하는 제 마음을 노트에 적어왔습니다. 나중에 때가 되면 그 노트를 피해자분의 댁으로 부쳐드릴 생각이었습니다. 그렇게나마 제 죄를 솔직하게 털어놓고, 용서를 구하면 제가 편히 갈 수 있을 것 같았습니다."

참회 일기? 그깟 게 죽은 민희를 되살릴 수 있어? 10년 전으로 시간을 되돌릴 수 있느냐고.

"왜 자수하지 않으셨습니까?"

"자수는… 두려웠습니다. 처자식을 두고 철창에 들어갈 생각을 하니 눈앞이 캄캄했습니다. 용기가… 용기가 나질 않았습니다."

"내 생전 당신처럼 파렴치하고, 염치없는 사람은 처음 봅니다."

내 언성이 다시 높아졌다.

"당신 같은 뺑소니범은 감방에서 최소한 50년은 썩고 나와야 합니다. 아니, 그걸로는 부족합니다."

"시… 신부님…."

"제 말이 틀렸습니까? 왜요? 무고한 사람을 치어 죽이는 건 괜찮고, 감방에서 썩는 건 싫습니까? 아직 변명하실 게 더 남았습니까?"

"제가 죽을죄를 지었습니다. 진심으로 참회하고 있습니다."

"너무 늦었습니다."

"신부님…. 여기서 고백하면…."

"여기가 아니라 다른 곳 어디서도 안 됩니다. 당신은 지옥에 한 번 떨어져 봐야 정신을 차릴 겁니다."

남자가 괴로워했다. 격한 흐느낌, 가슴을 꽉 붙잡은 두 손. 또다시 그에게 호흡곤란 증세가 찾아든 듯했다. 하지만 나는 계속 몰아붙였다. 복수. 그것은 떠난 민희를 위해 내가 할 수 있는 유일한 일이었다. 복수. 사랑했으니까, 사랑하니까 반드시 그래야 했다. 10년의 세월이 흘렀지만 내 가슴의 멍은 여전히 시퍼렇게 남아있었다. 그 멍을 풀어줄 수 있는 건 오직 그의 파멸뿐이었다.

"당신은 씻지 못할 죄를 저질렀습니다. 이제 와서 솔직히 털어놓는다고 죄가 사해질 줄 아십니까?"

내 언성이 점점 높아졌다. 뒤통수 안쪽이 띵 해오는 게 느껴졌다. 이성이 슬그머니 빠져나가는 중이었다.

"당신이 치어 죽인 그 사람…."

민희 생각에 두 주먹이 불끈 쥐어졌다. 마음 같아선 칸막이를 부수고 뛰쳐나가고 싶었다. 그리고 그를….

"그녀에게도 가족이 있었겠죠. 그 생각은 안 해봤습니까? 그녀를 끔찍이 사랑하는 배우자가, 연인이, 식구들이 있었을 거라는 생각은 못 했습니까?"

"무… 물론…."

남자가 격하게 기침을 해대다가 재킷 주머니를 뒤적이기 시작했다. 칸막이 너머로 작은 약병을 꺼내 드는 그의 모습이 보였다. 심장약인 모양이었다.

"잠시만요. 약 좀 먹고…."

나는 그의 사정 따위는 봐주고 싶지 않았다. 눈앞에서 그가 고꾸라져 괴로워하는 모습을 보기 전까진 화가 풀릴 것 같지 않았다. 사제서품을 위해, 그리고 용서를 취미 삼는 진정한 사제가 되기 위해 인내했던 10년의 세월이 허무하게 무너져 내리고 있었다. 나는 더 이상 마르코 신부가 아니었다. 다시 인간 최용희로 돌아와 있었다. 떨리는 손으로 로만칼라를 목에서 뽑아냈다.

"당신의 아내가, 당신의 딸이 뺑소니차에 치여 죽었다고 생각해 보십시오."

이석구는 약을 넘기고도 진정하지 못했다. 여전히 두 손으로 가슴을 쥔 채 우거지상을 하고 있었다.

"당신이라면 그 파렴치한을 너그럽게 용서해줄 수 있겠습니까? 당신을 찾아와 잘못했다고 울고불고하면 그의 사과를 묵묵히 받아줄 수 있겠습니까? 당신은 그럴 수 있는 초인입니까?"

남자가 격하게 흐느끼며 고개를 저었다. 그의 얼굴을 파랗게 질려있었다. 고해실의 희미한 불빛 속에서도 심각한 그의 상태를 헤아릴 수 있었다.

"신부… 님…."

그의 한 손이 칸막이 쪽으로 뻗어내겼다. 뭔가 할 말이 있는 듯했지만 그의 입에선 가쁜 숨만이 터져 나올 뿐이었다.

"그래 놓고도 목숨 부지를 위해 바동거리는 겁니까? 삶에 그토록 미련이 남느냔 말입니다. 당신 목숨은 중요하고, 당신이 치어버린 그녀 목숨은 파리만도 못합니까? 그래서 뺑소니쳤던 겁니까? 그래서 10년이 지난 지금껏 자수를 안 했던 겁니까?"

남자의 입에서 고통스러운 신음이 새어 나왔다. 그는 의자에서 미끄러져 바닥에 주저앉은 상태였다.

"입이 있으면 얘길 해보란 말입니다."

내가 힘이 잔뜩 들어간 주먹으로 칸막이 앞을 내리쳤다. 쾅 하는 소리와 함께 남자가 외마디 비명을 토했다. 큐에 맞춰 쳐진 천

106

둥이 성당을 진동시켰다.

"그냥 그렇게 살다 가십시오. 지옥이 기다리고 있을 겁니다. 내려가서 뜨거운 맛을 보면 그제야 당신 때문에 피눈물 흘려야 했던 사람들의 심정을 아주 조금이나마 헤아릴 수 있을 겁니다."

거의 악을 쓰다시피 했다. 눈이 따끔거렸고, 목이 아팠다. 온몸이 후들거렸다. 남자는 바닥에 엎드려있었다. 손이 꿈틀대는 것 같았지만 자세히 보니 아니었다. 칸막이 너머로 아무 미동도 없는 그를 내려다보니 머리가 아찔해졌다. 가슴이 철렁 내려앉았다.

나는 그렇게 이석구를 지켜보았다. 왠지 기력을 회복하면 다시 벌떡 일어나줄 것만 같았다. 하지만 1분이 지나도, 5분이 지나도, 그는 움직일 줄 몰랐다. 호흡하고 있다면 몸이 들썩이는 게 보여야 했지만….

설마….

내 안을 가득 채웠던 분노가 서서히 빠져나가면서 두려움이 찾아들었다. 민희를 죽이고, 우리 인생을 지옥으로 내던져버린 그가 바닥에 뻗어있는데도 전혀 기쁘지 않았다. 만약 눈앞의 남자가 숨을 거둔 게 맞는다면 이번엔 내가 살인자로 추궁을 받아야 할 차례였다.

성호를 그으며 칸막이 너머로 들어갔다. 이석구의 얼굴은 여전히 일그러진 채였다. 그의 옆에선 약병이 뒹굴고 있었다. 떨리는 손으로 그의 맥을 짚어보았다. 짐작했던 대로였다. 남자의 숨은 끊어져 있었다. 어차피 췌장암 말기로 오래 버티지 못할 환자였다. 하지만 세상엔 기적이란 것도 분명 존재했다. 내가 아니었으면 몇 년, 아니, 몇십 년을 더 살다 갈 수도 있었을지 모른다.

나는 남자의 옆에 풀썩 주저앉았다. 아무 생각도 나지 않았다. 더 이상 민희의 얼굴도 떠오르지 않았다. 기다렸다는 듯 우렛소리가 연속으로 들려왔다.

휴대폰.

허둥지둥 사제복을 더듬어보았지만, 사제관에 놔두고 온 휴대폰이 만져질 리 없었다. 급한 대로 남자의 재킷과 바지를 차례로 더듬어보았다. 그의 바지 주머니에 휴대폰이 들어있었다. 나는 심호흡을 몇 차례 한 후 그의 휴대폰으로 119를 다이얼 했다. 두 번의 신호음이 울린 후 상황실 대원이 응답했다. 흘러나온 그의 음성이 내 귀를 파고드는 순간 내 눈에서 눈물이 주룩주룩 쏟아져 내리기 시작했다.

고해실의 악마

억수로 퍼붓는 빗줄기를 헤치고 구급차가 도착했다. 신고가 들어간 지 정확히 10분 만이었다. 억세 보이는 구급대원과 땅딸막한 그의 파트너가 성당으로 뛰어 들어와 자초지종을 물었다. 나는 고백하러 들어온 신자가 갑자기 의식을 잃고 쓰러졌다고 말한 후 이석구를 소생시키기 위해 법석을 떠는 구급대원들을 말없이 지켜보았다. 나는 그들이 남자에게 다시 숨을 불어넣을 수 없을 거라는 사실을 알고 있었다. 내가 정신을 차리고 신고했을 때 이미 그에게선 맥이 잡히지 않았으니까. 그럼에도 그들은 남자에게 달려들어 필사적으로 심폐소생술을 해나갔다. 그리고 5분 후, 그들은 바퀴 달린 들것에 그를 싣고 밖으로 나갔다.

구급차가 떠난 후 기다렸다는 듯 경찰이 도착했다. 자신도 이

성당 신자라고 밝힌 젊은 경관은 몇 가지 간단한 질문만을 던진 후 돌아갔다. 어차피 그는 병원에서 남자의 상태에 대해 상세히 듣게 될 것이다. 그리고 아무도 나를 탓하지 않을 것이다. 뜻하지 않은 방법으로 복수에 성공했지만, 내 마음은 이석구라는 사람을 알기 전보다 훨씬 더 답답하고, 무거워졌다. 평생 이런 기분을 떠안고 살아야 한다면 오히려 내가 그의 저주를 받게 된 셈이었다.

나는 멍한 얼굴로 신도석에 앉아 성호를 그었다. 남자가 쓰러진 후 그은 성호만 수십 번이었다. 감정을 어떻게 추스려야 할지 몰랐다. 왠지 뼈저린 가책을 느끼는 게 정상일 것 같았지만 그것은 쉽지 않았다. 자꾸만 민희의 얼굴이 아른거렸다.

나 잘한 거지? 잘한 거… 맞지?

하지만 민희는 아무 말이 없었다. 나는 절박해졌다.

다… 다 널 위해 한 거야. 우릴 위해 그럴 수밖에 없었어.

내가 들어도 한심했다. 사람을 죽여놓고도 이토록 뻔뻔할 수 있다니. 나는 뺑소니범, 이석구보다 전혀 나은 인간이 아니었다. 아니, 어쩌면 그만도 못한 인간인지 몰랐다. 참았던 눈물이 다시 쏟아졌다.

내가 무슨 짓을 한 거지? 내가 대체 무슨 짓을….

머리를 쥐어뜯으며 신음하다가 자리에서 벌떡 일어났다. 호흡 곤란 증세가 점점 심해지자 나는 비틀거리며 밖으로 나왔다. 바깥 공기라도 쐬면 답답한 가슴이 확 뚫리면서 뭔가 답이 떠오를 것 같았다. 고해실에서 가슴을 움켜쥐고 신음하던 남자. 그도 이런 기분이었을까?

몇 칸 되지 않는 계단을 마저 내려오기도 전에 사제복은 빗물로 흠뻑 젖어버렸다. 불과 몇 미터 앞도 제대로 볼 수 없을 만큼 빗줄기는 굵고, 강했다.

나는 텅 빈 성당 주차장 한복판에 서서 온몸으로 비를 맞았다. 천둥이 칠 때마다 가슴이 내려앉았다. 하늘이 나를 질책하고 있었다. 다리가 풀렸고, 나는 빗물이 만들어 놓은 웅덩이에 첨벙 주저앉았다. 당장 어찌 해야 할지 막막했다. 아무 일도 없었다는 듯 사제관에 기어들어 가 잠을 청할 수도 없는 일이었다. 그렇다고 주차장에 주저앉아 넋을 놓고 있을 수도 없었다.

이마로 흘러내린 머리를 뒤로 쓸어 올리고 주위를 돌아보았다. 굵은 빗줄기 때문에 아무것도 볼 수 없었다. 방금 걸어 내려왔던 성당 앞 계단도 드리워진 비의 커튼에 가려져 있었다. 입에서 하얀 입김이 뿜어져 나왔다.

"민희야!"

내 절규도 우렛소리에 막혀 몇 미터도 채 벗어나지 못하고 시들해져 버렸다. 머릿속은 어느새 민희가 아닌, 이석구의 얼굴로 채워지고 있었다. 절박한 심정에 지푸라기라도 잡아보려 고해실을 찾아왔던 남자. 칸막이 너머에서 처절하게 울부짖던 남자. 사기꾼. 가정파괴범. 뺑소니범.

그럼 나는?

복수의 화신. 살인자. 짐승.

그때였다. 번개가 침과 동시에 주차장 한쪽 구석에 세워져 있는 흰색 승용차 한 대가 눈에 들어왔다. 한동안 그 차를 멍하니 쳐다보다가 천천히 몸을 일으켰다. 이상한 일이었다. 내 몸은 마치 자석에 끌리듯 그 차를 향해 다가가고 있었다.

쏘나타.

순간 가슴이 철렁 내려앉았다. 이석구의 것이 틀림없었다. 나는 휘청이면서 차의 운전석을 향해 다가갔다. 민희를 치고 달아났던 바로 그 차였다. 어느새 두 주먹엔 힘이 들어가 있었다. 나는 비명을 지르며 쏘나타의 보닛을 힘껏 내리쳤다. 그리고 다시, 그리고 또다시. 뼈가 으스러지고, 피가 튄다 해도 괜찮았다. 손에 총이 쥐어져 있었으면 앞 유리에 대고 신나게 갈겨댔을 것이고, 불도저를 몰고 있었으면 빌어먹을 이 차를 뭉개버렸을 것이다. 하지만 당장 내가 할 수 있는 것이라고는 부질없는 주먹질뿐이었다. 이렇게 수백만 번을 내리찍어도 분이 풀릴 것 같지 않았다.

무작정 운전석 문손잡이를 잡아당겨 보았다. 문은 걸려있지 않았다. 나는 잠시 머뭇거리다가 천천히 운전석에 올라탔다. 퀴퀴한 냄새가 코를 찌를 거라는 예상과는 달리 차 안에선 향긋한 남성용 화장품 냄새가 풍겼다. 순간 들것에 실려 성당을 나가던 그의 모습이 뇌리를 스쳤다. 살아서 들어와 죽어서 나가버린….

핸들을 살며시 쥐어보았다. 차가운 플라스틱이 살에 닿는 순간 손에 다시 힘이 들어갔다. 민희를 치는 순간 남자는 이 자리에 앉아서 무슨 생각을 했을까? 아니, 생각이란 걸 해보긴 했을까?

내 시선은 백미러에 걸려있는 묵주로 돌아갔다. 묵주. 피식 코웃음이 새어 나왔다. 사람을 치어 죽이고, 달아나기까지 한 사람이 어울리지 않게 웬 묵주? 그런 극악무도한 짓을 저지르고도 신앙을 가지면 모든 게 다 깨끗이 지워질 줄 알았나 보지? 마음 같아서는 묵주를 확 뜯어버리고 싶었다. 남자의 차는 이런 성스러운 물건이 걸려있어야 할 곳이 아니었다.

묵주 밑, 계기반 위에 작은 플라스틱 액자가 붙어있었다. 차량용으로 만든 싸구려 플라스틱 액자였다. 액자엔 가족사진이 담겨있었다. 싸구려 동네 사진관에서 찍은. 사진 속 남자의 모습을 보니 촬영한 지 얼마 되지 않은 것 같았다. 부모 사이에 낀 채 환히 웃고 있는 소녀의 모습이 눈에 들어오는 순간 가슴이 짠해졌다. 아버지가 죽었으니 이제 이 아인 어떻게 되는 거지? 또다시 가책이 찾아들어 증오를 녹여 나갔다.

잠시 액자를 훑던 내 손이 천천히 조수석 앞 글러브박스 쪽으로 이동했다. 마치 자석에 끌리듯이. 알 수 없는 기운에 홀려 차에 올라탔던 것처럼.

떨리는 손끝으로 글러브박스를 열어보았다. 마치 기다리고 있었다는 듯 두꺼운 대학 노트 한 권이 툭 튀어나왔다. 나는 그것을 집어 들고 겉장을 들춰보았다. 노트엔 또박또박 쓴 글씨가 깨알같이 적혀있었다. 바로 이석구가 고해실에서 얘기했던 참회 일기였다. 어느새 내 눈은 번뜩이고 있었다. 대체 뭘 어떻게 참회했는지 두 눈으로 직접 확인해보고 싶었다.

나는 첫 장부터 허둥지둥 훑어 내려가기 시작했다. 한 글자 한 글자에서 남자의 성의가 엿보였다. 그는 사고 발생 순간을 굉장히 상세하게 기록해 놓았다. 어쩌다 사람을 치게 됐는지, 치는 순간 느낌이 어땠는지, 왜 달아나기로 결심했는지. 그뿐 아니었다. 그 후로 가책에 얼마나 괴로워하며 하루하루를 지내왔는지도 적혀있었다.

나는 정신없이 그의 참회 일기를 훑어 나갔다. 그의 진심이 묻어나오는 것 같아 마음 한편이 무거웠지만 민희만 떠올리면 여전히 이가 갈렸다.

절반쯤 읽었을 때였다. 이상한 점이 눈에 띄었다. 참회 일기에 의하면, 이석구는 얼마 전부터 형편이 넉넉지 못한 유족에게 익명으로 돈을 보내왔다고 했다. 이상한 일이었다. 민희의 유족이라고는 나, 그리고 그녀의 친정 식구들뿐이었다. 나는 한 번도 남자의 돈을 받은 적이 없었고, 그녀의 식구들은 이미 오래전에 미국에 이민을 가버린 상태였다. 그렇다면 남자는 대체 누구에게 돈을 부쳐 왔던 것일까? 다른 가족을 민희의 유족으로 착각했던 것일까?

아무래도 이상했다. 나는 뛰는 가슴을 애써 진정시키고 대충 넘겼던 일기의 첫 부분으로 되돌아가 보았다. 그리고 남자가 또박또박 적어놓은 사고 날짜를 확인했다.

1998년 4월… 21일.

둔기로 뒤통수를 가격당한 듯한 느낌이었다. 머릿속이 깜깜해졌다. 내 눈을 믿을 수 없었다. 나는 다시 이석구가 기록해 놓은 사건 발생 날짜를 확인해보았다. 그리고 다시, 그리고 또다시, 몇 번을 들여다봐도 날짜는 변하지 않았다. 21일, 4월 21일. 그는 자신의 흰색 쏘나타로 1998년 4월 21일에 사람을 치고 달아났다고 기록해 놓았다. 사당 사거리 먹자골목 입구에서. 젊은 여자를.

민희, 사랑하는 나의 민희는 4월 25일에 변을 당했다. 흰색 쏘나타를 탄 뺑소니범에게. 사당 사거리 먹자골목 입구에서.

남자가 사고를 낸 날짜와 민희가 사고를 당한 날짜 사이엔 나흘의 갭이 있었다. 일치하는 것은 차와 장소뿐이었다.

머리가 아찔했다. 믿을 수가 없었다. 모든 게 말이 되지 않았다. 이 남자… 이석구는 분명히 민희를 치고 달아난 뺑소니범이었다.

하지만 참회 일기의 내용은….

그럴 리 없었다. 일기의 내용은 조작된 게 틀림없었다. 아니면, 그가 착각하고 있거나.

남자는 분명 사고를 냈던 차를 아직 몰고 다닌다고 했었다. 그렇다면 확인할 길이 하나 남아있었다.

번호판.

나는 뺑소니 차의 마지막 번호를 똑똑히 봐두었다. 흰색 쏘나타가 시야를 떠나기 전 내가 유일하게 건진 소득이었다.

7. 뺑소니 차의 번호판 끝자리는 7이었다. 10년이 지난 아직도 잊히지 않았다.

노트를 조수석에 살며시 내려놓고 천천히 빗속으로 나왔다. 걸음이 잘 떨어지지 않았다. 만약… 만약….

하지만 그럴 리 없었다. 이 차는 분명 그 차가 맞고, 이석구는 틀림없는 뺑소니범이었다. 나흘 간격으로 같은 장소에서 같은 색, 같은 모델의 차가 뺑소니 사고를 낼 확률은… 물론 확률적으로는 가능한 일일지는 모르지만….

덜컥 겁이 났다. 머릿속엔 민희와 이석구의 얼굴이 번갈아 가며 떠올랐다.

풀려버린 무릎은 말을 듣지 않았다. 하지만 더 이상 지체할 순 없었다. 떨리는 손으로 차 지붕을 더듬으며 한 걸음씩 옮겨 나갔다다. 불과 몇 미터밖에 떨어져 있지 않았지만 꼭 수만 리를 걷고 있는 듯한 기분이었다.

오, 하느님 아버지….

오, 성모님….

마침내 차의 트렁크에 다다른 나는 차에서 손을 떼고 뒤로 천천히 물러났다. 그리고 몸을 숙이며 쏘나타의 번호판을 들여다보았다.

순간 요란한 소리로 천둥이 쳤다. 나는 웅덩이가 생긴 바닥에 다시 철퍽 주저앉아 버렸다. 눈이 스르르 감겼다. 온몸에서 쥐가 났다. 아무 감각도 없었다. 이대로 그냥 의식을 놓아버리고 싶은 마음뿐이었다.

내가 무슨 짓을 한 거지?

눈을 감기 전 내가 확인한 번호판의 끝자리는 3이었다. 6033.

방금 나 자신에게 던졌던 질문이 다시 떠올랐다. 나흘 간격으로 같은 장소에서 같은 색, 같은 모델의 차가 뺑소니 사고를 낼 가능성은?

통계학자만이 풀어낼 수 있는 문제가 아니었다. 복잡한 숫자와 기호로 답할 문제도 아니었다. 답은 간단했다.

있다.

나흘 간격으로 그런 일이 벌어질 가능성은….

있다. 그게 답이었다. 이석구는 민희가 사고를 당하기 나흘 전, 다른 누군가를 치고 달아났던 것이다. 민희를 죽인 건 그가 아니었다. 하지만 그를 죽인 건 바로 나였다. 거창하게 복수라는 이름까지 붙여서. 말기 암 환자를, 그것도 심근경색으로 언제 쓰러질지 모르는 사람을 그렇게 몰아붙이다니. 그것도 고해실에서.

그에게 사과하고 싶었다. 사과로 모든 게 해결될 일은 아니었지만, 그래도 사과하고 싶었다. 무릎을 꿇고 싹싹 빌고 싶었다. 하지만 방법이 없었다.

나는 더 이상 사제가 아니었다. 오히려 내가 파렴치한이고, 살인자였다.

뭘 어찌해야 할지 몰랐다. 뭘 해야 모든 걸 원상태로 되돌려놓을 수 있을까? 도무지 답이 떠오르지 않았다. 내 시선이 서서히 활짝 열린 성당 정문으로 돌아갔다. 왠지 안에 들어가면 그 답을 얻을 수 있을 것 같았다. 제단 앞에 엎드려 참회하면 위에서 무슨 말씀이라도 내려주실 것 같았다.

후들거리는 다리를 가까스로 움직여 계단을 올라갔다. 온몸에서 물이 뚝뚝 떨어졌다. 들어선 지 몇 초도 되지 않아 바닥에 큰 웅덩이가 만들어졌다. 한쪽 구석에 자리한 고해실을 흘끔 돌아보았다. 순간 뒷덜미의 털이 곤두섰다. 그 안에서의 일들이 뇌리를 스쳐가기 시작했다. 정녕 시간을 돌릴 방법은 없는 걸까?

발을 질질 끌며 신도석 사이로 길게 나 있는 좁은 측량을 걸어 나갔다. 내 심정을 아시는지 제단 위 그분의 몸도 축 늘어져 있었다. 정말로 절 위해, 제가 지은 죄 때문에 거기 매달려 계신 겁니까? 절 대신해 그곳에 계시니 그럼 전 이제 된 겁니까? 제 죄가 사해진 겁니까?

뜨거운 눈물이 뿜어져 나왔다. 입술은 가볍게, 사지는 심하게 떨렸다. 남자의 영혼이 성당 안 어딘가를 조용히 맴돌며 나를 지켜보고 있는 것 같았다.

죄송해요. 죄송해요. 죽을 죄를 지었습니다.

절 용서하세요.

'용서'라는 단어에 남자의 영혼이 피식 웃고 있을 것 같았다. 그의 입에서 같은 단어가 튀어나왔을 때 내가 그랬던 것처럼.

뻔뻔한 놈.

제단 옆에서 성모상이 혀를 차고 있었다. 고개까지 살살 저으며.

맙소사. 이젠 눈에 헛것까지….

성호를 긋고 재빨리 제단 앞으로 달려가 바닥에 넙죽 엎드렸다. 두 팔을 양쪽으로 활짝 펴고 엎드려 차가운 바닥에 이마를 갖다 붙였다. 그리고 머릿속에서 일제히 떠오르는 기도문들을 정신없이 읊어나가기 시작했다. 성호경, 주의 기도, 사도신경, 성모송, 영광송….

하늘에 계신 우리 아버지…

전능하신 천주 성부…

은총이 가득하신 마리아님…

그리고 고백기도.

전능하신 하느님과 형제들에게 고백하오니…

생각과 말과 행위로 죄를 많이 지었으며, 자주 의무를 소홀히 하였나이다….

제 탓이오…

제 탓이오…

저의 큰 탓이옵니다….

그때였다. 어디선가 신음이 들렸다. 나는 눈을 뜨고 고개를 천천히 들어보았다. 눈을 뜨면 불쑥 나타날 것 같은 남자의 유령은 다행히 보이지 않았다. 나지막한 신음은 바로 머리 위에서 들려오고 있었다. 몸을 마저 일으킨 후 잔뜩 긴장한 상태로 제단 위를 올려다보았다.

십자가에 매달린 몸 곳곳에서 새빨간 피가 배어 나오고 있었다. 그럴 리 없어. 나는 꽉 쥔 두 주먹으로 눈을 북북 비벼댔다. 신음소리는 점점 높아졌다. 제단 옆 성모상까지 가세했다. 고개를 내 쪽으로 살짝 돌린 성모님의 두 눈에서 피가 흘러내렸다.

나는 분명히 비명을 질러대고 있었지만 내 귀엔 그 소리가 들리

지 않았다. 제단 위 큰 십자가가 그네를 타듯 좌우로 흔들리기 시
작했다. 성당 안엔 바람이 없었다. 이 역시 착시현상이 분명했지
만… 분명했지만….

정말? 정말 그렇게 생각해?

십자가를 지탱하고 있던 얇은 금속 사슬 하나가 뚝 끊어졌다.
그와 동시에 십자가의 요동도 한층 격해졌다. 성모상도 앞뒤로 흔
들거리다가 급기야는 앞으로 픽 고꾸라져 버렸다. 바닥에 닿는 순
간 그것은 수백만 개의 작은 파편으로 부서졌다.

나는 손으로 양쪽 귀를 단단히 막아 쥐고 몸을 홱 돌렸다. 하지
만 신음소리는 줄어들 줄 몰랐다. 휘청거리며 정문을 향해 걸음을
내딛기 시작했다. 측랑을 절반쯤 벗어났을 때였다. 마치 기다렸다
는 듯 천둥이 내리쳤다. 그리고 그 우렛소리와 함께 문이 거칠게
닫혀버렸다. 등 뒤에선 십자가가 제단 위에 떨어지는 소리가 들려
왔다. 양쪽으로 늘어선 긴 신도석들이 덜거덕거리며 진동하기 시
작했다.

황급히 달려가 힘껏 밀어보았지만, 육중한 문은 꿈쩍도 하지 않
았다.

민희야… 나 좀 어떻게 해줘. 제발….

그렇게 문과 씨름하고 있을 때 왼쪽에서 쿵 하는 소리가 들려왔
다. 나는 겁에 질린 눈으로 소리가 난 쪽을 돌아보았다. 고해실 문

이 세차게 열렸다 닫히기를 반복하고 있었다.

"마르코… 마르코…."

고해실 안에서 누군가가 나를 부르고 있었다. 그것은 남자의 음성도, 여자의 음성도 아니었다. 성인의 음성도 아니었고, 그렇다고 아이의 음성도 아니었다. 소름 돋게 만드는 속삭임.

"마르코… 마르코… 마르코…."

머리는 안 된다고 하는데도 몸은 어느새 고해실 쪽으로 서서히 다가가고 있었다. 몸은 더 이상 내 몸이 아니었다. 마치 고해실 안 누군가가 자석으로 나를 끌어들이고 있는 듯했다. 도저히 감당할 수 없는 기운이었다.

"마르코…."

누굴까? 누구의 유령일까?

그리고…

어떻게 해야 갑자기 유령의 집으로 돌변해 버린 이곳에서 벗어날 수 있을까?

어느새 나는 고해실 문 앞에 멈춰 서 있었다. 덜거덕거리던 문은 이제 얌전히 닫혀있었다.

악마일 거야. 날 이렇게 만든 건. 고해실에 악마가 있었어. 그가 날 홀리고 남자를 오해하도록 부추긴 거야. 내가 죽인 게 아니라고.

내가 들어도 한심했다. 사람을 죽여놓고, 오해였다니. 악마가 어쩌고저쩌고 주절대는 것도 유치해서 들어줄 수가 없었다.

하지만 그건 사실이었다. 오해. 나는 이석구가 민희를 치고 달아난 뺑소니범인 줄 알았다. 10년 전, 그즈음, 그곳에서, 그 차를 몰고, 그런 사고를 냈었다고 하니 어떻게 오해하지 않을 수 있었겠어?

그래서 잘했다는 거야? 아무 죄 없다고? 그렇게 있지도 않은 악마에게 뒤집어씌워 버리면 다 해결돼? 아직 정신을 못 차렸군. 넌 살인자야, 살인자. 살인자라고!

"마르코⋯."

떨리는 손으로 고해실 문손잡이를 잡았다. 여전히 몸은 머리와 따로 놀고 있었다. 열어보고 싶지 않았다. 안에 누가 있는지 궁금하지 않았다. 무서웠다. 소름이 돋을 만큼. 왠지 안에 있는 누군가는 영화 속에서처럼 성호를 긋고 성수를 뿌려대도 눈 하나 깜짝하지 않을 것 같았다.

끼익 소리와 함께 문이 열렸다. 나는 눈을 질끈 감았다. 안에 뭐가 있든 보고 싶지 않았다. 제멋대로 움직이는 손을 멈출 수 없다면 눈꺼풀만이라도 내 마음대로 제어해보고 싶었다. 다행히 눈꺼풀은 내 의지에 따라 굳게 닫혀주었다.

어느 정도 문이 열리자 기다렸다는 듯 두 발이 움직이기 시작했다. 나는 안으로 천천히 들어갔다. 마치 대형 냉동고에 들어와 있는 듯 냉기가 느껴졌다. 가뜩이나 비로 젖은 몸이라 견디기가 힘들었다.

쿵!

갑자기 등 뒤에서 들려온 문소리에 깜짝 놀라며 눈을 번쩍 떴다.

"악!"

나도 모르게 외마디 비명이 터져 나왔다. 최악의 타이밍에 떠진 내 두 눈에 민희의 모습이 들어왔다. 그녀는 좁은 고해실 바닥에 엎드린 채 미동도 하지 않았다.

"민희야?"

그녀는 10년 전, 뺑소니차에 치어 바닥을 뒹굴던 때와 똑같은 모습으로 누워있었다. 내가 환영을 보고 있는 게 분명했지만, 그런 건 아무래도 상관없었다. 설령 유령이 되어 나타났다 해도 나는 그녀가 보고 싶었다. 연기를 끌어안는 기분이 든다 해도 그녀를 꼬옥 품어보고 싶었다.

"민희야. 오빠가 말이야…. 큰 실수를 저질렀다. 오빠가 사람을…."

순간 말문이 턱 막혀버렸다. 가슴이 철렁 내려앉았다. 양쪽 팔뚝과 목덜미에 소름이 돋아나는 게 느껴졌다.

민희의 고개가 천천히 움직이기 시작했다. 머릿속이 아찔했다. 누군가가 바늘로 내 심장을 콕콕 찔러대고 있는 것 같았다. 민희와 눈이 마주치는 순간 다시 한번 외마디 비명이 터져 나왔다. 헝클어진 머리 아래로 피범벅이 된 그녀의 얼굴이 살짝 드러났다. 나는 뒤로 주춤 물러났다. 온몸에 마비 증상이 찾아들었다. 두 발은 바닥에서 떨어질 줄 몰랐다.

민희가 천천히 일어나 나를 똑바로 쳐다보았다. 다가가 와락 끌어안고 싶다는 충동은 사라진 지 오래였다. 눈을 다시 감아버리는 것도, 고개를 돌리는 것도 쉽지가 않았다.

민희의 입이 움직이기 시작했다. 내게 뭐라 말하고 있었지만 내 귀엔 아무 소리도 들리지 않았다. 등골이 오싹했다. 그녀의 말이 빨라졌고, 나는 입술 읽기를 포기했다.

그녀가 계속 뭔가를 중얼거리며 오른손으로 한쪽 벽을 가리켰다. 그녀는 칸막이를 가리키고 있었다. 칸막이 너머는 내가 있어야 할 곳이었다. 지금 내가 이렇게 나와 있으니 안엔 아무도 없어야 하지만….

갑자기 칸막이 너머에서 귀에 익은 기침 소리가 들려왔다. 그리고 천천히 검은 형체가 모습을 드러냈다. 남자… 이석구였다.

"신부님….'

다리가 풀리면서 나는 바닥에 털썩 주저앉아 버렸다. 민희가 나를 내려다보며 뭔가를 얘기하고 있었다. 그녀의 가늘고 긴 손가락은 여전히 칸막이 뒤의 남자를 가리키고 있었다.

"자, 제게 고백해보십시오. 뭘 잘못하셨습니까? 무슨 죄를 지으셨습니까?"

남자가 야릇한 미소를 짓다가 킬킬 웃기 시작했다. 민희도 칸막이 앞으로 다가가 서서 소름 돋는 소리로 웃음을 터뜨렸다.

"고백해보십시오. 제가 들어보고 마음이 동하면 용서해 드리겠습니다."

눈앞이 캄캄해졌다. 머릿속이 화끈 달아올랐고, 귀에선 백색 소음만 들렸다. 늑골을 뚫고 나올 것처럼 요동치던 심장이 박동을 늦춰가기 시작했다.

"신부님… 신부님….'

남자의 음성이 점점 작아졌다. 의식이 빠져나가는 중이었다. 끝이 보이지 않는 수렁으로, 나락으로, 지옥으로 떨어지고 있는 느낌이었다. 하지만 괜찮았다. 그렇게라도 고해실을 벗어날 수만 있다면, 이 끔찍한 살인 현장에서 헤어날 수 있다면.

마지막 남은 의식까지 전부 빠져나가기 전에 나는 기도를 시작했다.

전능하신 하느님과 형제들에게 고백하오니,

생각과 말과 행위로 죄를 많이 지었으며,

자주 의무를 소홀히 하였나이다.

제 탓이오.

제 탓이오.

저의 큰 탓이옵니다.

그러므로 간절히 바라오니,

평생 동정이신 성모 마리아와

모든 천사와 성인과 형제들은

저를 위하여 하느님께 빌어주소서.

이대로 하늘에 올라 민희를 볼 수 있으면 좋겠어. 지옥에 떨어
져 이석구와 재회하게 될지도 모르지. 내가 어쩌다 이렇게 됐을
까? 어쩌다….

오, 전능하신 하느님,

제게 자비를 베푸시어 죄를 용서하시고,

영원한 생명으로 이끌어주소서.

영원한 생명으로…

영원한 생명으로…

사랑하는 민희와 우리 아이 곁으로…

이끌어주소서.

아멘.

새 식구

"이것 좀 먹어봐. 배 많이 고프지?"

남편이 방금 사 온 치킨 한 조각을 아내 손에 쥐어주었다. 창백하고 핼쑥한 아내는 말없이 고개만 저어댈 뿐이었다.

"이러다 정말 큰일 나겠어. 뭐라도 먹어야 기운이 날 게 아니야."

아내는 두 손으로 감싸 쥔 자신의 배를 물끄러미 내려다보며 또다시 고개를 저었다.

"당신은 홀몸이 아니야. 이젠 뭐든 2인분씩 먹어야 한다고."

"여보, 나 무서워. 무서워서 죽을 것 같아."

아내가 몸을 바르르 떨며 펑펑 울기 시작했다. 남편은 아내 앞에 무릎을 꿇고 앉아 그녀의 손을 꼭 잡아 쥐었다.

"걱정하지 마. 다 잘될 거야."

아내는 남편의 눈을 잠시 들여다보다가 고개를 끄덕였다. 남편은 아내가 뿌리친 치킨을 다시 손에 쥐어주었다.

"잘 먹어야 돼. 그래야 버틸 수 있어."

아내는 손등으로 눈가를 훔친 후 치킨을 힘겹게 한 입 베어 물었다. 하지만 씹어보지도 못하고 이내 바닥에 뱉어버리고 말았다. 그녀가 떨어진 치킨 위로 속을 비워내기 시작했다. 연한 녹색을 띤 토사물이 폭포처럼 쏟아져 내렸다. 남편이 잽싸게 뒤로 돌아가 아내의 등을 두드려 주었다.

"곧 그분들이 도착할 거야. 조금만 더 참아보자, 응?"

남편이 아내의 귀에 대고 속삭였다.

남편은 아내를 부축해 방으로 들어갔다. 그는 아내를 침대에 눕혀놓고 나와 걸레로 엉망이 된 바닥을 닦아나가기 시작했다. 어느새 그는 바닥 청소의 달인이 돼 있었다. 새 식구를 맞이한 후로 이런 일을 매일 몇 차례씩 겪다 보니.

그가 걸레를 빨아 널고 있을 때 초인종이 울렸다. 그는 후다닥 달려 나가 손님을 맞았다. 몇 번 만난 적 있는 젊은 남자와 그가 데려온 초면의 노인.

"저희가 좀 늦었죠? 죄송합니다. 오는데 길이 좀 막혀서…."

젊은 남자가 안으로 들어서며 말했다.

"인사하시죠. 오늘 의식을 맡아주실 황석근 안드레아 신부님이

십니다."

남편은 부디 오늘, 예고도 없이 찾아든 새 식구를 확실하게 쫓아낼 수 있기를 간절히 빌며 두 사람을 아내가 누워있는 방으로 안내했다.

작가의 여자

"그러지 말고 우리 집으로 와요. 손님방이 있으니까 며칠 푹 쉬면서 얘기 나누면 좋잖아."

한수가 모처럼 들뜬 목소리로 말했다. 30대 초반의 편집자는 뜻밖의 초대에 잠시 주저했다.

"선생님 댁에서요?"

"집에 손님방이 따로 마련돼 있어서 지내는 데 불편하진 않을 거예요. 수영 씨 아직 휴가 못 갔지? 피서 왔다고 생각하고 며칠 놀다 가요. 온 김에 나랑 책 얘기도 실컷 나누고."

수영은 선뜻 답을 내놓지 못했다. 밀리언셀러 작가, 김한수는 출판사의 간판이자 대표의 오랜 친구였다. 편집자들에게 그의 말은 곧 법이었고, 그의 제안은 돈 코를레오네의 것만큼이나 거절하기 힘들었다. 수영은 그가 3년 만에 선보이는 신작 소설,《피의 미사》편집과 마케팅 기획을 담당하게 된 5년 차 편집자였다. 좋든 싫든 출간이 예정된 연말까지는 한수 곁에서 최대한 비위를 맞춰야만 했다. 대표의 간곡한 당부도 무시할 수 없었고.

"댁이 강릉이라고 하셨었죠?"

수영이 내키지 않는 톤으로 물었다.

"맞아요. 강릉시 성산면 위촌리. KTX 타고 오면 금방이야. 내가 역으로 마중 나갈 테니 교통편은 아무 걱정하지 말아요."

"아, 네…. 대표님께 말씀드리고 일정 잡아보겠습니다."

수영이 전화를 끊자 한수는 아쉬운 듯 입맛을 다시며 휴대폰을 내려놓았다. 그가 돌아서서 서재로 향하려는 찰나 혜정이 불쑥 나타나 그의 앞을 가로막았다.

"누가 오기로 했어?"

혜정의 목소리는 얼음장처럼 차가웠다.

"서울에서 편집자가 오기로 했어. 신작 관련해서 의논할 것도 있고, 마케팅 전략도 짜야 하고."

"그런 건 전화나 이메일로 하면 안 돼?"

"출판사에서 이번 작품 선인세로 얼마나 챙겨줬는지 알아? 이렇게라도 성의를 보이는 게 도리라고."

혜정은 잠시 한수를 흘겨보았다.

"당연히 여자겠지?"

"뭐?"

"편집자 말이야. 여자 맞지?"

"그게 왜 중요한데?"

혜정이 말없이 쏘아보자 한수는 헛기침을 한 번 하며 고개를 돌렸다.

"폐 수술 받고 나서 서울에 한 번 다녀올 때마다 며칠씩 앓아눕는 거 알잖아."

"그놈의 핑계는."

"거기까지 해. 여기서 더하면 나 정말 폭발할지도 몰라."

"폭발은 내가 해야지 왜 그쪽이 해?"

두 사람은 한동안 서로를 노려보았다. 늘 그렇듯 이번에도 한수가 먼저 한숨을 내쉬며 돌아섰다.

"난 싫다고 분명히 얘기했어."

혜정이 서재로 향하는 한수의 등에 대고 쏘아붙였다. 한수는 듣는 둥 마는 둥 한 손을 들어 살랑이고는 2층으로 올라가버렸다.

한수의 BMW 세단에서 내린 수영은 눈앞에 펼쳐진 풍경에 입이 떡 벌어졌다. 베스트셀러 작가의 전원주택은 그녀가 상상했던 것보다 훨씬 더 으리으리했다. 뒤로는 푸른 산이 병풍처럼 버티고 서 있었고, 앞으로는 공들여 관리한 티가 팍팍 풍기는 잔디가 드넓게 펼쳐져 있었다. 강릉 시내에서 5분 거리에 자리한 복층 단독주택의 외관은 마치 모던한 카페나 미술관을 연상시키는 모습이었다. 마치 한 폭의 그림을 보는 듯한 느낌이랄까. 10분 남짓 거리에 경포대 해수욕장이 있어 여름 휴가지로도 손색이 없었다.

수영은 한수의 안내를 받으며 안으로 들어갔다. 작가는 아담하게 꾸며진 손님방으로 젊은 편집자를 이끌었다. 욕실이 딸린 방에는 퀸사이즈 침대와 작은 책상이 갖춰져 있었고, 확 트인 전망이 기가 막힌 발코니에는 아늑해 보이는 흔들의자가 놓여있었다.

수영은 짐을 풀고 발코니로 나가 주변 경치를 감상했다. 기분 좋은 산들바람이 그녀의 얼굴을 간질였다. 눈부신 햇살에 눈을 가늘게 뜬 그녀는 한동안 앞뜰을 물끄러미 내려다보다가 작은 연못이 있는 쪽으로 시선을 돌렸다. 파라솔이 펼쳐진 나무 테이블에 한 여자가 앉아있었다. 수영의 시선을 감지했는지 여자가 갑자기 발코니를 휙 돌아보았다. 여자와 눈이 마주치는 순간 수영의 가슴이 철렁 내려앉았다. 경멸이 묻어나는 무표정한 얼굴, 예사롭지 않은 매서운 눈빛. 여자는 몇 초간 그렇게 수영을 노려보다가 다시 읽던 책으로 시선을 돌렸다. 수영은 마치 나쁜 짓을 하다가 들키기라도 한 것처럼 잽싸게 방으로 들어왔다.

왜 날 저렇게 노려보지?

수영은 침대 끝에 걸터앉아 콩닥거리는 가슴을 애써 진정시켰다. 몇 분 후, 그녀가 멍한 얼굴로 꺼진 TV 화면을 응시하고 있을 때 밖에서 노크 소리가 들려왔다. 수영이 화들짝 놀라며 벌떡 일어났다.

"식사 준비 다 됐으니 내려와요."

한수의 목소리였다.

"아, 네…. 곧 내려갈게요, 선생님."

수영은 정신을 가다듬고 편한 옷으로 갈아입은 후 향긋한 음식 냄새를 따라 주방으로 내려갔다. 무엇을 먹든 심한 급체로 이어질 것만 같은 기분이었다. 하지만 그렇다고 손님을 위해 공들여 준비한 음식을 사양하는 건 예의가 아니었다.

한수는 식탁 상석에 앉아 그녀를 기다리고 있었다. 수영은 어색하게 미소를 지어 보이며 다가가 작가가 가리키는 자리에 앉았다. 한수가 들뜬 얼굴로 날씨와 집 주변 볼거리에 대해 신나게 주절대고 있을 때 얇은 여름 원피스 차림의 여자가 주방으로 들어왔다. 아까 수영이 발코니에서 내려다봤던 바로 그 여자였다.

"안녕하세요. 김혜정이에요."

여자가 손을 내밀자, 수영이 쭈뼛쭈뼛 일어나 악수에 응했다.

"차린 건 없지만 많이 들어요."

혜정은 식탁을 총총 돌아 들어가 수영의 맞은편 자리에 앉았다.

한수가 혜정을 살짝 흘겨보며 고개를 저었다.

세 사람은 무겁게 감도는 정적 속에서 식사를 시작했다. 깨작대며 샐러드를 씹는 수영은 속이 점점 거북해져 옴을 느꼈다. 한수는 얼어붙은 분위기를 깨뜨리기 위해 엊그제 문득 떠올랐다는 기발한 플롯을 주절주절 늘어놓았고, 혜정은 마치 추임새를 넣듯 '유치해'와 '진부해'를 나지막이 연발했다.

"드레스가 너무 예뻐요."

수영이 가볍게 헛기침을 한 번 하며 혜정을 돌아보았다.

"고마워요. 친구에게 선물 받은 건데 맘에 쏙 들어서 자주 꺼내 입어요."

혜정은 수영과 눈도 맞추지 않은 채 무성의하게 대꾸했다. 뻘쭘해진 수영은 괜한 말을 꺼냈다며 속으로 자책했다.

잠시 후, 혜정이 물컵을 요란하게 내려놓고 자리에서 벌떡 일어났다.

"입맛이 없어서 먼저 일어날게요."

"몇 숟갈 안 떴잖아. 조금만 더 먹고 가."

한수가 혜정을 올려다보며 말했다.

"입맛이 없다고 했잖아."

혜정이 신경질적으로 내뱉고 돌아섰다. 그녀가 총총 걸어 주방을 나서자 한수가 다시 고개를 저으며 혀를 찼다. 수영은 모든 게 자신 탓인 것 같아 마음이 무거웠다.

"죄송해요, 선생님. 저 때문에 분위기가…."

"개의치 말아요. 수영 씨 때문이 아니니까. 무슨 바람이 불었는지 요 며칠 계속 저랬어요."

"그래도…."

"아, 개의치 말라니까. 자, 어서 들어요. 이따 원고 훑느라 진을 뺄 텐데 든든히 먹어둬야죠."

수영은 내키지 않는 손으로 젓가락을 집어 들었다. 그녀가 앞에 놓인 접시로 손을 뻗으려는 찰나 현관문이 거칠게 닫히는 소리가 들려왔다. 수영은 문밖으로 멀어지는 성난 발소리를 들으며 고문처럼 느껴지는 식사를 간신히 이어 나갔다.

가정파탄범.

혜정은 식사 내내 한수에게 바짝 붙어 앉아 시시덕대던 젊은 편집자를 떠올리며 이를 갈았다. 그녀는 한수가 그토록 해맑게 웃는 모습을 지금껏 본 적이 없었다. 북적이는 해변에 들어서자 그녀의 울렁거리는 속이 서서히 진정을 찾아가기 시작했다.

혜정은 당장 집으로 돌아가 깽판을 치고 싶은 충동을 간신히 억누르고 상쾌한 바닷바람에 과열된 머리를 식혔다. 한수의 신작 출간을 앞두고 긴밀히 의논할 게 있어 이 먼 곳까지 왔다는데 무작정

싫은 내색을 할 수는 없는 노릇이었다. 하지만 수영이 도착한 후로 얼굴에서 미소를 지우지 못하는 한수만 생각하면 혜정은 부아가 치밀어올랐다.

한 시간 정도 해변을 거닐며 분을 삭인 혜정은 무거운 걸음을 옮겨 집으로 돌아갔다. 잔디로 덮인 뜰을 가로질러 현관으로 올라간 그녀는 안에서 새어 나오는 웃음소리에 귀를 쫑긋 세웠다. 평소 웃음이라고는 모르던 한수가 숨넘어갈 듯 폭소를 터뜨리고 있었다. 그리고 그 위에 간간이 뿌려지는 젊은 편집자의 수줍은 웃음. 순간 혜정의 몸 속에서 다시 피가 끓어올랐다.

혜정은 소리 없이 문을 열고 안으로 들어갔다. 그녀가 한수의 서재로 바짝 다가갔을 때까지도 두 사람의 웃음소리는 끊이지 않았다. 그녀는 살짝 열린 문틈으로 방 안을 들여다보았다. 한수와 수영은 긴 소파 앞 바닥에 나란히 앉아있었고, 그들 앞에는 출력된 원고가 어지럽게 널브러져 있었다. 한쪽으로 밀어내진 낮은 탁자에는 맥주 캔 두 개와 과자 두어 봉지가 놓여있었다.

"실제로 가능하다니까. 얼마 전에 유튜브로 봤어요."

"정말요?"

"그럼, 설마 내가 말도 안 되는 얘길 늘어놨겠어요? 그게 쉽진 않아도 불가능하진 않아요."

"와아, 되게 신기한데요. 저도 이따 올라가서 봐야겠어요."

"잠깐 기다려봐요. 내가 폰으로 보여줄 테니까."

한수가 벌겋게 상기된 얼굴로 일어나 테이블로 다가갔다. 그가 휴대폰을 집어 드는 순간 그의 시선이 문 쪽으로 돌아갔다. 문틈으로 혜정이 서 있다는 걸 알아차린 한수가 바짝 얼어붙었다. 그의 얼굴에서 웃음기가 싹 가셨다. 혜정은 이글거리는 눈빛으로 한수를 노려보았다. 한수도 지지 않고 혜정에게서 눈을 떼지 않았다. 한쪽에서는 수영이 당혹스러운 표정으로 바닥에 흩어진 원고를 허둥대며 챙기고 있었다.

"왜 그래?"

마침내 한수가 입을 열었다.

"다정해 보이네. 계속들 해. 나 신경 쓰지 말고. 방해 안 할 테니까."

"손님 앞에서 무슨 말이 그래?"

"그쪽 손님이지, 내 손님이야?"

두 사람은 한동안 말없이 서로를 죽일 듯이 노려보았다. 원고를 챙겨 드는 수영의 손은 점점 빨라졌다. 그녀는 어떻게든 신속히 자신의 방으로 피신하고 싶은 마음뿐이었다.

혜정이 알아들을 수 없는 말을 웅얼거리며 휙 돌아섰다. 수영은 그제야 참았던 숨을 길게 내쉴 수 있었다. 한수가 고개를 저으며 수영에게로 돌아갔다.

"선생님, 저는 올라가서 지금까지 체크한 부분들을 살펴볼게요."

"괜찮아요. 여기서 계속해요."

"아니에요. 좀 쉬고 싶어서요. 사장님께 경과보고도 드려야 하고요."

수영은 챙겨 든 원고를 가슴에 꼭 품고 도망치듯 한수의 서재를 빠져나왔다. 그녀가 시야에서 사라지자 한수는 끓어오르는 분노를 가득 담아 바닥을 뒹구는 쿠션을 냅다 걷어찼다. 호날두의 무회전 킥처럼 날아간 쿠션은 맞은편 벽에 맞고 소파 위로 툭 떨어졌다. 한수는 홱 돌아서서 뙤약볕이 내리쬐는 뒤뜰을 내다보았다. 그는 분을 삭이려 연신 심호흡을 해보았지만 리드미컬하게 들썩이는 어깨는 쉬이 진정되지 않았다.

며칠 후, 밤새도록 한수와 머리를 맞대고 결말부를 뜯어고치느라 진을 뺀 수영은 해변에서 바람을 쐬고 오겠다며, 정오쯤 집을 나섰다. 한수는 양양에 사는 작가 친구를 만나러 일찌감치 차를 몰고 떠난 후였다. 창밖으로 멀어지는 수영의 뒷모습을 바라보던 혜정이 황급히 현관으로 내달렸다. 이상한 낌새를 챈 그녀는 50미터쯤 앞서나가는 수영을 미행하기 시작했다. 그녀의 머릿속은 해변에서 밀회를 즐기는 한수와 수영의 모습으로 가득 차 있었다.

뛰어봤자 벼룩이지. 시간차를 두고 따로따로 나가면 모를 줄 알

있나?

해변에 도착한 수영은 한동안 해안을 따라 걸으며 사색에 잠겼다. 혜정의 시선은 어딘가에서 수영을 기다리고 있을지 모르는 한수를 찾아 해변 곳곳을 분주히 훑어나갔다. 다행히 어디에도 한수의 모습은 보이지 않았다. 하지만 그녀는 긴장을 늦추지 않고 앞서 나가는 수영을 미행했다.

수영이 휴대폰을 꺼내 누군가와 통화를 시작했다. 혜정은 바짝 다가가 대화를 엿듣고 싶었지만 꾹 참았다. 수영이 갑자기 걸음을 멈추고 주위를 둘러보기 시작했다. 혜정은 잽싸게 돌아서서 뒤를 흘끔 살폈다. 수영은 한 손을 이마에 갖다 붙인 채 강렬한 햇볕 속에서 무언가를 찾아보고 있었다.

두 사람이 여기서 만나기로 했나?

하지만 수영은 이내 방향을 틀고 해변을 가로질러 나가기 시작했다.

저년을 다른 데로 불러낸 건가?

혜정은 적당한 거리를 유지한 채 계속해서 수영을 뒤따라갔다. 그녀는 두 사람이 어디서 몰래 만나 무슨 짓을 벌일지 궁금해 미칠 것만 같았다.

해변을 벗어난 수영은 온갖 식당이 길게 늘어선 길 건너로 넘어갔다. 그녀의 귀에는 여전히 휴대폰이 달라붙어 있었다. 수영은 북적이는 인파를 헤치고 백 미터쯤 더 나아갔다. 그리고 굉장히 공들여 꾸며놓은 아담한 카페 앞에 멈춰 섰다. 그녀는 잠시 카페 주변을 살피다가 안으로 들어갔다.

혜정은 그녀가 정문으로 들어서는 걸 확인한 후 카페 주차장을 빠르게 둘러보았다. 한수의 차는 보이지 않았다. 하지만 긴장의 끈을 놓기에는 아직 일렀다. 양양에 다녀온다는 한수가 언제 싱글벙글한 모습으로 나타날지 모르니. 혜정은 수영의 통화 상대가 한수일 거라 확신했다. 머지않아 두 사람 밀회의 현장을 목격하게 될 거라고.

수영은 2층 창가 테이블에 자리를 잡았다. 혜정은 사각지대에 몸을 숨긴 채 수영의 일거수일투족을 감시했다. 수영의 통화는 30분이 넘게 이어졌고, 한수는 끝내 나타나지 않았다.

잠시 후, 수영이 가방에서 한수의 원고로 보이는 종이 뭉치를 꺼내 테이블에 펼쳐놓았다. 그녀는 커피를 홀짝이며 손에 쥔 펜을 분주히 놀려대기 시작했다. 혜정은 그제야 카페가 두 사람의 접선 장소가 아님을 깨달았다. 수영은 그저 불편한 혜정이 없는 곳에서 차분히 교정을 보려는 것뿐이었다.

혜정은 수영의 눈에 띄지 않도록 조심스레 움직여 카페 주차장을 빠져나왔다. 허탈한 기분이 밀려들면서 그녀의 어깨가 축 늘어졌다. 잠시 카페 앞을 서성이던 그녀가 휴대폰을 꺼내 들고 근처에 사는 친구에게 전화를 걸었다.

"나올 수 있어? 같이 밥이나 먹자."

"푹푹 찌는데 뭐 하러 밖에서 먹어? 우리 집 비었으니까 빨리 와. 내가 맛있는 거 만들어 줄게."

"그럴까?"

"밀린 드라마 몰아서 보는 중이야. 맛있는 거 먹으면서 같이 보자. 오늘같이 푹푹 찌는 날은 집에서 에어컨 바람 쐬면서 늘어져 있는 게 최고라고."

"알았어. 가는 길에 뭐 사 갈까? 필요한 거 없어?"

"알아서 마실 거랑 군것질거리나 좀 사 와."

혜정은 전화를 끊고 저만치 앞에 보이는 편의점을 향해 터덜터덕 걸어 나갔다. 강렬한 햇빛에 노출된 목덜미와 팔뚝이 따끔거려 왔다. 급히 나오느라 선크림을 미처 챙기지 못한 탓이었다. 그녀는 뇌리에서 얼씬거리는 한수의 얼굴을 애써 지워내고 쾌적한 에어컨 바람이 기다리는 편의점으로 들어갔다.

저녁 8시. 혜정은 든든해진 배를 안고 친구 집을 나섰다. 어둠이 깔린 거리는 형형색색의 네온사인으로 물들어 있었다. 혜정은 소화도 시킬 겸 30분 남짓 거리의 집까지 걷기로 했다. 혜정은 밤거리 산책을 무척 즐겼지만 한수는 그런 그녀의 취미를 늘 못마땅해

했다. 오늘 밤, 그녀는 한수의 비위를 맞춰줄 마음이 조금도 없었다. 오히려 최대한 귀가를 늦추는 것으로 그의 속을 박박 긁어대고 싶었다.

한여름의 강릉 시내는 밤마다 불야성을 이루었다. 오늘 밤도 예외 없이 테라스 식당들의 노천 테이블은 요란한 손님들로 빼빼이 메워진 상태였다. 혜정은 후끈한 열기에 흠뻑 젖은 채 터덕터덕 걸음을 옮겨나갔다.

시내를 벗어난 그녀는 집으로 통하는 지름길로 들어섰다. 어둠이 내려앉은 골목은 마실 나온 주민들로 꽤 붐볐다. 좌우를 살피며 횡단보도를 건너던 혜정의 걸음이 갑자기 뚝 멎었다. 눈앞 모텔 주차장으로 들어서는 눈에 익은 고급 세단. 그녀는 쿵쾅대는 가슴을 애써 진정시키고 그쪽으로 후다닥 달려가보았다. 가로등과 네온 사인의 불빛을 받아 번들거리는 BMW 7시리즈 세단은 옆 차에 닿을까, 좁아터진 주차장으로 조심스레 들어서는 중이었다. 메탈릭 블루. 한수의 애마가 분명했다. 그녀가 번호판을 확인하려 잽싸게 다가가보았지만 차는 이미 주차장 가림막 안으로 사라져버린 후였다.

역시… 내 감이 맞았어. 내가 제대로 짚었다고.

혜정은 모텔 앞을 빙빙 맴돌며 끓어오르는 분노를 주체하려 애썼다. 당장 쫓아 들어가 한바탕 난리를 치고 싶은 충동이 솟구쳤지만 그녀는 심호흡을 반복하며 간신히 흥분을 가라앉혔다. 혜정은 한동안 씩씩거리며 모텔 건물을 뚫어지게 올려다보았다. 5분쯤 후, 3층 오른쪽 끝 방에 불이 켜졌다. 잠시 커튼이 살랑거리며 그림자 하나가 불쑥 나타났다가 이내 사라져버렸다.

저 인간이 새파랗게 젊은 년을 이 깡촌으로 불러들일 때부터 알아봤어. 시도 때도 없이 달라 붙어서 시시덕댈 때부터 알아봤다고. 두고 봐. 저 인간들, 내가 가만 안 둘 거니까.

혜정은 10분도 넘게 얼어붙은 듯 서서 불 켜진 창문을 매섭게 노려보았다. 그녀의 머릿속에서는 모텔방의 두 남녀가 벌이고 있을 짓이 생생하게 그려지고 있었다.

끓는 분노에 온몸을 덜덜 떨던 혜정은 한참 후 모텔방에 불이 꺼지는 걸 확인하고 나서야 비로소 돌아설 수 있었다. 그녀는 어깨를 축 늘어뜨린 채 아무도 기다리지 않는 집을 향해 걸음을 옮겨나가기 시작했다.

수영은 11시가 훌쩍 넘어서야 귀가했다. 혜정이 TV에서 눈을 떼고 흘끔 돌아보자 수영의 가슴이 철렁 내려앉았다.

"작업이 생각보다 오래 걸렸어요."

수영이 한수의 원고가 담긴 가방을 살짝 들어 보이며 말했다.

"지금까지 문 여는 데가 있어요?"

혜정이 쌀쌀맞게 물었다.

"아뇨. 저녁 먹고 나서 시내에 있는 대형 서점에서 책을 좀 봤어요. 신간 몇 권 훑어보고 나오려고 했는데 책들이 너무 재밌더라고요. 시간 가는 줄도 모르고 읽다 보니 이렇게 늦어버렸어요."

혜정은 어정쩡한 모습으로 돌아서서 손님방으로 올라갔다.

작업이 오래 걸렸어? 서점에 들러서 책을 봤다고? 웃기시네.

혜정이 위층으로 통하는 계단을 바라보며 코웃음쳤다. 몇 분후, 위에서 물소리가 들려오자 그녀 안에서 또다시 분노가 끓어올랐다.

그 모텔은 물도 안 나오는 모양이지?

알몸의 남녀가 서로에게 찰싹 달라 붙은 채 모텔 침대를 뒹구는 모습이 자꾸 그녀 뇌리에 떠올랐다.

대체 얼마나 시간차를 두고 들어오려는 거지?

혜정은 TV를 끄고 일어나 창가로 다가갔다. 미동도 없이 서서 앞뜰 진입로를 지켜보았지만 10분이 지나도록 한수의 BMW는 나타나지 않았다.

마침내 위층 물소리가 뚝 멎었다. 잠시 후, 밤의 정적을 깨고 들려온 수영의 드라이기 소리가 혜정의 심기를 건드렸다.

어디, 들어오기만 해봐.

혜정은 창밖에서 눈을 떼고 돌아섰다. 그녀는 이를 부득부득 갈

146

며 침실로 들어갔다. 그녀는 한수가 귀가할 때까지 눈을 부릅뜨고 기다릴 생각이었다.

혜정은 침대에 누워 천장의 패턴을 멀뚱하니 올려다보았다. 아무리 시간이 흘러도 흥분은 쉬이 가라앉지 않았다. 어깨는 여전히 리드미컬하게 들썩였고, 코에서도 여전히 뜨거운 콧김이 뿜어져 나왔다.

시간이 얼마나 흘렀을까. 밖에서 현관문 열리는 소리가 들려왔다. 그 소리에 혜정이 벌떡 일어나 침대를 내려왔다. 그녀는 침실 문을 박차고 나가 구두를 벗고 올라온 한수 앞으로 달려갔다. 한수의 몸에서 술 냄새가 솔솔 풍겼다.

"걱정하지 마. 운전을 못 할 정도로 마시진 않았으니까."

혜정의 이글거리는 눈빛을 확인한 한수가 씩 웃으며 말했다.

"이 시간엔 길도 한산하고…."

"어디서 뭐 하다 이제 들어와?"

"어디긴, 양양에서 친구랑 놀다 왔지. 아침에 얘기했잖아."

한수가 혜정을 살짝 밀치고는 거실로 들어섰다. 혜정이 잽싸게 달려가 그의 앞을 다시 가로막았다.

"정말이야?"

"정말이냐고? 무슨 질문이 그래?"

"정말 지금까지 양양에 있다 온 거냐고."

"그렇다고 했잖아."

"내가 아까 봤어."

"뭘? 누굴?"

"아까 저년이랑 모텔에 들어가는 걸 봤다고."

"뭐?"

"내 두 눈으로 똑똑히 봤어. 삼거리 오션뷰 모텔."

한수는 황당해하는 표정으로 혜정을 빤히 응시했다. 대꾸를 위해 벌어진 그의 입에서는 아무 말도 흘러나오지 않았다. 혜정도 말없이 한수의 눈을 똑바로 쳐다보았다.

"그게 무슨 뚱딴지같은 소리야? 어디서 누굴 봤다고? 내가 저기 삼거리 모텔에 들어가는 걸 봤어?"

"봤어."

혜정이 어금니를 악물고 대답했다.

한수가 피식 웃으며 고개를 저었다.

"웃어? 이게 재밌어?"

"오밤중에 애먼 사람 잡지 말고 들어가서 잠이나 자."

한수가 혜정을 살며시 밀치고서는 침실로 향했다. 잠시 씩씩대며 서 있던 혜정이 한수를 따라 쪼르르 방으로 들어갔다.

한수는 재킷을 벗어 침대에 아무렇게나 던져놓고 침실에 딸린 화장실로 들어가 칫솔과 치약을 집어 들었다. 혜정은 화장실 문간을 막아선 채 그를 쏘아보았다.

"거기까지만 해. 나도 더는 못 참으니까."

한수가 거울에서 눈을 떼지 않은 채 차가운 톤으로 말했다.

"내가 봤어. BMW 7시리즈. 메탈릭 블루. 우리 차가 분명했어."

"우리 차랑 모델도 같고 색도 같으니 내가 틀림없다?"

"그게 흔한 차야? 그게 흔한 색깔이야?"

한수는 또다시 피식 웃으며 고개를 저었다.

"세상에 메탈릭 블루 BMW 7시리즈가 우리 차 한 대야?"

"그럼 그런 튀는 차가 강릉 바닥에 널려있어? 여기 살면서 몇 대나 봤는데?"

"강릉엔 강릉 사람들만 있나? 지금 피서철이잖아. 바로 코앞에 경포대가 있고. 시내 나가보면 죄다 피서객들인데."

"거짓말로 빠져나갈 생각 말고 솔직히 얘기해. 아까 둘이 삼거리 모텔에 갔었지?"

"그만 하라니까!"

한수가 빽 소리치며 칫솔을 바닥에 집어던졌다.

"아니라고 몇 번을 얘기해야 알아듣겠어? 양양에서 최 작가랑 여태껏 놀다 왔다고! 정 못 믿겠으면 그 친구에게 전화해서 확인해봐!"

"그럼, 아까 모텔에 들어간 우리 차는 뭐야?"

혜정도 물러서지 않고 똑같이 언성을 높였다.

"서울 갑부가 피서를 온 모양이지."

"서울 갑부가 시내 고급 호텔 놔두고 싸구려 변두리 모텔을 들락거리겠어? 그것도 2억 가까이 되는 명차를 몰고서?"

"왜? 그럼 안 된다는 법이라도 있어?"

한수는 두 손으로 물을 받아 입을 두 번 헹군 후 성큼성큼 걸어 침실로 나왔다. 얼큰한 술기운에 짜증과 분노까지 더해져 그의 얼굴을 당장이라도 폭발할 것처럼 시뻘게져 있었다.

혜정은 한수가 잠옷으로 갈아입고 침대로 기어 올라갈 때까지 분을 삭이며 지켜보았다. 마침내 한수가 손을 뻗어 침대 옆 램프를 껐다.

"나 피곤해. 내일 늦게 일어날 것 같으니까 깨우지 말고 혼자 아침 먹어."

한수는 헛기침을 요란하게 하며 뒤로 홱 돌아누웠다. 불 꺼진 침실에 무거운 정적이 찾아들었다. 혜정은 창문으로 스며든 푸른 불빛 속에서 미동도 없이 누워있는 한수의 실루엣을 빤히 응시하다가 길게 한숨을 내쉬며 방을 나와버렸다.

"나가서 회 좀 사 와."

혜정이 서재에 노트북을 펼쳐놓고 작업 중인 한수에게 다가가 말했다.

"갑자기 회는 왜?"

"오랜만에 먹고 싶어서. 서울에서 귀한 손님이 오셨는데 싱싱한 자연산 생선회 한 번 대접해야 하지 않겠어? 명색이 동해 명물인데."

"어젯밤엔 나랑 모텔에 들어가는 걸 봤다면서 해코지라도 할 것처럼 굴더니만."

"아니라고 길길이 날뛰는 걸 보니 내가 잘못 본 모양이지 뭐."

"잘못 본 모양이 아니라 잘못 본 거야."

"아, 몰라, 빨리 가서 사 오기나 해. 날씨도 좋고, 내가 밖에 세팅해 놓을 테니까."

한수가 어리둥절한 표정으로 그녀를 빤히 올려다보았다. *갑자기 무슨 바람이 불어서 저러지?*

"다른 데 가지 말고, 멀더라도 우리 단골 횟집에서 사 와야 해. 알았지?"

한수가 엉거주춤 일어나 거실로 나갔다. 혜정은 한수를 졸졸 따라나가 그가 차에 오를 때까지 바짝 붙어 지켜보았다. 그리고 한수의 BMW가 시야에서 사라질 때까지 기다렸다가 후다닥 집으로 들어왔다.

혜정은 뛰는 가슴을 애써 진정시키고 위층으로 올라갔다. 그녀는 수영이 손님방에 딸린 화장실에서 반신욕 중이라는 걸 알고 있었다. 한수의 서재로 향하기 전 살짝 열린 문틈으로 그녀가 휴대폰과 충전 케이블을 챙겨 화장실로 들어가는 걸 엿보았기 때문이었다. 지금쯤 따스한 물에 몸을 담근 채 친구와 신나게 수다를 떨거나 영화를 보고 있을 게 분명했다.

혜정은 손님방으로 다가가 조심스레 문손잡이를 돌려보았다. 예상대로 문에는 자물쇠가 걸려있었다. 그녀는 문에 귀를 대고 잠시 소리를 들어보았다. 안에서는 인기척이 들리지 않았다. 그녀는 챙겨온 열쇠로 문을 열고 방 안으로 천천히 들어갔다. 침대에는 수영이 벗어놓은 옷이 가지런히 놓여있었다. 혜정은 왼편에 나 있는 화장실 문으로 다가가 귀를 쫑긋 세워보았다. 욕조 물 출렁이는 소리가 희미하게 새어 나오고 있었다.

혜정은 허리를 곧게 펴고 서서 심호흡을 몇 번 하며 뛰는 가슴을 다스렸다. 바르르 떨리던 손이 어느 정도 진정을 되찾자 그녀가 열쇠를 손잡이에 꽂아 넣었다.

혜정이 소리 없이 문을 열고 들어갔을 때 수영은 그녀를 등진 채 욕조에 앉아있었다. 수영은 블루투스 이어폰을 귀에 꽂은 채 휴대폰으로 영화를 감상 중이었다. 혜정이 욕조 뒤로 바짝 다가갈 때까지도 수영은 기척을 감지하지 못했다. 그녀의 눈은 자그마한 화면에서 떨어질 줄 몰랐다.

혜정이 손을 뻗어 수영의 왼쪽 어깨에 살며시 얹었다. 순간 수영이 외마디 비명을 지르며 움찔했다. 그녀가 두 팔로 가슴을 가리며 뒤를 홱 돌아보았다. 혜정은 애써 당혹스러운 척해 보이며 뒤로 한 걸음 물러났다.

"놀라게 해서 미안해요."

"여긴 어떻게…."

수영이 이어폰을 뽑아 들고 물었다. 휘둥그레진 그녀의 눈에서는 공포가 묻어났다. 혜정은 쥐고 있던 열쇠 꾸러미를 살랑살랑 흔들어 보였다.

"미안해요. 급한 사정이 좀 생겨서…."

"네?"

"저기… 급한 일로 연락할 데가 있는데 휴대폰 좀 잠깐 빌릴 수 있을까요?"

수영은 여전히 넋 나간 얼굴로 혜정을 빤히 올려다볼 뿐이었다.

"정말 급한 일이에요. 전화 한 통만 걸게 해줘요. 부탁이에요."

"휴대폰을 왜…."

"오늘 아침에 잃어버렸거든요. 사방을 다 뒤져봤는데도 못 찾았어요. 배터리가 방전돼서 전화도 걸리지 않고요."

혜정이 당장이라도 울음을 터뜨릴 것 같은 표정을 지어 보였다.

"정말 미안해요. 너무 급하고 중요한 일이라 실례인 줄 알면서도 이렇게 불쑥 쳐들어올 수밖에 없었어요."

"저… 선생님은…."

"아까 볼일이 있다면서 나갔어요."

수영은 잠시 혜정의 얼굴을 응시하다가 쥐고 있는 휴대폰을 쭈뼛쭈뼛 내밀었다. 혜정은 이내 밝아진 얼굴로 휴대폰을 건네받았다.

"잠깐만요."

수영이 충전 케이블을 뽑으려 벽 쪽으로 손을 뻗었다.

"아, 케이블은 괜찮아요. 그냥 둬요."

"네?"

수영이 흠칫 놀라며 다시 혜정을 올려다보았다. 혜정의 입가에는 야릇한 미소가 머금어져 있었다.

"미안해요."

혜정이 말했다.

"네? 뭐가…."

수영이 말을 맺기도 전에 혜정이 건네받은 휴대폰을 냅다 욕조 안으로 내던졌다. 휴대폰이 물에 떨어지는 순간 수영의 몸이 움찔했다. 그녀가 외마디 비명을 지르며 몇 번 경련을 일으켰다. 혜정은 뒤로 멀찌감치 물러나 출렁이는 욕조 안에서 빳빳이 경직된 몸뚱이를 물끄러미 바라보았다.

그렇게 몇 분간 수영을 지켜본 혜정은 조심스레 욕조로 다가갔다. 수영은 눈을 부릅뜬 채 물속에 축 늘어져 있었다. 혜정은 돌아서서 잽싸게 화장실을 빠져나왔다. 그리고 화장실과 손님방 문을 일부러 활짝 열어놓은 채 쿵쾅대는 가슴을 달래며 거실로 내려갔다.

한 시간쯤 후, 한수가 회를 사 들고 돌아왔다. 혜정은 연못 옆 벤치에 앉아 책을 읽고 있었다.

"나간 김에 슈퍼에서 안줏거리도 좀 사 왔어. 들어가서 신 차장 불러올 테니까 이것 좀 세팅해놔."

한수가 비닐봉지 네댓 개를 테이블에 내려놓으며 말했다.

"알았어."

혜정이 책을 덮고 벤치에서 일어났다.

한수는 이마에 맺힌 땀을 손등으로 연신 훔쳐내며 집으로 들어갔다. 그가 시야에서 사라지자 혜정은 다시 벤치에 앉아 책을 펼쳐 들었다. 곧 들이닥칠 쇼킹한 엔딩을 기다리며.

한수는 들어간 지 10분이 다 돼서야 혜정에게로 돌아왔다. 새하얗게 질린 그의 얼굴은 딱딱하게 굳어있었다. 그가 벤치 앞에 멈춰서서 혜정을 빤히 내려다보았다. 혜정도 책에서 눈을 떼고 한수를 돌아보았다. 두 사람의 눈싸움은 한동안 이어졌다.

마침내 혜정의 입가에 옅은 미소가 머금어졌다. 그제야 한수가 어깨를 축 늘어뜨리고 벤치 끝으로 다가가 앉았다.

"너지?"

그가 정면을 노려보며 물었다. 혜정은 대답 대신 함박웃음을 지어 보였다.

"신 차장이 반신욕 중이라는 걸 알고 열쇠로 따고 들어간 거야?"

"와, 우리 아빠 탐정이 다 되셨네. 이러다 추리소설 작가로 전향하는 거 아니야?"

"대답해. 왜 그랬어?"

"아빠가 저 여자한테 흑심을 품고 있는 것 같아서."

"뭐?"

"두 사람을 그냥 놔두면 나중에 사고를 칠 것 같더라고. 그래서 죽였어. 싹을 잘라버리려고."

어린 딸의 당돌한 대답에 한수는 할 말을 잃고 말았다.

"목욕 중에 충전하던 휴대폰을 빠뜨려 감전사한 미련한 사람들 얘기, 뉴스에서 몇 번 봤지? 저 여자도 보기와는 다르게 미련하더라고."

혜정이 킥킥 웃으며 말했다.

"김혜정!"

한수가 딸에게 빽 소리쳤다. 그의 이마에서 핏줄이 꿈틀거렸다.

"사람을 죽여놓고 지금 웃음이 나와? 네가 무슨 짓을 했는 줄 알기나 해? 사람을 죽였어. 살인을 한 거라고!"

"나 이제 겨우 중1이야. 꼬꼬마가 서른 먹은 아줌마를 죽였다고 누가 믿겠어?"

순간 한수의 온몸에 소름이 쫙 돋아났다. 막연히 남에게만 해당하는 줄 알았던 끔찍한 단어 하나가 그의 뇌리를 빠르게 스쳐 갔다.

사이코패스….

내 딸이? 이제 고작 열세 살인데? 자기가 무슨 짓을 저질렀는지 알기나 할까?

"아무리 엄마랑 별거 중이라도 그렇지, 내가 눈을 시퍼렇게 뜨고 있는데 여자를 집에 데려와? 그것도 스무 살이나 어린 여자를?"

"그래서 죽인 거야? 내가 네 엄마 두고 딴 살림이라도 차릴까 봐서?"

"엄마가 불쌍해서 그랬어."

"뭐? 불쌍해? 네 엄마가 집에서 쫓겨나기라도 했어? 더 이상 같이 못 살겠다고 제 발로 뛰쳐나간 거잖아!"

"지난주에 만났을 때 마음이 거의 추슬러졌다고 했어. 여름방학 끝나기 전에 돌아오기로 했단 말이야. 그런데 그새를 못 참고 집에 여자를 들여?"

한수는 또다시 할 말을 잊고 말았다. 그는 마치 광기에 사로잡힌 괴물과 마주하고 있는 기분을 느꼈다.

"이제야 모든 게 정상으로 되돌아가나 싶었는데 저 여자가 불쑥 나타나서는…."

"일 때문에 온 거라고 설명했잖아!"

한수가 딸의 말을 끊고 빽 소리쳤다.

"시내 호텔에 방을 잡아줄 수도 있었잖아! 왜 굳이 엄마도 없는 집에 외간 여자를 들여서 이 사단을 만들어?"

"뭐야? 신 차장이 저렇게 된 게 나 때문이라고? 네가 황당한 망상에 사로잡혀 무고한 사람을 죽인 거잖아."

"저 여자가 엄마 아빠 사이를 훼방 놓기 전에 내가 나섰을 뿐이야."

한수는 마치 벽에 대고 얘기하듯 답답했다.

어쩌다 저렇게 됐을까? 어쩌다….

"사람이 죽었는데 경찰 안 부를 거야? 내가 대신 해?"

한수는 여전히 태연한 딸의 태도에 부아가 치밀었다.

"경찰이 오면 내가 죽였다고 해. 어차피 저 여자 휴대폰에 내 지문도 남아있을 테니까. 유죄 받아도 소년원이나 정신병원밖에 더 가겠어?"

한수는 한동안 딸을 빤히 응시하다가 주머니에서 천천히 휴대

158

폰을 꺼냈다.

"내 덕분에 아빠 책이 더 잘 팔리는 거 아냐? 작가로도 이미 충분히 유명한데 거기다 깜찍한 소녀 살인마의 아버지이기까지…."

짝!

듣다 못 한 한수가 혜정의 뺨을 냅다 후려쳤다. 아이는 얼얼한 볼에 손을 얹은 채 이글거리는 눈으로 아버지를 노려보았다.

"빨리 전화나 해."

혜정은 홱 돌아서서 연못을 향해 걸음을 옮겨나갔다. 한수는 씩씩대며 딸의 뒷모습을 한참 지켜보다가 떨리는 손으로 다이얼을 시작했다.

경찰이 도착하는 순간 기다렸다는 듯 혜정의 눈물샘이 폭발했다. 신들린 듯한 연기였다. 경찰이 집 안 구석구석을 헤집고 다니는 동안 한수와 혜정은 앞뜰 벤치에 나란히 앉아 기다렸다.

곰 같은 덩치의 형사가 누군가와의 통화를 마치고 그들 쪽으로 다가왔다. 벌겋게 익은 그의 얼굴은 땀으로 범벅이 된 상태였다.

"따님이 많이 놀랐을 것 같네요."

그가 고개를 푹 숙인 채 훌쩍이는 혜정을 내려다보며 말했다. 한수는 대꾸 없이 먼 산만을 바라볼 뿐이었다.

"김 선생님도 충격이 크셨죠?"

"아, 네."

"거 참."

형사가 고개를 저으며 말했다.

"해외 토픽으로만 보던 황당한 일을 여기서 보게 될 줄은 몰랐습니다."

한수는 여전히 대꾸가 없었다.

"알만한 사람이 반신욕 하면서 휴대폰은 왜…."

형사가 혀를 끌끌 차며 한수의 집을 돌아보았다. 방금 도착한 구급차에서 내린 대원 두 명이 들것을 챙겨 현관으로 들어서는 중이었다.

잠시 멍한 얼굴로 현장 쪽을 바라보던 형사가 손등으로 이마의 땀을 훔쳐낸 후 다시 한수 쪽으로 돌아섰다.

"저도 이만 들어가 봐야 할 것 같습니다."

그가 턱으로 한수의 집 쪽을 가리키며 말했다.

"혹시 진술에 덧붙일 내용은 없으십니까?"

형사의 눈이 한 손에 펼쳐 든 수첩으로 떨어졌다. 한수의 고개가 무의식적으로 옆에 앉은 딸에게로 돌아갔다. 혜정은 벤치 위로 끌어올린 두 무릎을 꼭 끌어안은 채 연신 어깨를 들썩이고 있었다.

경찰이 오면 내가 죽였다고 해. 어차피 저 여자 휴대폰에 내 지문도 남아있을 테니까.

혜정의 무심한 듯한 목소리는 아직도 한수의 귓전을 맴돌고 있었다.

내가 죽였다고 해. 소년원밖에 더 가겠어?

"선생님?"

형사의 부름에 잠시 넋을 놓고 있던 한수의 정신이 번쩍 들었다. 그가 고개를 돌려 형사를 올려다보았다. 형사의 손등은 얼굴의 땀을 훔쳐내느라 여전히 분주했다.

"아까 서울 손님이 충전 중인 휴대폰을 실수로 욕조에 떨어뜨린 것 같다고 하셨는데요, 거기 덧붙일 내용이 있으세요?"

한수가 또다시 훌쩍이는 딸을 돌아보았다.

"아뇨. 없습니다."

형사는 고개를 끄덕이며 수첩을 접었다.

"후딱 정리하고 나오겠습니다. 여기서 조금만 더 기다려주세요."

형사는 돌아서서 집을 향해 성큼성큼 걸어 나가기 시작했다. 그가 현관으로 들어가자, 혜정이 끌어안았던 무릎을 벤치 밑으로 내리고 아버지를 돌아보았다.

"엄마가 돌아오면 우리 세 식구, 예전처럼 행복해질 수 있을 거야."

한수는 어느새 눈물 대신 환한 미소가 번지는 어린 딸의 얼굴을 말없이 응시했다.

"우리 행복하게 살자. 응? 엄마랑 아빠랑 나랑."

혜정이 환하게 웃으며 한수의 팔짱을 꼈다. 한수는 반사적으로 딸의 손을 뿌리치고 자리에서 벌떡 일어났다.

"어디 가?"

"뒤뜰. 따라오지 말고 여기서 기다리고 있어. 출판사에도 알려야 하고… 잠깐 머리 좀 식혀야겠어."

한수는 후들거리는 다리로 걸음을 옮겨나가기 시작했다.

"아빠."

혜정이 한수를 불러세웠다. 멈춰 선 한수는 딸을 돌아보지 않았다.

"아깐 아주 자연스러웠어. 아빠가 형사 아저씨한테 이상한 소릴 늘어놓을까 봐 조마조마했다고."

한수는 대꾸하지 않고 다시 걸음을 내디며 나갔다. 그의 뒤에서는 혜정의 나지막한 키득거림이 들려오고 있었다.

아들의 취미

　전봇대 아래 웅크려 앉은 종수는 손목시계를 들여다보았다. 새벽 2시 11분. 그의 아내는 혼자 사는 노파가 밤 10시에 잠들어 새벽 5시에 기상하는 루틴을 단 한 번도 어긴 적이 없었다고 했다.

　종수는 쥐 죽은 듯 조용한 동네를 다시 살피고는 커다란 나무 대문 앞으로 조심스레 다가갔다. 육중한 문은 굳게 닫힌 것 같아 보였지만 사실은 그렇지 않았다. 가사 도우미인 그의 아내는 종수의 주문 대로 대문을 아주 미세하게 열어놓았다. 원래 종수는 대문을 통하는 대신 차고로 잠입할 계획이었다. 하지만 노파의 집에서 6개월째 일해온 그의 아내는 끝내 차고 문 키패드 비밀번호를 알아내는 데 실패했고, 결국 퇴근길에 대문을 살짝 열어놓는 부담스러운 방법으로 선회하게 됐다. 어차피 종수의 아내가 퇴근한 후 노파의 집을 찾을 사람이 없으니 어쩌면 이게 훨씬 현명한 방법인지도 몰랐다.

이 모든 건 몇 주 전, 그의 아내가 슬쩍 풀어놓은 고급 내부 정보로부터 비롯됐다. 노파에게는 이따금 찾아와 어머니를 챙기는 의사 아들이 하나 있는데, 그가 얼마 전, 특별히 주문 제작된 붙박이 금고를 홈 오피스에 걸린 액자 뒤에 설치해 두었다는 것이었다. 그의 아내는 노파의 집에서 가사 도우미 노릇을 성실히 수행하는 틈틈이 귀금속과 현금이 보관된 장소와 고가의 골동품이 진열된 위치를 꼼꼼히 파악해 남편, 종수에게 고스란히 전달했다. 그리고 노파의 화장대 서랍 안에서 운 좋게 발견한 메모지. 금고 제조사의 로고가 찍힌 손바닥만 한 종이에는 파란색 잉크로 여섯 자리 번호가 적혀있었다. 새로 설치한 금고의 비밀번호가 틀림없었다.

309784.

종수는 오후 내내 닫힌 듯 열려있던 대문을 살며시 밀고 안으로 들어갔다. 으리으리한 이층집은 완전한 암흑에 파묻혀 있었다. 그는 발소리를 죽인 채 현관으로 올라가 키패드에 아내가 알려준 비밀번호를 입력했다. 자그마한 전자음과 함께 자물쇠가 풀렸다. 심호흡을 한 번 한 후 안으로 들어갔다. 그는 보안 장치 제어판의 위치와 경보 해제 코드를 알고 있었다. 아내가 적어준 내용을 지난 일주일 동안 달달 외워둔 덕분이었다.

그는 신속하게 경보 장치를 끄고 나서 귀를 쫑긋 세워보았다. 어디서도 기척은 들려오지 않았다. 그제야 종수는 긴장을 살짝 풀고 금고가 설치된 위층 홈 오피스로 향했다.

계단을 오르는 그의 재킷 안주머니에는 까만 군용 대검이 있었다. 단지 위협용일 뿐 그는 노파에게 칼을 쓸 마음이 추호도 없었다. 그는 도둑이지 살인자가 아니었다. 게다가 부주의하게 소리를 내지만 않는다면 곤히 잠든 노파가 깰 일도 없었다.

아내의 상세한 설명 덕분에 그는 어렵지 않게 노파의 아들이 쓰는 홈 오피스를 찾아낼 수 있었다. 종수는 먼저 노파의 침실 문에 귀를 가져가 대고 잠시 들어보았다. 안에서는 아무 소리도 새어 나오지 않았다.

그는 발끝으로 조심조심 걸어 홈 오피스로 들어갔다. 그의 아내가 얘기한 액자는 책상 오른편 벽에 걸려있었다. 하얀 셔츠, 주황색 바지, 멋들어진 선글라스, 그리고 트럼펫. 스툴에 걸터앉아 트럼펫을 부는 흑인 남자의 머리 위에는 '마일스 데이비스'라고 적혀있었다.

종수는 커다란 액자를 두 손으로 꼭 붙잡고 천천히 벽에서 떼어냈다. 액자 뒤에 감춰져 있는 붙박이 금고가 모습을 드러냈다. 금고를 보자 그의 가슴이 또다시 요동치기 시작했다. 그는 금고 안에 보관된 것들과 아래층 거실에 진열된 조각품 하나를 신속히 챙겨 달아날 계획이었다. 그의 아내가 휴대폰으로 촬영해 온 '매우 조잡해 보이는' 조각품은 한국 근대 조각의 거장, 권진규의 1968년 작, 〈혜정〉이었다. 그는 인터넷 검색을 통해 그 허접한 흙덩어리 하나가 무려 4억 원을 호가한다는 사실을 확인한 상태였다. 운이 좋으면 금고에서 그 이상의 가치를 지닌 무언가를 찾게 될 수도 있었다.

종수는 금고 앞으로 바짝 다가가 머릿속에 담아둔 여섯 자리 번호를 키패드로 천천히 입력해 나가기 시작했다.

3… 0… 9… 7…

바로 그때, 밖에서 문 열리는 소리가 들려왔다. 노파가 깬 것이었다. 종수는 황급히 홈 오피스 문 뒤로 쏙 들어가 몸을 숨겼다. 노파가 복도에 불을 켜고 천천히 다가오고 있었다. 종수는 숨을 죽인 채 경첩 밑 문틈으로 밖을 살폈다.

"민호냐?"

노파의 목소리가 들려왔다. 아들이 온 줄 아는 모양이었다. 종수는 재킷 안주머니에서 군용 대검을 꺼내 들고 부디 그것을 불가피하게 써야 할 상황이 닥치지 않기를 속으로 빌었다.

잠시 후, 노파의 조심스러운 걸음이 문 앞에서 멎었다.

"민호 왔니?"

노파가 홈 오피스에 불을 켰다. 종수는 칼을 앞세우고 잽싸게

166

튀어 나가 문간에 선 노파 앞에 우뚝 섰다.

"해치지 않을 테니 아무 소리도 내지 말아요."

검은 발라클라바로 얼굴을 가린 종수가 펼친 손가락을 입에 가져가 대고 속삭였다. 노파는 눈을 휘둥그레 뜬 채 가슴을 부여잡았다.

"이 금고에 보관된 것만 챙겨서 나갈 거예요. 뭔지는 몰라도 보험을 들어놨을 거 아닙니까. 나중에 다 보상받을 테니 괜히 나서서 봉변당하지 말고 뒤로 물러나 있어요."

종수는 바짝 얼어붙은 노파의 얼굴 앞으로 시퍼런 칼날을 살살 흔들어 보였다.

"뭐… 가져갈게… 없을 텐데…."

노파는 여전히 가슴을 부여잡은 채 겁에 질린 표정으로 종수를 쳐다보고 있었다. 종수는 우려했던 것과 달리 의연한 노파의 태도에 안도했다.

"거기 가만히 있어요."

종수는 노파를 문간에 세워놓고 다시 금고 쪽으로 돌아섰다. 그리고 나머지 두 개 숫자를 마저 입력했다.

8… 4…

작은 기계음과 함께 금고 문이 열렸다. 종수는 두근대는 가슴을 애써 진정시키고 조심스레 문을 열어보았다. 금고 안 풍경은 그가 예상했던 것과는 완전 딴판이었다.

정체를 알 수 없는 작은 물체 예닐곱 개.

그게 전부였다. 돈다발도, 귀금속도, 땅문서도 보이지 않았다. 종수의 시선이 노파 쪽으로 돌아갔다. 노파는 목걸이 펜던트를 두 손으로 조몰락거리며 당혹스러워하는 기색을 감추지 않았다.

"아무것도 아니에요. 우리 아들 건데…."

"이게 뭡니까?"

종수는 금고 안에서 작은 물체 하나를 꺼내 노파 쪽으로 번쩍 들어 보였다. 노파는 야릇한 표정을 지으며 고개를 저었다.

"나야 모르지."

종수는 금고에서 꺼낸 USB 메모리 스틱을 잠시 유심히 살폈다. 금고 안에는 똑같은 메모리 스틱이 몇 개 더 보관돼 있었다.

"이거… 메모리 스틱인데, 정말 뭔지 몰라요? 여기 뭐가 담겨 있는지?"

노파가 다시 고개를 저었다.

"우리 아들이 쓰는 거예요. 보나 마나 환자들 차트나 뭐 그런 걸 텐데…. 훔쳐가봐야 아무짝에도 쓸모없어요."

"환자들 차트?"

종수가 한쪽 눈썹을 추켜세우며 물었다.

"우리 아들이 의사예요. 정형외과 의사."

잔뜩 겁에 질려있음에도 아들의 직업을 소개하는 노파의 목소리에서는 자부심이 뚝뚝 묻어났다.

종수는 잠시 고민에 빠졌다. 노파의 말을 믿고 메모리 스틱을 포기할 것인가, 아니면 그 안에 무엇이 담겨 있는지 직접 확인해볼 것인가. 그는 창가의 'L' 자 모양 책상 앞으로 다가갔다. 깔끔하게 정리된 책상에는 노트북 컴퓨터가 놓여있었다. 그는 노파를 흘끔 돌아보았다가 장갑이 끼워진 손으로 노트북의 전원 버튼을 꾹 눌렀다.

컴퓨터가 부팅되는 동안 종수는 다시 금고로 돌아가 나머지 메모리 스틱들을 모두 챙겼다. 그는 그것들을 노트북 앞에 나란히 내려놓았다. 무언가 엄청난 게 보관돼 있을 것 같았던 금고에서 나온 것이라고는 평범해 보이는 USB 메모리 스틱 아홉 개가 전부였다.

"그거 함부로 열어보면 안 되는데…."

노파의 얼굴에는 당혹스러운 기색이 역력했다. 노파의 그런 반응이 종수의 호기심을 한껏 자극했다. *대체 뭐가 담겨있길래.*

"내가 가서 반지랑 목걸이랑 다 가져올 테니까 그거 다 가져가요. 우리 아들 물건은 그냥 놔두고."

노파가 돌아서려 하자 종수가 후다닥 달려가 붙잡았다. 그는 노파의 얼굴 앞으로 시퍼런 칼날을 번쩍 들어 보이며 고개를 저었다.

"그건 이따 챙길 테니 걱정하지 말아요. 아래층에 신줏단지처럼 모셔둔 저 흙덩어리도 가져갈 거고."

그는 노파의 팔뚝을 붙잡고 홈 오피스 안으로 살살 잡아끌었다. 그리고 노파를 책상 옆에 세워두고 노트북 앞 의자에 앉았다. 다행히 컴퓨터는 암호로 걸려있지 않았다. 종수는 메모리 스틱 하나를 골라 들고 노트북 측면 슬롯에 꽂은 후 화면에 떠오른 창을 유심히 살폈다. 창에는 동영상 파일 대여섯 개가 담겨 있었다. 그는 마른 침을 한 번 삼키고 나서 첫 번째 파일을 클릭했다. '2019년 3월 18일 - 차정화 1'

콘크리트 벽 앞에 놓인 테이블. 그리고 그 위에 알몸으로 누운 여자. 여자는 팔다리가 끈으로 단단히 고정된 상태였다.

"이게 뭡니까?"

종수가 고개를 들어 노파를 쳐다보았다. 노파는 말없이 고개를 저으며 긴 한숨을 내쉬었다.

30초쯤 흐르고 나서 화면에 수술복 차림의 남자가 불쑥 나타났다. 남자의 얼굴은 수술용 캡과 커다란 마스크, 그리고 선글라스로 감춰져 있었다. 남자가 카트에서 자그마한 물체를 집어 들고 테이블 쪽으로 천천히 다가갔다. 입에 재갈이 물려진 여자는 휘둥그레진 눈으로 몸부림치기 시작했다.

"이게 뭐냐고요!"

종수가 노파에게 **빽** 소리쳤다.

"그게…. 저기….."

영상을 응시하는 종수의 이마에서 식은땀이 배어 나오기 시작했다. 말로만 듣던, 아니, 영화로만 봤던 스너프 필름인가? 언젠가 종수는 다크웹에서 온갖 종류의 스너프 필름이 비밀리에 거래되고 있다는 기사를 접한 적이 있었다. 실제 상황인지, 아니면 그럴 듯한 연출인지, 구분되지 않는 잔혹 영상들이 전 세계 변태 미치광이들에게 고가에 팔려나가고 있다나. 그런 스너프 필름을 여기서 보게 될 줄이야!

"이건 그냥 여기 놔두고 내 방에 가서 반지랑 목걸이랑…."

"수술복 입은 저 남자가 아들이에요? 그 정형외과 의사라는?"

종수가 영상 속 남자를 가리키며 물었다. 노파는 또 한 번 긴 한숨을 내쉬었다.

"우리 아들이 좀 고약한 취미가 있어서…."

"취미라고요?"

노파의 말에 종수의 입이 떡 벌어졌다. 그는 마치 둔기로 뒤통수를 얻어맞는 듯한 기분을 느꼈다.

"산 사람을 묶어놓고 메스로 난자하는 게 취미라고요?"

노트북에서 심상치 않은 소리가 흘러나오자, 노파가 넌더리를 내며 돌아섰다.

"좋은 말로 타일러도 보고, 호되게 야단도 쳐봤는데… 고쳐지지가 않더라고."

종수는 넋이 나간 얼굴로 영상과 노파의 뒷모습을 번갈아 쳐다보았다. 그의 눈이 노트북 앞에 줄지어 놓인 메모리 스틱들을 찬찬히 훑어나갔다.

"대체… 대체 이런 짓을 몇 번이나 한 겁니까? 언제부터…."

노파는 다시 가슴을 부여잡고 한숨만 연신 내쉴 뿐이었다.

종수는 첫 번째 영상을 닫고 다음 파일로 넘어가 보았다. 두 번째 영상에서 노파의 아들은 작은 전기톱을 든 채 테이블 옆에 바짝 붙어 서 있었다. 한참을 망설이던 그가 꿈틀거리는 여자의 다리 쪽으로 전기톱을 가져갔다. 톱날이 피부에 닿으려는 순간 종수는 황급히 영상을 닫았다. 그의 가슴 속에서 심장이 늑골을 부술 듯 요동쳤다.

그는 메모리 스틱을 뽑고 또 다른 것을 골라 노트북에 꽂았다. 거기에도 동영상 파일 대여섯 개가 담겨있었다.

2020년 11월 23일 - 백수정 1,

2020년 11월 23일 - 백수정 2,

2020년 11월 23일 - 백수정 3…

종수는 잠시 주저하다가 호흡을 가다듬고 마지막 파일을 클릭했다. 창이 열리면서 지옥도를 연상시키는 끔찍한 광경이 화면에 떠올랐다. 피로 범벅이 된 시체는 사지가 떨어져 나간 상태였다.

어깨를 들썩이며 가쁜 숨을 몰아쉬는 남자의 앞치마는 피로 흥건했다. 그가 작은 전기톱을 테이블 옆 카트에 내려놓고 카메라를 향해 돌아서서 유럽식 귀족 인사를 익살맞게 해보였다. 종수는 솟구치는 구토를 애써 억누르며 영상을 닫았다.

"아들이 이러는 걸 알면서도 그냥 놔뒀다고요?"

"말려도 안 되는 걸 난들 어쩌라고… 아무리 천하에 몹쓸 놈이라도 세상에 어떤 어미가 자식 놈을 감옥에 보내고 싶겠어? 알면서도 그냥 모르는 척했지."

노파의 말에 종수는 어이가 없었다. 영상을 만든 악마도, 그걸 좋다고 사서 보는 놈들도, 아들의 '악취미'에 대해 알고 있음에도 오히려 아들을 감싸기만 하는 어미도, 다들 제정신이 아니었다.

종수는 자신이 노파의 집에 잠입한 이유를 까맣게 잊은 채 한동안 메모리 스틱들을 물끄러미 응시했다. 연쇄 살인의 명백한 증거를 어떻게 처리해야 할지 머릿속이 복잡했다. 당장 경찰에 신고해야 마땅했지만 그랬다가는 불순한 의도를 품고 노파의 집에 잠입한 자신부터 낭패를 보게 될 게 분명했다.

"내 방으로 가요. 옷장 안에도 금고가 있어요. 내가 거기 든 거 다 꺼내줄 테니까 그건 그냥 도로 넣어두고…."

"잠깐만요."

종수가 번쩍 손을 들어 노파의 말을 막았다.

"생각 좀 해봐야겠어요. 이걸 어떻게 처리할지."

종수는 메모리 스틱을 하나 집어 들고 한동안 그것을 빤히 응시했다. 노파는 안절부절못하며 골똘한 생각에 빠진 그를 지켜보았다. 문득 종수의 뇌리를 스치는 아이디어가 있었다. 그가 눈을 번뜩이며 자리에서 벌떡 일어났다. 노파가 흠칫 놀라도 뒤로 주춤 물러났다.

종수는 노트북을 끄고 책상에서 메모리 스틱을 모아들었다. 그는 금고 앞으로 다가가 두 손에 담은 메모리 스틱을 제자리에 돌려놓았다. 그리고 금고 문을 닫으며 한 손에 숨겨둔 스틱 하나를 노파 몰래 바지 주머니에 집어넣었다. 그는 못 이기는 척 노파의 제안을 수락하기로 했다. 최대한 신속히 안방 금고를 털고 거실에 고이 모셔진 〈혜정〉을 챙겨 섬뜩한 이 집을 뜨기로. 그가 훔친 메모리 스틱은 보험인 셈이었다. 난처한 상황에 빠졌을 때 유유히 꺼내들 그만의 '감옥 탈출 카드.' 또한 그것은 궁극의 협상 카드이기도 했다. 메모리 스틱을 경찰에 넘기겠다는 종수의 말 한마디면 사이코 의사는 입막음용으로 그에게 몇 번이고 돈다발을 안겨줄 것이다. 영원히 마르지 않는 샘물, 황금알을 낳는 거위.

"할머니 방에도 금고가 있다고 했죠? 갑시다."

종수의 말이 노파의 얼굴에 화색이 돌게 했다. 노파는 앞장서서 자신의 방으로 총총 걸어 나가기 시작했다. 종수의 오른손은 주머니에 넣은 메모리 스틱을 연신 만지작대고 있었다.

불이 환히 켜진 침실에 들어선 노파는 곧장 붙박이 옷장 앞으로 다가가 문을 열었다. 옷장 안 한쪽 구석 바닥에는 검은색을 띤 작은 금고가 놓여있었다. 노파는 그 앞에 웅크려 앉아 키패드에 네 자리 암호를 입력했다. 자그마한 전자음과 함께 자물쇠가 풀렸다. 노파가 굼뜨게 문을 열자 종수가 달려들어 노파를 뒤로 잡아 끌었다.

"뒤로 물러나 있어요. 내가 알아서 챙겨갈 테니까."

그는 커다란 배낭을 금고 앞에 놓아두고 내용물을 쓸어 담기 시작했다. 반지, 목걸이, 브로치, 시계, 그리고 무엇이 담겨있는지 알 수 없는 작은 벨벳 주머니들. 종수의 몸속에서 아드레날린이 폭발했다. 기대 이상의 수확에 그는 한껏 들떠있었다. 이제 노파가 허튼수작 부리기 전에 거실에서 〈혜정〉을 챙겨 달아나기만 하면 됐다. 허튼수작.

금고 청소를 마친 종수가 벌떡 일어나 노파 앞으로 다가갔다. 노파가 흠칫 놀라며 뒤로 주춤 물러났다.

"휴대폰 가져와요."

"응?"

"휴대폰 가져오라고요!"

종수가 빽 소리치자 노파가 침대 옆 탁자로 달려가 휴대폰을 가져왔다. 그는 의사 아들이 선물했을 최신형 스마트폰을 들고 침실에 딸려있는 화장실로 들어갔다. 노파는 화장실 문간에 서서 겁에 질린 눈으로 종수를 지켜보고 있었다.

종수는 휴대폰을 변기에 떨어뜨리고 노파를 홱 돌아보았다.

"다른 전화는 없어요? 유선전화?"

노파가 침대 쪽을 가리켰다. 침대 옆 탁자에 빨간색 전화기가 덩그러니 놓여있었다. 종수는 그쪽으로 성큼 걸어가 쥐고 있는 칼로 전화선을 끊었다.

"이거 세트죠? 하나가 더 있을 텐데."

"아래층…."

종수는 고개를 끄덕이며 노파의 방을 나섰다. 그의 휴대폰은 3시가 갓 넘었음을 알리고 있었다. 잔혹하고 엽기적인 스너프 영상에 정신이 팔려있는 동안 한 시간 가까이 흘러가버린 것이었다.

노파는 몇 미터 거리를 두고 종수를 따라 내려왔다. 종수는 거실을 두리번거리다가 소파 옆 탁자에 놓인 전화기를 발견하고는 위층에서처럼 칼로 전화선을 끊어놓았다.

"전화기가 더 있어요?"

노파는 말없이 고개를 저었다.

"잘 들어요. 이제 진열장에서 저 흙덩어리 하나만 챙기면 다 끝나요. 할머니는 내가 나갈 때까지 잠자코 있기만 하면 돼요. 알겠

176

어요? 괜히 허튼짓 했다간 무사하지 못할 테니 거기 얌전히 서서 기다려요."

노파는 가슴을 부여잡은 채 고개를 끄덕였다.

종수는 몸을 틀고 진열장 앞으로 다가갔다. 유리 진열장 안에는 그가 사진으로만 보아왔던 〈혜정〉이 모셔져 있었다. 〈혜정〉은 2년 전, 유족이 아닌 다른 소장가가 경매에 내놓은 작품으로, 당시 노파의 아들이 1억 8천만 원에 낙찰받았고, 현재는 그 가치가 4억 원까지 치솟은 상태였다. 스너프 영상이 가득 담긴 메모리 스틱과 함께 오늘 종수가 올리게 된 최고의 성과였다.

그는 배낭에서 짙은 색 부대를 꺼내 들었다. 〈혜정〉은 높이가 50센티미터에 가까운 돌덩이였다. 점토를 구워 만든 테라코타라나. 부담스러운 무게보다도 배낭에 쑤셔 넣을 수 없는 사이즈가 문제였다. 그는 집에서 챙겨온 질긴 천으로 된 부대를 바닥에 내려놓고 조심스레 진열장 문을 열었다.

종수는 흉측한 돌덩이를 고이 숨겨두었다가 공소시효가 지난 후 고미술품 시장에 슬쩍 내다 팔아치울 계획이었다. 장물은 대개 정상가의 20퍼센트 수준에서 거래되는 것으로 알려졌지만 어차피 공짜로 취득한 것이니 그런 건 아무래도 상관없었다.

종수는 진열장 안으로 두 손을 넣고 묵직한 조각품을 조심스레 들었다. 그런 다음, 천천히 꺼내 잠시 〈혜정〉과 눈을 맞추었다. 불

그스름한 긴 목의 여인의 두 눈이 마치 종수의 영혼을 꿰뚫어 보는 듯했다. 섬뜩해진 그가 몸을 웅크리고 부대에 조각품을 담았다. 부대 끝을 매듭지어 봉한 그가 몸을 일으키려는 순간 엄청난 충격이 그를 강타했다. 뒷덜미가 불에 덴 듯 뜨거웠고, 쭉 내리뻗은 사지가 빳빳하게 굳어져버렸다.

종수는 영문도 모른 채 무기력하게 고꾸라졌다. 바닥에 머리를 세게 부딪쳤지만, 온몸이 마비된 덕분에 통증은 조금도 느껴지지 않았다. 곧게 내리뻗은 그의 팔과 다리에서 심한 경련이 일어났다. 그의 입에서는 침이 질질 흘러나왔다.

"가까이 살았으니 망정이지."

어딘가에서 남자의 목소리가 들려왔다. 굵은 바리톤 목소리의 주인공을 보고 싶었지만 종수는 고개를 들 수도, 몸을 틀 수도 없었다.

전기충격기.

노인네 아들인가? 정형외과 의사라는? 사이코 킬러 겸 스너프 영상 제작자?

남자가 발끝으로 종수의 등을 쿡쿡 찔러댔다.

"빨리 왔네."

"잠옷 바람으로 뛰어왔더니 20분도 안 걸리던데."

"이거 아주 신통방통하네."

종수는 궁금해서 견딜 수 없었다. 킬러가 어떻게 생겼는지, 무엇이 그토록 신통방통하다는 것인지.

그는 말을 듣지 않는 몸을 필사적으로 꿈틀거려 간신히 돌아 누웠다. 실크 잠옷 위로 짙은 색 테리 직물 가운을 걸친 남자는 건장한 체구의 소유자였다. 그의 오른손에는 전기면도기를 연상시키는 전기충격기가 쥐어져 있었다. 아들 옆에 바짝 붙어선 노파는 목에 두른 펜던트를 만지작거리고 있었다. 지난 한 시간 동안 그랬던 것처럼. 종수는 그제야 그것이 평범한 목걸이가 아님을 깨달았다. 목걸이는 체인이 아닌, 얇은 끈이었고, 그 끝에 매달려 있는 건 육상부 코치가 걸고 다닐 법한 스톱워치였다. 아니, 스톱워치처럼 생긴… 무언가였다.

"내가 뭐랬어? 엄마 나이 되면 이런 거 하나씩은 걸고 다녀야 안심이 된다니까."

"역시 아들 말 듣길 잘했어. 맨날 걸고 다니면서도 이걸 쓸 때가 있을지, 했는데."

"비싼 건데 오늘 돈값 제대로 했네."

종수는 어리둥절한 얼굴로 이상한 모자를 올려다보았다. 눈이 마주치자 남자가 성큼 다가와 전기충격기로 종수의 목에 짧게 충격을 주었다. 종수는 외마디 비명을 지르며 경련을 일으켰다.

"내가 갑자기 나타나서 당황했지?"

남자가 실실 웃으며 말했다. 그의 손이 어머니의 펜던트를 가리켰다.

"저게 뭔지 알아? 노인네들 쓰는 비상벨이야. 목에 걸고 다니다가 무슨 일이 생겼을 때 버튼을 누르면 보호자 휴대폰으로 알림이 오거든. 신기하지?"

저 노인네가 그토록 펜던트를 주물러댔던 이유가… 그거였나? 내가 정신이 팔려있는 동안 아들에게 살려달라고 SOS를 쳤던 거였어?

종수는 노파에게 좀 더 주의를 기울이지 못했던 자신을 질책했다. *10분, 아니, 5분만 일찍 알아차렸어도….*

노파의 아들이 전기충격기를 소파 위로 휙 던진 후 다시 종수에게 다가왔다. 그의 한 손에는 불빛에 번뜩이는 작은 물체가 쥐어져 있었다. 종수는 감각이 되돌아온 몸을 꼼지락대며 그로부터 벗어나려 했다.

"왜? 벌써 가려고?"

남자가 성큼 다가와 종수 앞에 우뚝 섰다.

"이거 몸에 좋은 거야. 사양하지 말고 한 번 맞아봐."

그가 전기충격기 자국이 선명히 남은 종수의 목덜미에 주삿바늘을 꾹 찔러 넣었다. 정체 모를 약물이 주입되기가 무섭게 종수의 몸이 빳빳이 굳어져 가기 시작했다. 혀가 마비되어 비명조차 제대로 지를 수 없는 상태였다.

"그렇지 않아도 남자 모델 찾는 고객들이 있던데, 이번에 작품 하나 잘 만들어서 대박 한 번 쳐봐야겠어."

노파의 아들이 뻗어버린 종수의 발을 잡고 지하실 쪽으로 질질 끌고 나가기 시작했다. 노파는 딱딱하게 굳어진 얼굴로 멀어져가는 아들의 뒷모습을 바라보았다.

"민호야. 이제 그 짓 좀 그만하면 안 되겠니?"

"엄마. 이 집이랑 내 집이랑 우리 차들, 병원 유지비…. 이게 다 어디서 나오는 것 같아? 매년 여름, 겨울, 두 번씩 꼬박꼬박 해외 여행 다니는 비용은? 우리 제주도 별장은?"

"이제 벌 만큼 벌었으니 그만해도 되잖아. 응? 이러다 며늘아기 한테 들키기라도 하면…."

"그 사람이 어떻게 알아? 엄마만 입단속 잘하면 그런 일은 없을 테니 걱정 붙들어 매."

"애들도 있고…."

"그만하래도!"

남자가 종수의 두 발을 내팽개치며 빽 소리쳤다. 바닥에 거칠게 떨어진 다리에 아무런 느낌이 없자 종수는 덜컥 겁이 났다.

"이번 작품값 잘 쳐서 넘기면 가을에 이탈리아 여행 보내줄게. 엄마 버킷리스트잖아. 트레비 분수도 보고, 베네치아에서 곤돌라

도 타고… 비아 콘도티에서 명품 쇼핑도 실컷 해야지. 펜디, 에르
메스, 프라다, 구찌….”

“그딴 거 다 필요 없다. 이제 제발 죄 없는 사람들 데려와 죽이
는 건….”

종수가 살기 어린 눈빛으로 어머니를 노려보았다. 그가 손가락
을 펴 입술에 갖다 붙이자, 노파의 입이 딱 다물어졌다. 어머니의
고개와 어깨가 축 늘어지는 것을 본 남자는 다시 웅크려 앉아 종수
의 두 발을 붙잡았다.

“정 말리고 싶으면 경찰에 신고해. 아들놈 하나 있는 게 유영철
보다 더 고약한 살인마라고. 이 집이 지존파 아지트라고. 엄마 원
망 안 할 테니까 정 씨 집안 삼대독자 쇠고랑 차고 9시 뉴스에 나
오는 거 보고 싶으면 마음대로 해.”

남자는 다시 큰대 자로 뻗어버린 종수를 질질 끌고 나가기 시작
했다. 노파는 한껏 들뜬 채 새 ‘모델’을 작업실로 데려가는 아들이
라는 괴물의 모습을 지켜보며 땅이 꺼져라 한숨을 내쉬었다. 잠시
후 자기 집 지하실에서 무슨 일이 벌어질지 뻔히 알면서도 눈과 귀
를 닫고 모른 척해야 하는 무기력함이 그녀를 좌절케 했다.

남자와 불운한 밤 손님은 복도 모퉁이를 돌아 사라졌다. 몇 분
후, 지하실 문 닫히는 소리가 요란하게 들려오자 노파는 넌더리를
내며 계단을 향해 후들거리는 다리를 힘겹게 옮겨나가기 시작했다.

비명

소녀의 어깨는 축 늘어져 있었다.

보나 마나 시퍼렇게 멍이 들었을 얼굴은 커튼처럼 드리워진 긴 앞머리로 완벽히 가려져 있었다. 바로 옆을 스치듯 지나며 흘끔 쳐다보니 소매에 남겨진 검은 얼룩이 눈에 들어왔다.

혈흔.

간밤에 옆집에서 또 한바탕 난리가 벌어졌다. 그리고 언제나처럼 그 듣기 거북한 소음은 누가 신고를 넣기 직전에 뚝 멎어버렸다. 사실 소음 자체도 이웃들의 단잠을 방해할 정도로 크지 않았다. 바로 옆집에 사는 내게만 특히 거슬릴 뿐.

동네 초등학교에 다니는 소녀는 석 달 전 우리 옆집으로 이사를 왔다. 어머니와 단둘이 사는 듯한데… 곰곰이 헤아려보면 지금껏 아이 어머니를 본 게 고작 서너 차례에 지나지 않았던 것 같다. 가장 최근에 본 건 몇 주 전 재활용 분리수거일이었다. 30대 후반쯤 돼 보이는 평범한 외모의 여자는 남들과 눈이 마주치는 게 두려운 듯 볼일을 마치기가 무섭게 후다닥 아파트로 들어가버렸다.

심상치 않은 소음은 모녀가 이사를 온 지 사흘 만에 처음 들려왔다. 무언가가 내리쳐지는 둔탁한 소리, 싸늘한 기운이 묻어나는 나지막한 목소리, 그리고 이따금 터져 나오는 신음과 비명. 처음 들었을 때는 막연히 TV 소리일 거라 생각했었다. 하지만 그런 소음은 며칠 주기로 반복됐다. 주로 초저녁에 시작됐고, 9시 뉴스가 끝날 즈음 예외 없이 멎었다.

의심의 여지가 없는 '가정폭력의 사운드트랙'이었다. 한바탕 소란이 벌어지고 난 다음 날이면 소녀는 조금 전처럼 축 늘어진 모습으로 등굣길에 올랐다. 그리고 소녀의 그런 모습을 보게 될 때마다 나는 하루 종일 꿀꿀한 기분에 사로잡히곤 했다.

얇은 벽 너머에서 학대와 고통의 소음이 들려올 때마다 경찰에 신고하고 싶은 충동이 스멀스멀 찾아들었다. 하지만 소음의 정도는 신고하기 애매할 만큼 경미했고, 지속 시간 역시 길지 않아 늘 망설이다 포기하기 일쑤였다. 옆집 여자는 마치 소음 측정기와 타이머를 켜두고 학대에 임하는 듯했다. 게다가 1층 맨 끝 집이라 층간소음으로 이웃들과 얼굴을 붉힐 일도 없었다. 그저 바로 옆에 사는 나만 괴로울 뿐.

오늘 저녁도 옆집 여자는 또 무슨 꼬투리를 잡았는지 초저녁부터 아이를 잡았다. 늘 그렇듯 가벼운 실랑이로 시작된 모녀의 마찰은 몇 시간에 걸쳐 조금씩 격해져 갔고, 급기야는 무언가가 내팽개쳐져 박살 나는 소리까지 들려왔다. 가뜩이나 글상이 떠오르지 않아 짜증이 나던 차에 나는 잘됐다 싶어 속에서 욱하고 솟구쳐 오른 뜨거운 기운을 옆집 여자에게 분출하기로 했다.

"자꾸 이럴 겁니까?"

나는 주먹으로 침실 벽을 탕탕 두드리며 소리쳤다.

"시끄러워서 일을 못 하겠다고요! 제발 밤엔 조용히 좀 해주세요. 네?"

주먹으로 또다시 벽을 두드리고 나서 귀를 쫑긋 세워보았다. 나지막이 흐느끼는 소리가 1분 정도 이어지다가 뚝 멎어버렸다. 그리고 마침내 그토록 갈망했던 고요가 찾아들었다.

시선은 컴퓨터 화면으로 복귀했지만 키보드 위에 떠 있는 두 손은 좀처럼 움직일 줄 몰랐다. 막상 익숙한 소음이 걷히고 나니 어딘지 어색했다. 마치 언제 터질지 모르는 폭탄을 끌어안고 있는 기분이었다.

9시 뉴스가 끝날 때까지도 옆집 모녀는 잠잠했다. 자정이 다 돼서야 침대에 오른 나는 문득 옆집 상황이 궁금해졌다. 딸에게 저녁은 먹였을까? 설마 굶긴 건 아니겠지? 쟨 왜 저렇게 허구한 날 맞고 살지? 가출을 하든, 신고를 하든, 상담을 받든, 뭐라도 해야 할 게 아냐.

이런저런 상념에 사로잡혀 밤을 꼬박 새우다시피 한 나는 옆집 아이의 등교 시간에 맞춰 일찍이 밖으로 나왔다. 슈퍼에서 아침으로 먹을 시리얼과 우유를 사 들고 나와 집을 향해 느릿느릿 걸음을 옮겨나가고 있을 때, 저만치서 다가오는 소녀가 눈에 들어왔다. 고개를 푹 숙인 아이는 오늘도 축 늘어진 모습이었다. 나는 주머니에서 작은 메모지를 꺼내 들었다. 인터넷으로 단 몇 분 만에 알아낸 '희망의 전화'라는 가정폭력 상담소 연락처였다. 아이가 바짝 다가오자 나는 그 앞을 막고 서서 메모지를 내밀었다.

"받아."

소녀가 화들짝 놀라며 주춤 물러났다.

"나 이상한 사람 아니야. 옆집 사는 아저씨야."

잠시 머뭇거리던 아이가 조심스레 손을 뻗어 메모지를 받아 들었다. 늘 그렇듯 아이의 얼굴은 앞으로 흘러내린 긴 머리에 감춰져 있었다. 시퍼런 멍 자국으로 뒤덮여 있을 얼굴을 떠올리니 또다시 내 안에서 뜨거운 기운이 꿈틀거렸다.

한참 동안 메모지를 들여다보던 소녀는 그걸 고이 접어 주머니에 집어넣고 말없이 고개를 숙여 인사했다. 나는 총총 멀어져가는 아이의 뒷모습을 씁쓸하게 바라보다가 긴 한숨을 내쉬며 돌아섰다. 부디 이것으로 옆집에 평화가 깃들기를 간절히 바라면서.

초저녁, 일찌감치 계획했던 분량의 원고를 해치운 나는 맥주와 땅콩을 챙겨 들고 침실로 들어갔다. 벽에 등을 기댄 채로 앉아 캔을 따고 신문지 위에 땅콩을 몇 줌 쏟아놓았다. 날이 저물어 어둑했지만 나는 불을 켜지 않았다.

두 시간에 걸쳐 세 번째 캔을 비웠을 때까지 정적은 깨지지 않았다. 들리는 것이라고는 입안에서 우두둑대며 짓이겨지는 땅콩 소리뿐이었다.

9시가 넘어가자 눈꺼풀이 무거워졌다. 다행히 오늘은 조용히 넘어가려는 모양이었다. 어쩌면 옆집 소녀는 급파된 사회복지사에 의해 보호시설로 보내졌는지도 몰랐다. 설마 아침에 이상한 아저씨가 건넨 이상한 쪽지를 엄마에게 들키진 않았겠지? 문득 딸의 주머니에서 문제의 메모지를 발견하고 대로하는 옆집 여자의 모습이 뇌리를 스치고 지나갔다.

그 후 시간이 얼마나 흘렀을까. 어느새 나는 고개를 떨군 채 꾸벅꾸벅 졸고 있었다.

쾅!

순간 눈이 번쩍 뜨였다. 거칠게 닫히는 방문 소리. 나는 황급히 몸을 틀고 한쪽 귀를 벽에 가져가 댔다. 둔탁한 소음이 들리면 어김없이 흐느낌과 신음이 그 뒤를 따랐다.

그렇게 떠먹여 줬는데도 못 먹나? 나더러 뭘 더 어떻게 하란 얘기야? 심장이 늑골을 부수고 나올 것처럼 요동쳤다. 내 안 깊숙한 곳에서는 정체를 알 수 없는 뜨겁고 묵직한 기운이 꿈틀대고 있었다.

나는 불끈 쥔 주먹으로 벽을 탕탕 두드렸다.

"아 씨, 그만 좀 해요. 그러다 애 죽겠어요!"

하지만 소음은 멎지 않았다. 옆집의 간섭에 오기가 생겼는지 여자의 언성은 한층 높아졌다. 방 안에서 무언가가 내팽개쳐졌고, 아이는 더 격하게 울어댔다.

"당장 그만두지 않으면 경찰에 신고할 겁니다! 지금이 어느 세상인데 애를 개 잡듯 팹니까?"

퍽!

마치 내 경고에 대꾸하듯 몸에 둔기 떨어지는 섬뜩한 소리가 들려왔다. 나는 스프링 튀듯 자리에서 벌떡 일어났다. 이제는 행동해야 할 때였다. 저러다 맞아 죽을지 모르는 옆집 아이를 위해, 그리고 무엇보다도 내 정신 건강을 위해.

나는 거실로 뛰쳐나와 탁자에서 휴대폰을 집어 들었다. 그리고 난생처음 걸어보는 세자릿수 번호를 손가락이 부러져라 꾹꾹 눌러나갔다.

"아동 학대 신고 좀 하려고요."

112 종합 상황실이 응답하자 나는 씩씩대며 말했다.

"지금 옆집에서 초등학생 여자아이가 어머니에게 무차별 구타를 당하고 있어요. 비명도 들리고, 뭘 집어던졌는지 유리 깨지는 소리도 나고…. 아무튼 빨리 좀 와주세요. 저러다 애 죽겠어요!"

나는 뛰는 가슴을 애써 진정시키며 담당 경관에게 주소를 불러주었다. 경관은 관할 파출소에 신고 내용을 전달했다면서 현장을 뜨지 말 것을 주문했다. 10분 내로 경찰이 도착할 것이고, 피해 아동을 챙길 사회복지사도 급파될 거라고 덧붙였다.

나는 휴대폰을 주머니에 쑤셔 넣고는 후들거리는 다리를 간신히 달래어 밖으로 나왔다. 현관 앞 복도를 서성이며 초조하게 기다린 지 정확히 7분 만에 경찰이 도착했다. 순찰차에서 내린 제복 경관 두 명이 부리나케 뛰어 안으로 들어왔다. 내가 말없이 옆집 현관문을 가리키자 경관들이 달려와 초인종을 누르며 문을 두드리기 시작했다.

"경찰입니다. 문 좀 열어주세요!"

우리 셋은 초조하게 문이 열리기를 기다렸다. 20초 넘게 반응이 없자 한 경관이 귀를 문에 가져가 댔다.

"아무 소리도 안 들리는데."

그의 파트너가 나를 돌아보았다.

"아저씨, 이 집 맞아요?"

"방금 전까지 애 잡는 소리를 들었다니까요. 뭘 집어던졌는지 깨지고 부서지고, 아주 난리였어요."

경관들이 다시 문을 두드렸다.

"경찰입니다. 좀 나와보세요."

"안 열어주시면 저희가 사람 불러서 따고 들어가야 해요. 그럼 서로 좋을 게 없잖아요. 네?"

우리는 또다시 입을 닫고 반응을 기다렸다.

"나온다, 나와."

문에 귀를 대고 있던 경관이 뒤로 주춤 물러서며 말했다.

몇 초 후, 안에서 자물쇠 풀리는 소리가 났다. 마침내 문이 열리자 경관들이 문틈으로 안을 살피기 시작했다. 안에서 나온 건 소녀였다. 고개를 푹 숙인 소녀는 긴 머리를 앞으로 늘어뜨린 채 두 경관을 올려다보았다. 얼굴은 붉게 상기돼 있었고, 살짝 드러난 눈에서는 바짝 긴장한 티가 엿보였다.

"왜 오셨어요?"

아이가 기어들어 가는 목소리로 물었다. 소녀의 시선이 멀찌감치 떨어져서 지켜보고 있는 내 쪽으로 돌아왔다. 순간 가슴이 철렁 내려앉았다. 소녀는 안도나 사의의 눈빛이 아닌, 원망과 짜증의 눈빛으로 나를 흘겨보고 있었다.

"집에 부모님 계시니?"

한 경관이 아이의 얼굴을 유심히 살피며 물었다.

"엄마랑 같이 있어요."

아이가 덤덤하게 대답했다.

"몸은 괜찮니? 병원에 안 가도 되겠어?"

또 다른 경관이 물었다.

"괜찮아요."

아이는 또다시 나를 돌아보며 눈을 흘겼다.

"아저씨가 신고했어요?"

"저기… 그게…."

소녀의 냉담한 반응에 나는 말문이 막혀버렸다. 고맙다고 넙죽 절을 해도 모자랄 판에.

"아저씨들이 잠깐 들어가볼게."

두 경관이 문간에 버티고 선 소녀를 옆으로 살며시 밀어내고는 조심스레 안으로 들어갔다. 나를 매섭게 노려보던 소녀가 홱 돌아서서 경관들을 뒤따라 들어갔다.

문밖에서 넋이 나간 모습으로 서 있을 때 안에서 경관들의 목소리가 흘러나왔다.

"아주머니, 아주머니, 정신 좀 차려보세요!"

"어떻게 된 거니? 엄마가 왜 이러고 계셔?"

"가서 물 한 컵만 받아와. 빨리!"

한 경관이 주방으로 달려 나와 가장 먼저 손에 잡힌 사발에 찬물을 받았다. 그가 물을 챙겨 방으로 들어가자 나는 더 참지 못하고 안으로 천천히 들어가보았다.

"맥이 살아있어. 당장 구급차부터 불러야겠어."

물을 챙겨 들어갔던 경관이 다시 거실로 나와 무전기를 뽑아 들었다. 그가 다급하게 구급차를 부르는 동안 나는 좁은 거실을 가로질러 문이 활짝 열린 안방으로 다가갔다.

문간에 쪼그려 앉아있는 소녀의 머리 너머로 충격적인 광경이 펼쳐졌다. 피로 얼룩진 두꺼운 겨울 이불을 온몸에 두른 채 엎어져 있는 여자, 그리고 한쪽 바닥에 나뒹굴고 있는 아동용 알루미늄 야구 배트.

"네가… 이런 거니?"

의식 잃은 여자의 상태를 살피던 경관이 소녀를 돌아보며 물었다.

"네가 엄마를 이렇게 만든 거야? 엄마가 널 때린 게 아니고?"

아이는 대답 대신 홱 돌아앉아 바짝 다가온 나를 올려다보았다. 아이의 차가운 눈빛에 심장이 얼어붙은 기분이었다.

"왜 남의 집 일에 참견이세요?"

나는 할 말을 잊은 채 피투성이가 된 아이 어머니와 쇼크에 빠

져 있는 경관, 그리고 이글거리는 눈으로 나를 매섭게 노려보는 소
녀를 번갈아 쳐다보았다.

그럼… 하루가 멀다고 들려왔던 그 소리는….

등골이 오싹해져 왔다. 나는 후들거리는 다리로 뒷걸음질 치기
시작했다. 소녀의 매서운 시선은 내게서 떨어질 줄 몰랐다.

엄마가 아니라, 저 애였던 거야? 그동안 저 어린애가 엄마를 방
에 가둬놓고 그토록 매질을 해댄 거였어? 소리가 새어 나갈까 봐
이불로 꽁꽁 싸매놓고? 그것도 저런 무시무시한 흉기로?

"왜 남의 집 일에 참견이에요, 참견은!"

소녀가 벌떡 일어나 내게 소리쳤다. 잔뜩 주눅이 든 나는 하마
터면 미안하다고 사과할 뻔했다. 왠지 그러지 않으면 소녀의 저주
가 씰 것만 같아서.

"여긴 우리가 알아서 할 테니까 이젠 가보셔도 됩니다."

방 안에서 경관이 말했다.

"아, 네."

나는 넋이 반쯤 나간 경관과 계속해서 잡아먹을 듯 노려보는 어
린 사이코패스를 뒤로한 채 현관문을 빠져나왔다.

바깥 복도는 조용했다. 나는 떨어지지 않는 발을 간신히 옮겨
집으로 들어갔다. 불도 켜지 않은 채 베란다로 나가 창밖을 바라보
았다. 구급차가 초록색 경광등을 깜빡이며 단지로 들어서고 있었

다. 그제야 호기심에 찬 주민들이 하나둘씩 모여들기 시작했다.

요동치는 심장은 쉬이 진정될 것 같지 않았다. 잔상으로 남은 소녀의 섬뜩한 눈빛은 눈을 감으면 더 선명해졌다. 나는 지갑과 휴대폰만 챙겨 들고 후다닥 집을 나섰다. 그새 1층 복도는 몰려든 주민들로 바글거렸다. 나는 그들을 헤치고 정문을 빠져나왔다. 어디로든 훌쩍 떠나고 싶었다. 이 악몽의 현장을 벗어날 수만 있다면 어디든 상관없었다.

"아저씨, 저 안에 무슨 일이에요?"

같은 동에 사는 초등학생 소년이 바짝 다가와 물었다. 한껏 들뜬 소년의 얼굴이 순간 옆집 소녀의 것과 오버랩되었다. 지금껏 숱하게 봐온 아이는 오늘따라 무척 낯설게 느껴졌다.

"넌 몰라도 돼."

나는 퉁명스럽게 내뱉고는 부리나케 단지를 빠져나왔다.

간호사

엘리베이터에서 내린 채선은 콩닥거리는 가슴을 애써 진정시켰다. 방금 전, 로비에서 마주쳤던 남자는 대한민국 탑티어 배우, 홍수호가 분명했다. 그가 논현동 고급 빌라로 이사했다는 소문이 사실인 모양이었다. 그녀가 정문으로 들어섰을 때 홍수호는 로비 소파에 앉아 누군가와 통화를 하고 있었다. 채선과 눈이 마주치자, 그는 고개를 까딱여 인사한 후 벌떡 일어나 밖으로 나가버렸었다.

채선이 일하는 '심포지엄'은 논현동에서 손꼽히는 고급 빌라로, 지하 2층, 지상 10층으로 이루어져 있었다. 가격이 50억 원을 훌쩍 넘는 심포지엄에는 총 12세대가 입주해 있었다. 매달 관리비만 200만 원에 달했고, 세대당 무려 네 칸의 주차 공간이 제공됐다. 단지 안에는 다양한 커뮤니티 시설과 이국적인 유럽식 정원이 갖

취져 있었다. 채선의 습하고 퀴퀴한 남현동 반지하 월세방에 비하면 심포지엄은 완전히 딴 세상이었다. 처음 이곳을 찾았을 때 그녀는 마치 인천 공항에 막 내린 탈북자만큼이나 넋이 나가버렸었다.

채선의 클라이언트, 김정순 여사의 집은 방 다섯 개에 욕실이 네 개나 됐다. 진작에 변호사를 통해 DNR(연명치료 거부) 동의서를 작성해 놓은 노파의 침실에는 심전도 기계와 산소포화도 측정기, 혈압 측정기, 공기청정기, 그리고 가습기 정도만 갖춰져 있을 뿐이었다. 빈방 중 하나는 황송하게도 채선에게 쉼터로 제공됐다.

집으로 들어서자 언제나 그렇듯 가사 도우미가 그녀를 맞아주었다. 40대 중후반의 도우미는 지난 3년간 김 여사의 식사 준비와 청소, 그리고 세탁을 맡아 처리해온 베테랑이었다. 그녀는 아침 8시에 출근해 오후 4시까지 집안일을 살폈다. 노파의 아침과 점심은 그녀가 직접 챙겼고, 저녁은 그녀가 차려놓은 음식으로 채선이 챙겨 먹여야 했다. 채선의 근무는 오후 1시에 시작돼 밤 9시에 끝이 났다. 채선과 도우미는 매일 세 시간씩 함께 노파를 수발해야 했다.

노파의 방에서는 개 짖는 소리가 요란하게 흘러나왔다. 클라이언트가 끔찍이 아끼는 요크셔테리어, 벤지였다. 하루 종일 노파 곁에 붙어사는 벤지는 어쩌면 세상에서 가장 팔자 좋은 개일지 몰랐다. 사방이 대리석으로 뒤덮인 심포지엄 펜트하우스와 최고급 사료, 거기에 강남 최고의 수의사와 애견 스타일리스트의 VIP급 관리를 마음껏 누릴 수 있으니.

김 여사는 97세로, 작년에 폐렴을 심하게 앓고 나서 기력이 많이 떨어진 상태였다. 게다가 지난 몇 년 새 심장 기능이 눈에 띄게 떨어져 주치의의 집중 관리를 받는 중이었다. 그럼에도 특유의 괄괄하고 드센 성격은 여전했다. 따지고, 나무라고, 채근하고, 다그치고. 가사 도우미와 출장 간호사를 자신의 몸종 정도로 여기는 노파는 채선이 지금껏 챙겨온 그 어떤 클라이언트보다 힘겹고 부담스러운 케이스였다.

채선이 하는 일은 제때 생명징후와 체온과 혈압을 체크하고, 약을 챙겨주는 정도였다. 시간 맞춰 저녁을 먹이는 것도 그녀의 몫이었지만 도우미가 준비해 놓은 음식을 데워 내놓는 건 전혀 어려운 일이 아니었다. 이따금 반찬 투정에 시달리는 건 고역이었지만.

노파의 상태가 양호하면 채선은 가벼운 마음으로 퇴근할 수 있었다. 하지만 어떤 징후 하나라도 정상 수치를 벗어나면 에이전시에 연락해 비상대기 간호사를 불러야 했다. 어쨌든 매일 밤 9시면 채선은 병적으로 깐깐하고 무례한 노파로부터 해방될 수 있었다.

채선은 김 여사의 상태를 체크하고 약을 먹인 후 거실에 나와 도우미와 신나게 수다를 떨었다. 그녀가 올라오는 길에 로비에서 홍수호를 봤다고 호들갑을 떨자 도우미는 지난 3년간 심포지엄을 들락거리며 봐온 연예인과 유명 인사의 이름을 줄줄이 읊어댔다.

도우미가 퇴근한 후 채선은 노파의 저녁을 챙겨 먹이고 자신도 집에서 싸 온 다이어트식으로 허기를 채웠다. 그녀가 양치를 마치고 나왔을 때 침실에서 노파의 목소리가 터져 나왔다.

"약 줘! 약 가져와!"

채선은 손목의 스마트워치를 들여다보았다. 오늘따라 평소보다 한 시간이나 일찍 약을 찾아대는 노파의 극성에 그녀는 짜증이 났다. 채선은 부리나케 방으로 달려갔다.

"마지막 약은 잠자리 드시기 전에 드릴게요."

채선이 애써 미소를 지어 보이며 말했다.

"달라면 줄 것이지 왜 네 멋대로 하려고 해?"

"할머니, 약은 의사가 당부한 대로 드셔야 해요. 아직은 약 드실 시간이 아니에요, 이따 잊지 않고 챙겨드릴 테니 조금만 기다리세요. 제가 TV 틀어드릴게요."

채선이 벽에 걸린 TV 앞으로 다가가자, 침대에서 물컵이 날아들었다. 컵은 채선의 어깨에 맞고 바닥에 떨어졌다. 침대 위에서 흥분한 벤지가 미친 듯이 짖어댔다.

"어디서 천한 게 대들어, 대들긴, 응?"

"흥분하시면 몸에 좋지 않아요. 까먹지 않고 시간 맞춰 챙겨드릴 테니 안심하세요."

채선은 노인의 괴팍한 성미에 어느 정도 적응이 된 상태였다. 말끝마다 '천한 것' '가난뱅이' '못 배워먹은 것'… 들을 때마다 피가 거꾸로 솟았지만 그녀는 속으로 연신 '참을 인(忍)'을 외쳐대며 버 텨냈다.

"못 돼먹은 것. 내 덕분에 먹고사는 주제에."

채선은 주방에서 행주를 가져와 바닥을 훔쳐낸 후 후다닥 침실 을 빠져나왔다. 오늘은 조용히 넘어가나 싶었는데.

채선은 치매를 의심했지만 불과 한 달 전 정기 검진을 챙겼던 의사는 노파의 정신에 아무런 이상이 없음을 분명하게 확인해주었 었다. 김 여사는 그저 천성이 못 됐을 뿐이었다.

채선은 거실 소파에 앉아 집에서 챙겨온 책을 펼쳐 들었다. 하 지만 심장이 벌렁거려 글자가 눈에 들어오지 않았다. 그녀는 눈을 질끈 감고 흥분을 가라앉히려 애썼다. 김 여사의 방에서는 알아들 을 수 없는 웅얼거림이 쉴 새 없이 흘러나왔다.

그렇게 몇 시간이 흐른 후 채선은 약을 챙겨 들고 노파의 방으 로 들어갔다. 김 여사는 창가에 놓인 레이지보이 안락의자에 앉아 강남의 야경을 내다보고 있었다. 그녀의 무릎에는 두꺼운 돋보기 와 성경책이 놓여있었다.

"약 드실 시간이에요."

채선이 챙겨온 물과 약을 앞으로 내밀었다. 김 여사가 물을 한 모금 넘기고 나서 글라스를 의자 옆 탁자에 거칠게 내려놓았다.

"이가 시려서 마실 수가 없네. 가서 따뜻하게 데워 와."

"냉장고에서 꺼내 온 게 아니라 실온에서 보관하는 에비앙이에요, 할머니. 아깐 이 물 마시고 이가 시리다는 말씀 안 하셨잖아요."

노파가 고개를 홱 돌리고 채선을 매섭게 노려보았다.

"이게 어디서 꼬박꼬박 말대꾸야? 데워 오라면 데워 올 것이지 뭔 말이 많아? 수발들러 왔으면 고분고분 시키는 대로만 해. 말끝마다 토 달지 말고. 대체 집에서 가정교육을 어떻게 받아먹은 거야?"

"물은 데워 올게요. 하지만 말씀이 좀 지나치시네요. 전 할머니 몸종이 아니라 간호사라고요."

"천한 것이 입만 살아서, 내 말 한마디면 네년 모가지 날아가게 하는 건 일도 아니야. 쫓겨나고 싶어서 환장을 했어? 응? 그렇게 해줘?"

"그걸 원하시면 에이전시에 말씀하세요. 저보다 훨씬 상냥하고 고분고분한 간호사로 교체해줄 거예요."

채선은 벌게진 얼굴로 나와 글라스를 전자레인지에 넣고 30초간 데웠다. 그 이상 데웠다가는 입을 데었다고 난리를 쳐멜 게 뻔했다. 그녀가 미지근한 물을 건네자 김 여사는 늘 하던 대로 손에

200

쥔 세 알의 약을 꿀꺽 삼켰다.

"화장실 쓰시겠어요?"

노파는 말없이 벤지의 등만 쓰다듬을 뿐이었다.

"더 필요한 거 없으시면 이만 나가볼게요."

채선이 돌아서자 노파는 또다시 툴툴대기 시작했다. 채선은 화장실로 들어가 찬물로 세수를 했다. 거울 속에서 물이 뚝뚝 떨어지는 여자의 얼굴이 그녀를 응시했다. 충혈된 눈, 상기된 볼, 바르르 떨리는 입술, 그리고 뜨거운 콧김을 연신 뿜어내는 코. 채선은 무척이나 낯설게 느껴지는 얼굴을 들여다보며 진저리를 쳤다. 특히 살기가 뿜어져 나오는 눈빛은 그녀의 등골을 오싹하게 만들었다.

한참 후 거실로 나온 채선은 부디 퇴근 시간까지 노파의 '도발'이 없기를 빌며 책을 펼쳐 들었다. 다행히 김 여사는 9시까지 조용히 TV에 심취해 있다가 홀로 화장실에 다녀온 후 소리 없이 잠자리에 들었다.

채선은 잠든 노파의 모습을 잠시 유심히 살핀 후 차트에 기본적인 활력 징후 수치를 기록했다. 이렇게 여덟 시간의 근무가 종료됐다. 그녀는 발소리를 죽이고 노파의 방을 나와 가방과 재킷을 주섬주섬 챙겼다. 그런 다음, 야간등을 제외한 집 안의 모든 불을 끄고 나서 조용히 밖으로 빠져나왔다.

지하철을 타고 가는 내내 채선은 성질 고약한 클라이언트를 떠올리며 이를 갈았다. 그녀는 진작 이직을 결심한 상태였다. 이미 간호사 친구들을 통해 몇 곳에 이력서를 넣었고, 그중 한 곳과는 면접 약속을 받아둔 상태였다. 세상에 쉽게 돈 버는 일은 없었다. 출장 간호 에이전시는 일반 병원보다 높은 보수를 챙겨주었지만 김정순 여사 같은 악질 클라이언트로부터 소속 간호사를 보호하는 데는 무성의했다. 채선은 다른 곳에 채용되는 즉시 에이전시에 사직서를 던지고 나올 계획이었다.

김 여사의 언어폭력과 정신적 학대가 가해질 때마다 채선은 간호 강령을 속으로 되뇌며 용케 버텨냈었다. 하지만 이제는 한계점을 훌쩍 넘어버리고 말았다. 채선의 순서가 오기 전, 백세 노파의 변덕과 욕설과 조롱과 저주를 견디지 못하고 그만 둔 간호사가 한둘이 아니었다. 에이전시는 채선만큼 오래 버틴 예가 없었다며 특별 인센티브를 챙겨주기까지 했었다. 하지만 돈이 주는 위로보다 노파로부터의 해방을 향한 갈망이 압도적으로 커져버린 지금, 그녀를 에이전시에 붙잡아 둘 수 있는 건 아무것도 없었다. 시급 인상도, 파격적인 인센티브도, 특별 휴가의 보장도.

그날 밤, 채선은 침대에 오르고서도 한동안 잠을 이루지 못했다. 눈만 감으면 노기 띤 김 여사의 얼굴이 자꾸 아른거렸기 때문이었다. 새벽 2시. 채선은 더 버티지 못하고 손을 더듬어 리모컨을 찾았다. 그리고 오랫동안 귀에 들어오지도 않는 심야 뉴스를 멍한 얼굴로 응시했다.

"저놈의 개새끼 때문에 단 1분도 쉴 틈이 없었어."

채선이 들어서자 가사 도우미가 쪼르르 달려 나와 씩씩거렸다. 채선이 "왜요?"라고 물을 틈도 없이 그녀는 곧장 이유 설명에 들어갔다.

"어디서 뭘 주워 먹었는지 하루 종일 발발거리고 다니면서 설사를 찍찍 해대는 거 있지? 저 새끼 쫓아다니면서 똥 치우느라 허리가 나가는 줄 알았다니까."

순간 채선의 얼굴이 딱딱하게 굳어졌다. 가사 도우미가 퇴근하고 나면 벤지 뒤치다꺼리는 고스란히 그녀의 몫이 돼버리기 때문이다. 지옥에서 온 클라이언트 비위 맞추기도 힘든데 거기에 개의 수발까지 들어야 한다니.

"저 여편네가 우리 벤지 죽이려고 아주 작정했어, 작정을."

노파의 방에서 김 여사의 구시렁거리는 소리가 흘러나왔다.

"아니, 저 할망구가 보자보자 하니까…."

가사 도우미가 소매를 걷어붙이고 홱 돌아섰다. 흥분한 그녀가 노파의 방으로 향하려 하자 채선이 잽싸게 그녀 팔뚝을 붙잡았다.

"아주머니가 참으세요. 저분 저러시는 거, 어제오늘 일이 아니잖아요."

가사 도우미는 허리에 두 손을 얹은 채 한동안 뜨거운 콧김을 뿌려댔다. 어느 정도 진정이 되자 그녀는 돌아서서 주방으로 향했다.

"저 할망구는 죽어서도 좋은 덴 못 갈 거야. 난 나중에 저렇게 늙지 말아야지."

도우미가 식탁에 앉아 휴대폰으로 누군가에게 전화를 걸기 시작했다. 근무 시작부터 맥이 풀려버린 채선은 구석의 작은 방으로 들어가 간호사복으로 갈아입었다.

다행히 도우미 아주머니가 퇴근할 때까지 또 다른 소동은 벌어지지 않았다. 채선은 늦은 낮잠에서 깬 김 여사에게 저녁을 챙겨 먹이고 거실에 나와 책을 펼쳐 들었다. 책장을 넘기면서도 언제 고성이 터져 나올지 몰라 마음을 졸여야 했다.

모처럼 누려본 평화로운 시간은 금세 깨져버리고 말았다. 불시에 들려온 노파의 부름에 채선은 책을 던져버리고 후다닥 김 여사의 방으로 향했다.

"벤지 속이 아직도 안 좋나 봐. 또 설사했어."

노파가 침대 끝을 가리키며 말했다. 개가 뭘 먹었는지 이불에는 진한 녹색을 띤 묽은 배설물이 묻어있었다.

"새 이불을 가져올게요."

채선이 이불을 걷어가려 하자 노파가 그녀의 손목을 우악스럽게 낚아채 잡았다.

"벤지 데려가서 좀 씻겨."

"네?"

"봐. 털에 다 묻었잖아. 가서 씻기라고."

노파가 버럭 성을 내며 말했다.

"그건 제가 할 일이 아닌데요. 씻길 줄도 모르고요. 오늘 밤엔 그냥 집에 넣어두시고 내일 아침에 도우미 아주머니 오시면 말씀하세요."

"당장 가서 씻겨 와! 하라면 할 것이지 왜 그리 군말이 많아?"

"죄송합니다. 저는 간호사예요. 개 뒤치다꺼리는 제가 할 일이 아니라고요. 이불은 새것으로 바꿔드릴게요."

"야!"

김 여사의 고함에 채선이 멈칫했다.

"네가 누구 덕에 먹고 사는데 고개 빳빳이 쳐들고 대들어, 대들긴! 자꾸 그렇게 못 배운 티 낼 거야? 네 부모가 집에서 이러라고 가르치디? 간호사 주제에 어디 건방지게."

"죄송합니다. 이불 가져올게요."

채선이 이불을 걷으려 하자 노파가 두 손으로 꼭 쥐고 버티기 시작했다.

"이거 놔두고 벤지나 씻겨 와!"

채선은 못 들은 척 계속해서 이불을 잡아당겼다. 악에 받친 노파가 필사적으로 붙잡아보았지만 골골한 백 세 노인이 혈기 왕성한 20대 간호사의 기운을 당해낼 재간은 없었다. 채선은 기어이 이불을 챙겨 방을 나왔다. 그녀가 세탁실에 다녀와 새 이불을 덮어주는 동안에도 김 여사의 고성과 잔소리는 계속 이어졌다.

"더 필요한 거 있으세요? 불편하신 데는 없고요?"

"당장 가서 씻겨 와! 씻겨 와! 씻겨 오라고!"

노파는 당장이라도 목덜미를 잡고 넘어갈 것처럼 보였다.

"할머니, 흥분하시면 몸에 좋지 않아요. 혈압을 다시 재볼게요."

채선이 침대 옆 카트에서 혈압계를 집어 들고 노파에게 다가갔다. 그녀가 김 여사의 팔뚝에 밴드를 두르려 하자 노파가 혈압계를 낚아채 들고는 바닥에 팽개쳤다. 채선이 이를 악물고 몸을 숙여 혈압계를 집어 들었다. 순간 침대 밑으로 늘어뜨려진 노파의 발이 채선의 뒤통수를 걷어찼다. 채선은 마치 수백만 볼트의 전류에 감전된 듯 바짝 얼어붙었다.

"이 나쁜 년! 꼬박꼬박 월급 받아 처먹고선 아무것도 하는 게 없어! 뭐든 시키면 군말 없이 할 것이지."

"할머니, 지금 저 때리셨어요?"

채선이 휘둥그레진 눈으로 일어나 노파를 내려다보았다. 그녀는 여전히 조금 전 자신에게 벌어진 일을 믿지 못했다.

"그래, 때렸다. 네년이 어쩔 건데? 나도 때리려고? 그래, 어디 한 번 때려봐. 때려봐!"

채선의 온몸이 덜덜 떨리고 있었다. 그녀의 두 손은 주먹을 꼭 쥐었다 풀기를 반복했다.

"이년 눈 부라리는 것 좀 봐. 어디서 배워먹지 못한 게 굴러들어 와선."

노파 옆에서는 얄미운 요크셔테리어가 사납게 짖어대고 있었다. 채선이 노려보자 충직한 개는 더 맹렬히 짖어댔다. 김 여사는 뜨거운 콧김을 연신 뿜어대며 몸을 바들바들 떨었다.

"내가 사람을 잘못 봤어. 네가 나한테 이럴 줄은 정말 몰랐어. 내가 잘못 봤어. 내가 널 잘못 봤어."

노파가 두 손으로 감싸 쥔 머리를 살살 흔들었다. 노파는 울먹이고 있었다.

"넌 다른 애들이랑은 다를 줄 알았어. 내가 잘못 봤어. 내가 사람을 잘못 봤어."

채선은 김 여사의 뜻밖의 반응에 어리둥절해하며 멍하니 서 있었다. 마치 인간 말종을 대하는 듯한 노파의 제스처에 고막을 찢을 듯한 개 짖는 소리까지, 채선의 귓속은 백색 소음으로 가득 차 있었다. 시야는 진홍색으로 물들어 있었고, 가슴 속에서부터 끓어오른 불덩이가 목구멍을 타고 오르는 중이었다.

"꺼져. 내 집에서 썩 꺼지라고!"

노파가 소리쳤다.

"나가라니까! 달동네 너희 집으로 썩 돌아가! 애초에 너같이 천한 것을 들이는 게 아니었어. 내가 사람을 잘못 봤어."

"저도 더는 여기서 일 못 하겠어요."

채선의 대꾸에 노파의 눈이 휘둥그레졌다.

"뭐? 너 지금… 너 지금 뭐라고 했어?"

"더 이상 할머니 몸종 노릇은 못 하겠다고요."

"뭐야?"

"저도 할 만큼 했고, 참을 만큼 참았어요. 어차피 그만두려던 차에 잘됐네요."

채선이 홱 돌아섰다.

"내일부턴 저 같지 않은, 참하고 고분고분한 간호사의 극진한 수발을 받게 되실 거예요."

채선이 후들거리는 다리로 걸음을 옮겨나가기 시작했다. 바로 그때 노파가 침대를 내려와 채선의 등을 거칠게 떠밀었다. 채선이 중심을 잃고 쓰러지자, 노파가 발로 그녀의 등을 몇 번 걷어찼다.

"나가! 나가! 내 집에서 썩 꺼지라고! 어디서 돼먹지 못한 게 굴러들어와선…."

노파가 씩씩대며 돌아섰다. 그리고 침대에 올라가 열심히 짖어대고 있는 개를 끌어안았다.

바닥에 주저앉은 채선의 어깨가 들썩였다. 그녀는 가빠진 호흡을 진정시켜 보려 애썼지만 폭발한 격노는 쉬이 가라앉지 않았다.

"누가 와도 네년보단 나을 거야. 배은망덕한 년 같으니."

노파가 벤지의 등을 쓰다듬으며 차갑게 말했다.

"내 말 한마디면 넌 모가지야. 송 변호사한테 얘기해서 다른 데로도 못 가게 할 거니까 이참에 간호사 그만두고 남의 집 파출부나 할 생각해. 식당에서 설거지나 하든지."

순간 채선은 몸속 어딘가에서 무언가가 뚝 부러지는 소리를 똑똑히 들었다. 자신의 앞길을 막아버리겠다는 노파의 공언에 아슬아슬하게 버텨내던 그녀의 인내심이 마침내 끊어져버린 것이었다.

채선은 무언가에 홀린 듯 벌떡 일어났다. 그리고 이글거리는 눈으로 김 여사를 노려보며 침대 앞으로 성큼 다가갔다. 흠칫 놀란 노파는 개를 끌어안은 채 몸을 뒤로 젖혔다. 채선은 짖어대는 개를 무시하고 김 여사의 어깨를 거칠게 떠밀어 눕혔다. 노파가 맹렬히 저항했지만 이성을 잃어버린 20대 간호사의 기운을 당해내지 못했다. 채선이 베개를 집어 들고 그것으로 노파의 얼굴을 있는 힘껏 짓이기기 시작했다. 노파는 베갯잇을 움켜쥐고 바동거렸다. 하지만 체중을 실어 필사적으로 밀어 누르는 채선은 꿈쩍도 하지 않았다.

"꼭 지옥에 떨어지시길 기도할게요."

채선이 이를 갈며 독기 어린 목소리로 말했다. 개는 당황했는지 멀찌감치 떨어져 낑낑대고 있었다.

"네가 뭔데 날 노예 취급해? 내가 네 몸종이야? 돈 좀 있다고 눈에 뵈는 게 없나 보지?"

채선 밑에 깔린 김 여사의 움직임이 조금씩 둔해져 갔다. 해방의 순간까지는 이제 몇 초 남지 않았다.

"죽어! 죽어!"

채선은 악을 쓰며 김 여사를 질식시켜 나갔다. 노파의 몸에서 경련이 일기 시작했고, 사지가 몇 번 움찔하더니 마침내 축 늘어졌다. 노파의 움직임이 완전히 멎고 나서도 채선은 한동안 베개를 거두지 않았다. 어느새 바닥으로 내려간 벤지는 문간 앞을 빙빙 맴돌며 어쩔 줄 몰라 하고 있었다.

긴장이 풀려버린 채선은 노파의 얼굴에서 조심스레 베개를 걷어 냈다. 땀과 눈물과 침으로 범벅이 된 얼굴에는 산발이 된 머리가 덕지덕지 달라붙어 있었다. 채선은 한동안 가쁜 숨을 몰아쉬며 노파를 내려다보았다. 그녀는 침대 밑으로 늘어뜨려진 노파의 한 손을 잡고 살짝 들었다가 놓았다. 노파의 앙상한 팔이 툭 떨어졌다. 채선은 노파의 얼굴로 귀를 가져가 보았다. 김 여사는 숨을 쉬지 않았다. 노파의 목과 손목에서도 맥이 느껴지지 않았다.

채선은 자기 손에 살해된 김정순 여사를 넋 나간 얼굴로 응시하다가 스르르 침대를 내려왔다. 그녀는 범행 도구였던 베개를 김 여사의 머리 아래에 반듯하게 깔아주고는 노파의 얼굴에서 젖은 머리카락을 떼어내 주었다. 그런 다음, 노파의 몸을 정자세로 바로잡고 그 위에 이불을 덮어놓았다.

어수선한 흔적을 말끔히 치운 채선은 거실로 나와 휴대폰을 꺼내 들었다. 그녀는 심호흡으로 뛰는 가슴을 애써 진정시킨 후 덜덜 떨리는 손으로 에이전시에 전화를 걸었다. 프로토콜에 따라 관리 담당 직원에게 클라이언트의 사망 소식을 전한 그녀는 차분하게 지시 사항을 듣고 나서 소파에 털썩 주저앉았다. 에이전시는 그녀에게 김 여사의 법정 대리인, 송창훈 변호사와 주치의, 정민국 박사가 도착할 때까지 자리를 지킬 것을 주문했다. 채선은 눈을 지그시 감고 변호사와 주치의에게 보고할 내용을 반복해서 되뇌기 시작했다.

휴가 닷새째 날. 커피를 홀짝이며 비 내리는 동네 풍경을 감상하던 채선은 초인종 소리에 화들짝 놀랐다. 그녀가 문을 열자 긴 검은 우산을 탈탈 털던 중년 남자가 그녀를 돌아보았다.

"계셨군요."

"아, 변호사님."

김 여사의 소식을 듣고 부리나케 달려왔었던 송창훈 변호사였다. 40대 중반의 변호사는 희끗희끗한 머리에 창백한 안색을 갖고 있었다.

"여긴 무슨 일로…."

"잠시 들어가도 되겠습니까?"

채선이 뒤로 물러서자 변호사가 안으로 들어왔다. 변호사는 잠시 주방 겸 거실을 둘러보다가 작은 식탁을 가리켰다.

"앉아도 되겠습니까?"

"네."

변호사는 자리에 앉고 나서 채선에게도 앉으라고 손짓했다.

"커피라도 하시겠어요?"

"아닙니다. 오늘만 석 잔을 마셨습니다."

채선은 변호사의 맞은편 자리에 앉았다. 잠시 채선의 얼굴을 빤히 쳐다보던 변호사가 양복 재킷 안주머니에서 하얀 봉투를 꺼내 식탁에 내려놓았다.

"작고하신 김 여사님의 유언장입니다."

'유언장'이라는 단어에 채선이 흠칫 놀랐다.

"여사님께서 채선 씨에게 빌라를 선물하고 가셨습니다."

"네?"

"심포지엄."

"제가 여사님의 빌라를 상속받게 됐다고요?"

"그렇습니다."

변호사가 앞에 놓인 봉투를 손끝으로 톡톡 두드리며 말했다.

"직접 확인해보시죠."

채선은 떨리는 손으로 봉투에서 유언장을 꺼내 그 내용을 확인했다.

"보다시피 여사님께선 채선 씨에게 빌라를 상속하셨습니다. 그 뒷장을 보시면 채선 씨에게 추가로 20억 원이 주어지게 됐음을 확인할 수 있을 겁니다. 그 돈엔 채선 씨가 여사님의 반려견, 벤지를 맡아 키운다는 조건이 달려있습니다."

황당한 얘기에 채선은 자기 귀를 의심했다. 하지만 노파의 유언장에는 분명 그 내용이 적시돼 있었다. 시가 50억 원 상당의 최고급 빌라와 개 양육 대가 20억 원.

"사실 여사님은 벤지에게 20억 원이라는 거액을 상속하고 싶어 하셨습니다. 외국에선 흔히 있는 일이지만 한국에선 법적으로 불가능합니다. 동물에게는 상속인이 될 수 있는 자격인 상속능력이 인정되지 않기 때문이죠. 민법에서는 자연인에게만 상속능력을 인정한다고 규정하고 있어요. 법적으로 자연인은 '인간'을 의미하기 때문에 동물은 상속의 주체가 될 수 없는 겁니다."

채선은 말없이 고개만 끄덕였다. 미친 노인네. 그깟 똥개에게 그 큰돈을 상속하려 했다니.

"잘 아시겠지만, 여사님껜 자식이 없습니다. 부군이 지병으로 별세하신 후 벤지가 유일한 가족으로 여사님 곁을 지켜왔죠. 그 개는 여사님께 친자식이나 다름없었습니다."

"하지만 빌라를 왜 제게….."

"여사님은 채선 씨에게 마음의 빚이 있다고 자주 말씀하셨습니다."

"네? 그럴 리가요."

"채선 씨를 대하는 여사님의 평소 언행 때문에 오해하셨을 수도 있겠습니다만….."

"여사님은 저를 눈엣가시로 여기셨어요. 간호사로서 제 나름 대로 정말 최선을 다했는데… 그래도 돌아오는 건 끊임없는 언어폭력과 정신적 학대뿐이었어요."

"잘 압니다. 채선 씨가 오기 전, 같은 이유로 무수한 간호사가 도망치듯 떠나버렸죠. 대부분 며칠 만에 나가떨어졌습니다. 가장 오래 버틴 기록이 6주에 불과했어요. 하지만 채선 씨는….."

"3년."

"정확히는 3년 3개월이죠."

3년 3개월간의 지옥살이. 머릿속에서 노파의 성난 얼굴이 아른거리자 채선이 몸을 바르르 떨었다.

"겉으로는 안 그런 척하셨지만 사실 여사님은 채선 씨의 케어에 꽤 만족하셨습니다. 여사님을 챙기는 동안 시급이 몇 차례 인상됐었죠? 그게 다 여사님의 주머니에서 나온 돈입니다. 에이전시가 챙겨준 보너스가 아니라."

못 돼먹은 것. 내 덕분에 먹고사는 주제에. 내 덕분에….

"그런데 왜 절 못 잡아먹어 안달인 것처럼 구셨죠?"

"글쎄요."

변호사가 몸을 의자 등받이에 붙이고 입술을 씰룩였다.

"여사님 부군도 지병으로 오랫동안 앓다 가셨습니다. 그때도 같은 에이전시를 이용했었죠."

채선은 처음 듣는 얘기였다. 변호사는 그녀의 표정을 흘끔 살피고 나서 설명을 계속 이어 나갔다.

"언젠가 여사님이 부군과 출장 간호사의 부적절한 접촉의 순간을 목격하신 적이 있었어요. 당시 부군께선 그 간호사에게 흠뻑 빠져 계셨죠. 간호사도 자신보다 예순 살이나 많은 클라이언트에게 뭔가 흑심을 품고 있었던 것 같고요."

변호사의 입에서 긴 한숨이 터져 나왔다.

"여사님은 길길이 날뛰면서 간호사를 쫓아내셨고, 병상의 부군은 그 간호사를 데려오라며 호통을 치셨죠. 아무튼 그 일이 있은 후로 파견되는 간호사들에 대한 여사님의 반감과 불신은 점점 커져갔습니다. 부군이 세상을 뜨시고, 홀로 남겨진 여사님이 에이전시의 케어를 받게 되시고 나서도 그 응어리가 풀리지 않았던 모양이에요. 제 생각엔… 채선 씨는 여사님 트라우마의 애꿎은 피해자였던 것 같습니다."

노파는 채선의 헌신을 한없이 고마워하면서도, 단지 그녀가 남편을 홀린 젊은 꽃뱀을 상기시킨다는 이유로 그토록 모질게 역정을 냈던 것이었다. 하지만 혈육 하나 없는 자신을 대신해 벤지를 기꺼이 맡아줄, 그리고 성심껏 챙겨줄 이가 오직 채선뿐이라는 걸 깨닫고는 그녀에게 으리으리한 최고급 빌라를 상속하기에 이른 것이었다.

내가 사람을 잘못 봤어. 네가 나한테 이럴 줄은 정말 몰랐어. 내가 잘못 봤어. 내가 널 잘못 봤어….

"그럼… 제가 어떻게 하면 되는 거죠?"

채선이 노파의 유언장을 식탁에 내려놓으며 물었다.

"말씀드린 대로, 여사님께서 벤지를 양육하는 데 20억 원을 신탁하셨습니다. 신탁 금액은 오로지 벤지를 보살피고 관리하는 데만 사용돼야 합니다. 이 조건을 받아들인다면 이제부터 채선 씨가 정식으로 그 개의 소유주가 되는 겁니다. 매달 여사님의 유산 관리인인 제게 사후 영수증을 제출해 승인받는 형태로 벤지에게 들어가는 양육비를 충당하면 되겠습니다. 벤지가 죽으면 신탁된 돈은 개의 소유주인 채선 씨에게 돌아가게 되고요."

채선은 고민 끝에 김 여사의 유지를 따르기로 했다. 송 변호사는 챙겨온 몇 장의 서류에 그녀의 서명을 받고 나서 돌아갔다. 동물 보호소에 임시로 맡겨진 벤지는 며칠 후 그녀가 직접 데려오기로 했다. 필요한 애견용품을 완벽히 갖춰놓은 후에.

식어버린 커피를 전자레인지에 데워 온 채선은 다시 창가로 다가가 조만간 작별을 고하게 될 남현동 뒷골목을 내다보았다. 커피를 홀짝이는 채선의 입가에는 그녀도 모르는 새 야릇한 미소가 머금어져 있었다.

송 변호사님께

보낸 사람 김채선 〈nursekim7194@gmail.com〉 2021-09-11 오후 5:24

변호사님, 안녕하세요.

김채선이에요. 그간 평안하셨나요?

다름이 아니라, 안타까운 소식 전해드리려고요.

며칠 전에 벤지가 죽었어요.

산책 잘하고 돌아와서는 갑자기 혈변을 보고 마비 증세를 보이길래 동물병원에 데려갔어요. 검사를 해봤더니 백혈구 수

치가 높고, 혈소판과 헤모글로빈 수치는 낮게 나오더군요. 내

부 출혈도 있었고요. 병원에서는 제초제 중독이 의심된다고

했어요. 산책 코스에 제초제가 뿌려졌던 모양이에요.

의사의 조언에 따라 입원을 시키고 돌아왔는데 바로 다음 날

벤지가 죽었다고 연락이 왔어요.

여사님이 생전에 친자식처럼 여겼던 녀석이라 최선을 다해

보살폈는데….

아무튼 죄송하게 됐어요.

벤지는 애견 화장터에서 화장시켰고, 유골은 집에 잘 모셔놨

어요.

여사님이 벤지를 위해 신탁하신 돈은 이제 어떻게 되는 건지

궁금해서 메일 드렸어요.

많이 바쁘실 텐데 시간 되시면 연락 부탁드리겠습니다.

건강 유의하시고요.

늘 감사드립니다.

김채선 드림

    채선은 휴대폰을 내려놓고 피나콜라다를 한 모금 넘겼다. 그녀

눈앞으로는 와이키키 해변의 황금빛 모래사장과 새파란 바다가 드

넓게 펼쳐져 있었다. 하와이는 그녀가 돈이 생기면 가장 먼저 가보
고 싶었던 곳이었다. 실물로 본 와이키키 해변은 그녀가 상상했던
그 이상이었다. 황홀한 풍경, 완벽한 날씨, 폭발적인 에너지.

채선은 선글라스를 고쳐 쓰고 다시 긴 비치 체어에 드러누웠다.
그녀가 눈을 감자 몇 달 전 도우미 아주머니와 나눈 대화가 머릿속
에 스멀스멀 떠올랐다.

"저 노인네가 단단히 노망이 들었나 봐."

*도우미는 웃음소리가 노파의 방까지 새어 들어가지 않게 한 손
으로 입을 가린 채 킥킥거렸었다.*

"아까 아침 먹으면서 뭐라는지 알아?"

"뭐라고 하셨는데요?"

*채선은 듣는 둥 마는 둥 손에 쥔 김 여사의 차트를 빠르게 훑어
내려가던 중이었다.*

"아, 글쎄, 자기가 죽으면 이 집을 채선 씨에게 상속할 거래."

*도우미는 또다시 입을 틀어막고 터져 나오려는 웃음을 참아냈
었다.*

"이 집을요? 왜요?"

*"자기가 이년 저년 하면서 생난리를 쳐대는데도 채선 씨만큼은
달아나지 않고 끝까지 곁을 지켜줬다나. 싫은 내색 하나 없이 자기*

괴팍한 성질 다 받아주는 채선 씨가 얼마나 고마웠겠어? 그것도 3
년씩이나 말이야."

"그냥 농담으로 하신 말씀이겠죠."

"당연하지. 이 빌라, 요즘 시세가 얼만지 알아? 자그마치 50억
이야, 50억."

도우미는 다섯 손가락을 쫙 펴 보이며 말했었다.

"아무튼 노망이 든 게 분명해. 갑자기 뻘소리를 늘어놓는 걸 보
니 이제 갈 때가 됐나 봐."

차트에서 떨어진 채선의 눈은 어느새 노파의 방 쪽으로 돌아가
있었다.

"채선 씨는 좋겠어. 빈말로라도 저렇게 끔찍이 챙겨주는 사람이
있으니."

"아주머니도 참."

얼굴을 붉히며 자리에서 일어난 채선은 곧장 화장실로 들어가
문을 걸어 잠갔다. 그녀의 가슴 속에서는 심장이 늑골을 부수고 튀
어 나올 듯이 요동쳤다.

하지만…

하지만 그게 빈말이 아니라면? 노망난 노인네의 뻘소리가 아니
라면?

거울 속 얼굴은 채선을 내다보며 의미를 알 수 없는 야릇한 미

소를 흘리고 있었다.

시간이 얼마나 흘렀을까. 비치 체어에 누워 깜빡 잠이 들었던 채선은 손에서 느껴진 가벼운 진동에 눈을 떴다. 답장. 송 변호사는 진심이 느껴지지 않는 짧은 위로의 멘트와 함께 벤지가 죽었으니 채선이 신탁된 돈을 차지하게 된다는 내용을 확인해주었다.

20억 원.

이로써 채선은 감당이 되지 않는 논현동 빌라를 신속히 처분할 필요가 없어진 셈이었다. 그녀는 휴대폰을 무음으로 바꿔놓고 다시 눈을 감았다. 기분 좋은 햇살이 선탠 오일로 번들거리는 그녀의 몸 구석구석을 간질여 댔다. 김 여사와 벤지의 얼굴이 잠시 어른거렸던 그녀의 뇌리에서는 어느새 떠오른 '이웃집 남자', 홍수호가 여심을 녹이는 살인미소로 그녀를 맞아주고 있었다.

어떤 복수

이제 몇 달만 더 참으면 돼. 너무 조바심 내지 마.

한 달 전, 아내가 휴대폰에 대고 누군가에게 속삭였던 말이었다. 나는 그걸 우연히 엿듣게 됐고, 그날로 곧장 이런 엄청나고 섬뜩한 결심을 품게 됐다.

지난해 가을, 내게 청천벽력 같은 일이 벌어졌다.

좋은 소식 드리지 못해 송구합니다.

내게 암 선고를 내린 의사는 침울한 얼굴로 1년여의 시한부 인생을 고지했었다. 진작부터 최악의 상황을 예감해온 나는 덤덤하게 인터넷을 뒤져보기 시작했다. 기적 같은 말기 암 극복 노하우가 아닌, 국내에서 총기를 구할 방법을 알아보기 위함이었다. 이 창창한 나이에 나 혼자 죽기에는 너무나 억울했기에.

처음에는 어떻게든 총을 구해 내 삶을 고달프게 했던 이들을 일일이 찾아다니며 응징할 생각이었다. 하지만 곰곰이 따져보니 내게 죽어 마땅할 만큼 잘못을 한 사람은 딱히 떠오르지 않았다. 중학교 시절 고문에 가까운 구타와 성추행을 밥 먹듯 했던 담임. 애지중지하던 돌핀 지샥 시계를 강탈해간 초등학교 전교 짱. 고등학교 시절 내 절절한 고백을 코웃음과 조롱으로 받아쳤던 우리 반 퀸카. 무수한 경고와 애원에도 아랑곳없이 매일 밤 베란다에 나와 담배 연기를 뿜어 올리는 아래층 집 남자. 일생의 철천지원수가 이 정도면 꽤 무난한 삶을 살았다고 볼 수 있지 않을까?

그래서 나는 딱 한 사람을 지목해 얼마 남지 않은 시간과 에너지를 집중시키기로 했다.

아내.

내 부정한 아내.

아내가 바람을 피우고 있음을 처음으로 감지한 건 작년 초였다. 잦은 출장과 늦은 귀가, 그리고 온갖 핑계를 동반한 주말 외출. 외도의 확증을 잡기까지는 오래 걸리지 않았다. 친구는 간통죄가 폐지된 이후 이혼소송에서 위자료 책정에 유리해지려면 당사자가 불륜의 증거를 제시해야 한다면서 지인이 운영하는 흥신소를 소개해주었다. 그리고 그들은 의뢰가 들어간 지 보름도 채 되지 않아 내게 절대 보고 싶지 않았던 사진과 동영상을 한 아름 안겨주었다.

나는 증거를 들이밀며 아내를 추궁했고, 그렇게 자백을 받아내는 데 성공했다. 덜미를 잡혀버린 아내는 초등학교 동창이라는 불륜 상대와 관계를 정리하겠다고 약속했고, 나는 그 말을 철석같이 믿었다.

소원해진 아내와의 관계는 쉬이 회복되지 않았지만 서로 애쓰다 보면 언젠가는 쨍하고 해 뜰 날이 올 거라 믿고 묵묵히 기다렸다. 그러던 어느 날, 극심한 복통과 이유 모를 체중 감소로 병원을 찾은 나는 췌장암 4기라는 예기치 못한 사형선고를 받게 됐다.

바늘로 찔러도 피 한 방울 안 나올 것 같은 아내도 그날만큼은 눈물을 지으며 의외의 모습을 보였고, 그 후 아내는 180도 달라진 태도로 나를 극진히 챙기기 시작했다. 자신이 책임지고 살려내겠다며 용하다는 비법을 찾아 미친 듯이 인터넷을 뒤져댔고, 또 지인들을 수소문해 댔다. 다 부질없는 짓이라고 타일렀지만 아내는 말을 듣지 않았다. 아내가 그렇게 법석을 떨어대는 동안 나는 차분하게 버킷 리스트를 만들며 임박한 최후를 준비했다. 몇 개 되지 않는 버킷 리스트 중 하나는 어떻게든 총을 구해 내게 살의를 품게 했던 이들을 일일이 찾아 응징하는 것이었다. 영화 같은 통쾌한 엔딩이 마구마구 뇌리를 스쳐갔다. 세상에 솟구치는 엔도르핀만 한 진통제는 없었다. 그런 기분 좋은 상상을 펼치는 동안만큼은 이따금 찾아드는 살인적인 통증을 까맣게 잊을 수 있었다.

하지만 나날이 쇠퇴해가는 기력과 매정하게 제한된 시간에 대한 조바심은 결국 나를 '플랜 B'로 이끌었다. 아내는 목숨을 걸고 사랑했던 나를 배신했고, 나는 죽기 전에 그런 아내에게 '멋진 선물'을 안겨주기로 했다. 생의 마지막 순간까지 결코 잊지 못할 핏빛 추억을.

복수의 도화선에 불을 당긴 건 아내였다. 한 달쯤 전, 몰라보게 수척해진 내게 살을 찌워주겠다며 친구 몇몇이 뭉쳐 자리를 마련했다. 샤워 중인 아내에게 귀가가 늦을 거라는 말을 남기고 집을 나선 나는 지하 주차장으로 내려갔다. 하지만 차에 오르려는 순간 문득 집에 빠뜨리고 온 게 있음을 깨달았다. 우리의 '최후의 만찬'을 위해 진열장에 고이 모셔뒀던 고급 위스키를 두 병 챙겨간다는 걸 깜빡한 것이었다. 나는 툴툴대며 엘리베이터를 타고 집으로 올라갔다.

문을 열고 들어가 거실로 들어서려는데 침실에서 아내의 목소리가 흘러나왔다. 아내는 누군가와 통화 중이었다. 나는 소파 옆 진열장에서 묵직한 위스키를 두 병 꺼내 들었다. 진열장 문을 닫고 돌아섰을 때 방에서 아내의 새된 웃음소리가 터져 나왔다.

"이제 몇 달만 더 참으면 돼. 너무 조바심 내지 마."

순간 가슴이 철렁 내려앉았다. 나는 떨리는 가슴을 애써 진정시키고 안방 쪽으로 소리 없이 다가갔다.

"자기, 그거 알아? 우리 남편 보험 들어둔 거 있는데 사망 보험금이 꽤 돼."

아내가 또다시 까르르 웃는다. 위스키를 쥔 손에는 어느새 힘이 잔뜩 들어가 있었다.

"사촌 언니가 보험설계사거든. 몇 년 전에 판매 할당량 채워야 한다고 하도 성화를 해서 생명보험 하나 들어준 게 있는데, 그게 이렇게 효자 노릇을 하게 될 줄 누가 알았겠어?"

아내는 상대에게 간드러진 목소리로 '사랑한다' '보고 싶다'를 연발해 댔다. 또한 주변 시선을 고려해 장례를 치르고 나서 최소한 반년은 기다려야 한다며 아쉬워했다.

바로 그때 문득 뇌리를 스치는 생각이 있었다. 플랜 B. 내게 남은 시간과 에너지를 아낌없이 쏟아부어야 할 단 하나의 표적. 어차피 머지않아 땅속으로 들어갈 몸, 두려울 것도, 거칠 것도 없었다. 믿었던 도끼에 또 한 번 발등을 찍혀버린 나는 그날 저녁, 친구들과 먹고 마시고 떠드는 내내 머릿속으로 통쾌하고 완벽한 복수를 위한 치밀한 계획을 착착 세워나갔다.

놀랍게도 대한민국에서 총을 구하는 건 생각처럼 어렵고 복잡하지 않았다. 인터넷 검색을 시작한 지 십여 분 만에 알아야 할 모든 정보를 손에 넣을 수 있었다. 청계천. 그곳 암시장의 존재는 공공연하게 알려져 있었다. 돈만 내면 M-16도 구해다 준다는 불법

총기 거래의 메카. 군부대나 경찰의 무기고에서 흘러나온 후 망실 처리된 총도 그 수를 헤아릴 수 없이 많겠지만 대부분은 해외로부터 밀반입된 것들이었다. 주로 러시아에서 수십 개의 부품으로 분해된 후 각종 기계 부품 틈에 섞여 부산 감천항이나 북항을 통해 반입되는데, 그렇게 몰래 들여온 부품은 다시 조립되어 국내서 활동하는 러시아 마피아나 중간 무기 도매상으로 넘어간다고 했다.

간신히 연락이 닿은 암시장 상인은 약속 시간에 맞춰 그가 지정한 허름한 뒷골목 여관에 나타났다. 우락부락한 인상의 남자는 핼쑥한 내 몰골을 보고 이내 경계를 풀었다. 내가 총을 구매하려는 이유를 절절히 늘어놓으려 하자 그는 됐다고 손을 살랑여 보인 후 가져온 검은 배낭을 바닥에 내려놓았다.

"당신 사정은 내가 알 거 없고."

남자가 배낭에서 권총을 하나씩 꺼내 내게 내밀었다.

"선원들이 몰래 빼돌려 항구 주변에 팔아치우는 총이라 별로 비싸지 않아요. 하지만 요즘 단속이 심해서 우리 신분이 노출됐을 경우를 대비해 도피 비용까지 더하면…."

그가 손에 쥔 권총에서 빈 탄창을 뽑았다가 다시 밀어 넣고는 천천히 몸을 일으켰다.

"가격은 저번에 얘기한 대롭니다."

나는 재킷 안주머니에서 두툼한 봉투를 꺼내 그에게 건넸다. 남자가 꼼꼼하게 돈을 세는 동안 나는 그가 바닥에 쭉 늘어놓은 권총을 차례로 집어 들고 유심히 살펴나갔다.

"결정했어요?"

남자가 돈 봉투를 반으로 접어 바지 주머니에 쑤셔 넣으며 물었다.

"그게 그거 같고… 모르겠어요."

"토가레프로 해요, 그럼."

그가 바닥에서 권총 하나를 집어 들고 내게 쥐여주었다.

"부산에 가면 널린 게 이 토가레프예요. 성능이 썩 좋다곤 못 하겠지만 이 중에서 가장 무난해요. 아니면 이거…."

남자가 또 다른 권총을 내밀어 보였다.

"이건 스페인제 라마예요. 9밀리미터. 이것도 뭐 많이 닳긴 했지만 정상적으로 작동은 하니까. 가격은 똑같아요."

나는 토가레프와 라마를 양손에 하나씩 쥐고 무게를 느껴보았다. 남자는 휴대폰을 꺼내 시간을 확인했다. 빨리 택일하라는 무언의 압박이었다. 내가 고민 끝에 토가레프를 선택하자 남자가 내 손에서 라마를 낚아채 들고는 나머지 권총과 함께 배낭에 차곡차곡 집어넣었다.

"저기… 저번에 얘기했던 소음기는…."

남자가 배낭 안을 뒤적이다가 원통 모양의 소음기와 작은 종이상자를 꺼내 내 앞으로 내밀었다.

"소음기는 영화에 나오는 것처럼 아웃 배럴에 이렇게 돌려 끼워 쓰면 돼요. 이건 탄약이고요."

남자가 배낭 지퍼를 잠그며 말했다.

"이걸로 우리 거래는 끝난 겁니다. 반품도 안 되고 애프터서비스도 안 되는 거 알죠? 또 필요한 게 있으면 몰라도 이 총 관련해선 절대 연락하지 말아요."

남자는 경고 같은 당부를 남기고 먼저 방을 나섰다. 나는 준비해간 검은 비닐봉지에 권총과 탄약을 고이 담고 10분쯤 기다렸다가 여관을 빠져나왔다.

지난 며칠간 실탄 사격장을 숱하게 들락거린 덕분에 '진짜' 총에 대한 어색함은 별로 없었다. 하지만 막상 수중에 살상용 무기가 들어오니 마음이 싱숭생숭해졌다. 당장 이 총을 어디서, 누구에게 써야 할지 막막했다.

하지만 내게는 지체할 여유가 없었다. 어느 순간 갑자기 기력을 잃고 쓰러지기 전에 신속히 계획을 실행에 옮겨야만 했다. 그리고 그 첫날 밤, 나는 태어나서 처음으로 살인을 감행했다.

새벽 내내 차를 몰고 변두리를 돌던 내 눈에 완벽한 표적이 들어왔다. 버스 정거장 벤치에 뻗어있는 양복 차림의 남자. 만취한 그는 나를 등진 채 누워있었다. 나는 도로변에 차를 세우고 주위를 유심히 살펴보았다. 새벽 4시의 거리는 고요했다. 이따금 주변을 지나는 차량이 보였지만 신속히 일을 마치고 달아나기에는 안성맞춤인 상황이었다. 게다가 표적은 감사하게도 돌아누운 채 곯아떨어져 있었다.

막상 방아쇠를 당기려니 가슴이 쿵쾅대고 온몸이 덜덜 떨렸다. 하지만 나는 아내의 얼굴과 내 처지를 떠올리며 흔들리는 마음을 애써 다잡았다.

조수석 창문을 내리고 두 손으로 꼭 쥔 권총을 들어 남자의 등에 겨누었다. 마지막으로 주위를 다시 살펴보았다. 도로에서도, 인도에서도 사람 그림자는 찾아볼 수 없었다. 나는 심호흡을 몇 번 하고 나서 잠자는 남자의 뒤통수 쪽으로 총구를 천천히 이동시켰다.

어차피 신을 믿지 않는, 그리고 당장 쓰러져 죽어도 이상하지 않을 내게 죄책감은 사치였다. 망설일 이유가 전혀 없었다. 나는 남자의 머리에 총을 겨누고 대담하게 방아쇠를 당겼다. 한 번, 또 한 번, 그리고 마지막으로 다시 한번. 소음기 덕분에 주변의 이목을 끌 만큼의 소음은 새어 나가지 않았다.

머리가 폭발한 남자는 벤치에서 스르르 미끄러졌다. 나는 그가 땅에 닿기 전에 액셀러레이터를 힘껏 밟아 현장을 떴다. 아드레날린이 솟구치면서 핸들을 붙잡고 있는 두 손이 덜덜 떨리기 시작했다. 귓속에서는 웅웅 소리가 끊이지 않았다.

동이 트기 전 집에 돌아온 나는 재킷을 바닥에 아무렇게나 던져 놓고 침대에 올라 몸을 눕혔다. 아내는 몸을 살짝 뒤척일 뿐 잠에서 깨지는 않았다. 나는 눈을 지그시 감고 쿵쾅대는 가슴을 애써 진정시켰다. 30분 전 살인의 순간이 뇌리에 생생히 떠올랐지만 놀랍게도 나는 영영 찾아들 것 같지 않았던 깊은 잠에 금세 빠져들고 말았다. 사형선고를 받고 난 후 처음으로 누려본 단잠이었다.

꿈속에서 나는 아무도 없는 호수에서 초등학교 동창과 유유히 뱃놀이를 즐기는 아내를 먼발치서 지켜보고 있었다. 나는 허리춤에서 토가레프를 뽑아 들고 기슭을 따라 걸어 나갔다. 나를 발견한 남자가 아내에게 돌아보라고 손짓했다. 나와 눈이 마주친 아내의 입가에 여유 넘치는 미소가 머금어졌다. 나 역시 환한 미소로 화답하며 권총을 쥔 손을 올려 아내를 겨누었다. 자신에게 향해 있는 새까만 물체가 무엇인지 깨달은 아내의 얼굴에서 미소가 싹 지워졌다. 아내가 두 손을 앞으로 내저으며 새된 비명을 지르기 시작했다. 나는 연신 싱글벙글 미소를 흘리며 주저 없이 방아쇠를 당겼다.

메아리치는 총성과 함께 눈이 번쩍 뜨였다. 휴대폰을 끌어와 시간을 확인하니 어느새 정오가 넘어있었다. 밖에서는 아내가 진공청소기를 돌리는 중이었다.

나는 아내가 차려놓은 밥상에서 휴대폰으로 뉴스를 검색했다. 우려했던 대로, 아니, 기대했던 대로 간밤의 살인사건이 대대적으로 보도되고 있었다. 밤거리에 곯아떨어진 취객이 알 수 없는 이유로 괴한에게 총격을 받아 숨졌으니 호들갑을 떨 만도 했다. 대한민국 한복판에서 LA 사우스 센트럴 갱단 스타일의 드라이브-바이 총격 사건이 벌어졌으니.

덤덤하게 기사를 마저 훑고 난 내 입가에 묘한 미소가 머금어졌다. 머지않아 엄청난 일을 겪게 될 아내에게 이 야릇한 표정을 들키고 싶었지만 아내는 거실 청소를 마치고 말없이 방으로 들어가버린 후였다.

내게 토카레프를 팔아치운 암시장 남자만이 이 사건의 진상을 알고 있을 것이다.

당신 사정은 내가 알 거 없고.

그는 걱정할 것 없었다. 범행 도구를 제공한 장본인이니 그도 공범자인 셈이었다. 내가 덜미를 잡히면 나만큼이나 잃을 게 많은 사람이었다.

그 후, 나는 며칠씩 간격을 두고 일면식도 없는 사람들을 차례로 죽여나갔다. 마땅한 표적을 찾는 것은 의외로 어렵지 않았다. 어디를 가든 아무 데나 쓰러져 곯아떨어진 취객이나 낑낑대며 폐품 수레를 밀고 가는 노인이 한두 명씩 꼭 눈에 들어왔다. 범행은

주로 새벽 서너 시경, 비교적 한적한 변두리에서 벌였다. 그리고 날이 밝으면 어김없이 온갖 매체를 통해 관련 보도가 쏟아져 나왔다. 나이트 스토커, 한밤의 암살자, 한국판 조디악 킬러.

한 달쯤 후, 킬 카운트가 일곱 명에 다다랐을 때 나는 살인을 멈추었다. 싫증이 나서도, 양심의 가책을 느껴서도, 겁이 나서도 아니었다. 너무 아파서, 몸을 제대로 가눌 수 없을 만큼 통증이 심해져서 부득이하게 연쇄살인마로서의 짧은 생애를 마감할 수밖에 없었다.

어느 날 갑자기 복부에 극심한 통증이 찾아들었다. 몇 시간 동안 방을 뒹굴며 신음하던 나는 바닥에 시꺼먼 피를 쏟고 나서 응급실로 실려 갔다. 아내는 눈물까지 살짝 지으며 패닉에 빠진 연기를 그럴듯하게 선보였지만 나는 아내의 눈빛에서 미세하게 묻어나는 안도와 만족의 뉘앙스를 똑똑히 감지할 수 있었다.

입원한 지 닷새째 되는 날, 나는 암 병동을 몰래 빠져나와 집으로 돌아갔다. 아내가 없는 집은 썰렁했다. 나는 진통제를 입에 한 움큼 털어 넣은 후 장롱 위 한복 상자에 숨겨놓은 권총과 탄약을 꺼냈다. 꿈에 그리던 에픽 피날레에 소음기 따위는 필요치 않았다. 나는 토가레프에 탄약을 장전한 후 재킷 안주머니에 고이 챙겨 넣었다. 그런 다음, 아프고 고단한 몸을 이끌고 아내가 근무하는 회사로 향했다.

30분 후, 나는 대치동의 한 현대식 건물 앞에 도착했다. 아내가 속한 독일 비즈니스 설루션 회사는 27층에 자리하고 있었다. 나는 정문 앞으로 다가가 로비 분위기를 살폈다. 중앙에는 커다란 프런트데스크가 마련돼 있었고, 한쪽 구석에서는 제복 차림의 경비 하나가 휴대폰을 들여다보고 있었다.

나는 멋들어진 조각품들 틈에 드문드문 놓인 소파 중 하나를 골라 앉았다. 로비의 누구도 그에게 눈길을 주지 않았다. 나는 휴대폰을 꺼내 아내에게 전화를 걸었다. 병원에 누워있어야 할 남편이 로비에 와있다고 하자 아내는 화들짝 놀라며 몇 초간 입을 열지 못했다. 나는 내려올 때까지 기다리겠다는 말과 함께 일방적으로 전화를 끊었다.

내 눈이 로비를 찬찬히 훑어나갔다. 점심을 먹고 들어온 직장인들이 삼삼오오 짝을 이루어 엘리베이터 앞으로 모여들고 있었다. 나는 주머니 속의 권총을 초조하게 만지작거리며 아내가 내려오기를 기다렸다.

아내는 정확히 8분 만에 모습을 드러냈다. 아내는 엘리베이터 문이 열리기가 무섭게 내가 앉아있는 쪽으로 빠르게 걸어왔다. 아내의 얼굴에서는 반가움과 우려 대신 당혹감과 짜증의 표정이 교차하고 있었다.

"여긴 어쩐 일로… 병원에서 내보내줬어? 외출해도 된대?"

아내는 내 옆자리에 앉아 호들갑을 떨어댔다. 병실에 누워 살인적인 통증에 신음하고 있어야 할 남편이 다 죽어가는 모습으로 나타났음에도 아내는 덜덜 떨리는 내 앙상한 손조차 잡아주려 하지 않았다.

"왜? 무슨 일 있어? 급한 일이면 전화를 하지 그랬어? 내가 달려갈 텐데."

나는 대꾸 없이 주머니에서 토가레프를 꺼내 무릎에 살며시 내려놓았다. 아내는 몇 초간 내 손에 쥐어진 권총을 멍한 얼굴로 내려다보았다.

"그거… 뭐야? 장난감이야?"

나는 말없이 고개를 저었다. 내 입가에 번져가는 미소를 지켜보던 아내가 갑자기 움찔하며 벌떡 일어났다. 그제야 깨달음이 찾아든 모양이었다.

"진짜 총이야? 그럼 당신이…."

나는 실실 웃으며 고개를 끄덕였다.

"당신이 그걸로 사람을 죽이고 다녔던 거야? 밤마다 어딜 그렇게 쏘다니나 했더니… 당신이었어? 총으로 사람을 죽이고 다닌다는 연쇄 살인범이…."

"덕분에 별명도 많이 생겼어. 난 그중에서 '나이트 스토커'가 제일 마음에 들더라고. 대한민국을 들썩이게 만든 희대의 살인마에게 그 정도 별명은 붙여줘야지."

나는 힘겹게 몸을 일으킨 후 권총을 들어 아내의 가슴을 겨누었다. 순간 로비 곳곳에서 고함과 비명이 터져 나오기 시작했다.

"왜 이래? 지금 뭐 하는 거야?"

아내가 뒤로 주춤 물러났다.

"당신을 위해 준비한 내 마지막 선물."

"그 총 내려놓고 얘기해."

"왜 그래? 내가 무서워? 나한테 무슨 죄 지은 것도 없을 텐데 왜 그리 긴장을 해?"

로비는 아비규환 그 자체였다. 사람들은 일제히 정문 쪽으로 내달렸다. 나는 권총을 내리지 않은 채 주위를 찬찬히 둘러보았다. 발이 걸려 넘어진 여자, 프런트데스크 뒤에 웅크려 앉은 남자, 휴대폰에 대고 다급하게 현장 상황을 전하는 경비. 어딘가에서는 총을 버리라는 고함이 연달아 들려오고 있었다.

"제발 이러지 마. 그 총 좀 치우고 얘기해. 응?"

"내 인생의 피날레야. 내가 원하는 대로, 내 뜻대로 해야겠어."

아내의 얼굴은 하얗게 질려있었다. 아내는 두 손을 가슴에 모은 채 조심스레 뒷걸음질 쳐나갔다.

"날… 쏠 거야?"

순간 내 입에서 웃음이 터져 나왔다.

"뭐?"

"그걸로 날 쏠 거냐고."

나는 아내에게 겨누어진 권총을 눈앞으로 살짝 끌어왔다.

"당신을? 내가? 이 총으로?"

아내는 겁에 질린 얼굴로 고개를 끄덕였다.

"미쳤어? 내가 당신을 왜 죽여?"

"그럼 그 총은 뭐야? 날 죽이려고 산 거 아니야?"

"천만에. 아무리 미워도 어떻게 내 손으로 당신을 죽이겠어? 아직도 날 모르는 모양이네."

나는 또다시 로비를 둘러보았다. 봇물 터지듯 사람들이 빠져나간 로비는 썰렁했다. 곧 경찰이 들이닥치겠지만 나는 개의치 않았다. 어차피 이곳 상황은 몇 분이면 끝날 테니까.

"대체 어쩔 셈이야?"

"어쩌긴. 복수해야지."

"복수?"

"당신, 나 죽으면 보험금 타서 그 동창 놈이랑 합칠 거잖아."

그 말에 아내가 움찔했다.

"그게 무슨 뚱딴지같은 소리야? 갑자기 개 얘긴 왜 하는데? 그때 깨끗이 정리한 거, 당신도 알잖아."

"정리?"

나도 모르게 코웃음이 터져 나왔다. 아내의 얼굴에는 어리둥절한 표정이 떠올라있었다.

"당황할 거 없어. 진작부터 알고 있었으니까. 당신이 진심으로 참회했다고 철석같이 믿었던 내가 바보지 뭐."

아내는 입을 굳게 닫은 채 한동안 나를 빤히 응시했다. 나는 연신 미소를 흘리며 아내의 반응을 흥미롭게 지켜보았다.

그때 밖에서 사이렌 소리가 들려왔다. 커다란 판유리 밖으로 막 도착한 순찰차 몇 대가 보였다.

"이런 엔딩을 맞게 돼서 유감이지만…."

나는 엄지로 아내를 겨눈 토가레프의 톱니 모양 공이치기를 당겼다. 경쾌한 찰칵 소리가 정적을 깨뜨렸다. 순간 아내의 눈이 휘둥그레졌다.

"안 죽일 거라며. 안 죽일 거라고 했잖아."

패닉에 빠진 아내의 목소리는 절규에 가까웠다.

"걱정 마. 당신을 죽이려고 온 게 아니니까."

나는 어수선한 밖의 풍경을 흘끔 돌아보았다. 제복 경찰들이 호들갑을 떨며 몰려든 사람들을 다급하게 밀어내는 중이었다.

"내가 당신을 왜 죽여? 죽이지 않고도 더 잔인하게 복수할 수 있는데."

아내는 당장이라도 주저앉아 버릴 것 같은 모습이었다.

"이러지 마. 이러지 마, 제발. 우리 대화로 풀자. 응? 이러지 마. 제발…."

"죽음보다…."

나는 아내 앞으로 한 걸음 다가갔다.

"훨씬 더…."

그리고 또 한 걸음.

"끔찍한 방법으로."

뒤에서 총을 버리라는 경찰의 경고가 들려왔다. 어느새 로비로 들어선 경관들은 커다란 기둥과 프런트데스크 너머로 고개를 빠끔히 내밀고 있었다.

"그게 뭔지 궁금하지? 죽음보다 더 끔찍한 복수."

내 얼굴에서는 살기 어린 미소가 번져가는 중이었다. 그걸 지켜보는 아내는 가슴을 부여잡은 채 온몸을 덜덜 떨고 있었다.

"이제 당신에겐 연쇄살인마의 아내라는 낙인이 찍혀버렸어. 나 죽고 나서 그 새끼랑 어디서 숨어 살든 당신은 유영철 이후 대한민국 최악의 연쇄살인마의 아내라는 낙인을 떨쳐내지 못할 거야. 세상의 손가락질을 받으며 비참하게 여생을 보내게 될 거라고."

"총 버려!"

뒤에서 한 경관이 빽 소리쳤다. 이제 아내에게 두 번째 선물을 안겨줄 시간이었다.

"그게 다가 아니야. 당신에게 줄 게 하나 더 있어. 보너스."

아내는 격하게 흐느끼며 고개를 저어대고 있었다.

"평생 잊지 못할 트라우마를 선물해주지. 눈 똑바로 뜨고 봐."

나는 아내에게 겨누어진 권총을 거두었다. 그리고 그 총구를 내 오른쪽 관자놀이에 가져가 댔다.

"앞으로 눈을 감을 때마다 이 광경이 생생히 떠오르게 될 거야."

나는 완전히 넋이 나간 아내의 얼굴에서 눈을 떼지 않았다. 기대 이상의 반응에 가슴이 벅차올랐다.

"잘 있어. 나 먼저 갈게."

나는 싱글벙글 웃으며 방아쇠를 당겼다. 그리고 아내의 입에서 터져 나온 외마디 비명의 배웅을 받으며 기분 좋게 눈을 감았다.

태동

"자기야, 잠깐 좀 와봐."

아내가 불룩한 배를 살살 쓸어내리며 남편을 불렀다. 캔맥주를 손에 쥔 채 땅콩을 우적우적 씹어대던 남편이 TV에서 눈을 떼고 소파에 앉은 아내를 돌아보았다.

"왜?"

"얘가 갑자기 요동을 치네."

"태동?"

"응."

남편이 맥주를 내려놓고 소파로 다가와 아내 옆에 앉았다.

"어느 쪽?"

아내가 복부 왼쪽 아랫부분을 가리켰다. 남편은 아내가 알려준

부분에 한 손을 살며시 얹어놓았다. 그의 손이 닿기가 무섭게 아이가 발로 엄마 배를 힘차게 걷어찼다.

"워, 오늘은 특히 더 기운이 넘치는데."

"30분 전쯤부터 이래. 평소엔 그냥 톡톡 차는 정도였는데 오늘은 살을 찢고 나올 것처럼 이 난리를 치네."

"아파?"

"아픈 건 아니고, 그냥 좀 신경이 쓰여서. 왜 갑자기 이러는지."

남편은 두 손으로 아내의 배를 살살 문질러나갔다.

"태동이 크다는 건 배 속 아이가 그만큼 건강하다는 뜻 아닐까?"

아내는 대꾸도 없이 연신 꿈틀대는 자신의 배를 내려다보았다. 딱딱하게 굳은 그녀의 얼굴에는 어두운 그림자가 드리워져 있었다.

"나중에 커서 드러머가 되려나? 리듬감이 장난 아닌데."

폭폭폭…

아이가 스타카토로 엄마 배를 찔러댔다.

꾸욱… 꾸욱… 꾸욱….

이번에는 발로 길게 밀어냈다.

"안 아파?"

"전혀. 그냥 평소 같지 않아서 신경이 좀 쓰이네. 내가 괜한 걱정을 하는 건가?"

242

"배 속 아이가 꿈틀대는 거야 자연스러운 거잖아. 통증이 있는 것도 아니고."

아내는 여전히 걱정 어린 표정을 짓고 있었다. 남편은 아내의 배를 몇 번 더 문지르고 나서 아내의 볼에 살짝 입을 맞추었다.

"이렇게 활동적인 걸 보니 엄청 건강한 애가 나올 건가 봐."

"나중에 감당이 안 될 만큼 활발하면 어쩌지?"

"그럼, 다행이지. 골골하고 병약한 애가 낫겠어?"

"하긴."

남편은 다시 바닥으로 내려가 맥주캔을 집어 들었다. 그의 시선이 다시 야구 중계가 한창 진행 중인 TV 화면에 고정됐다.

"태동 때문에 아프거나 불편하면 얘기해. 병원 가서 이래도 괜찮은 건지 물어보게."

남편이 화면에서 눈을 떼지 않은 채 말했다.

"얘도 밤새도록 이러진 않겠지 뭐."

"당근. 한동안 그러다가 지치면 관둘 거야. 너무 걱정하지 마."

아내는 자리에서 일어나 창가로 천천히 다가갔다. 그녀는 베란다 밑 풍경을 내려다보며 심호흡을 시작했다.

폭폭폭…

아이의 앙증맞은 발길질이 그녀 호흡의 리듬을 깨뜨렸다.

꾸욱… 꾸욱… 꾸욱…

"마음 편히 먹으려고 애를 써도 잘 안돼. 자꾸 신경이 쓰여 미치겠어."

아내가 두 손으로 배를 감싸 쥔 채 말했다. 그녀는 당장이라도 눈물을 뚝뚝 쏟을 듯한 표정이었다. 남편이 다시 일어나 아내에게로 다가갔다.

"원래 태동이 다 이런 거 아닌가? 오늘은 평소보다 강도가 좀 세긴 하지만."

남편이 뒤에서 아내를 살며시 끌어안으며 말했다.

"강도보다도…."

"강도 때문이 아니면 뭐가 문제야?"

"패턴이 좀… 이상해서."

"패턴?"

아내가 고개를 끄덕였다.

"무슨 패턴? 애가 패턴에 맞춰서 발로 찬다고?"

"그런 것 같아."

"어디…."

남편의 두 손이 아내의 불룩한 배로 스르르 내려왔다.

폭폭폭…

꾸욱… 꾸욱… 꾸욱…

폭폭폭…

"정말 그런데. 짧게 세 번, 길게 세 번, 그리고 다시 짧게 세 번."

"내 말 맞지?"

"와, 되게 신기하다. 뱃속 태아가 어떻게 이럴 수 있지?"

폭폭폭…

꾸욱… 꾸욱… 꾸욱…

폭폭폭…

"요녀석, 아주 일관성 있네. 무슨 코드 같아."

"괜찮은 거겠지?"

"애가 안 움직이면 그게 더 문제 아니야?"

"그래도 안 그러던 애가 갑자기 이러니 무서워."

잠시 심각한 얼굴로 아내를 빤히 쳐다보던 남편이 갑자기 무슨 생각이 들었는지 아내의 배에 한쪽 귀를 가져가 댔다. 그렇게 1분 정도 태동에 귀를 기울였던 남편의 얼굴이 점점 딱딱하게 굳어져 갔다.

"자기야, 왜 그래? 이상한 소리라도 들려?"

남편이 아내의 배에서 귀를 떼고 다시 아내의 눈을 똑바로 쳐다 보았다.

"아무래도 병원에 가봐야 할 것 같아."

"병원은 왜? 대체 무슨 소릴 들었길래 그래?"

"어떻게 이게 가능한진 모르겠지만… 이건 코드야. 모스 부호."

"응?"

"짧게 세 번, 길게 세 번, 짧게 또 세 번. 한 치의 오차도 없이 한 시간째 이 패턴이 반복되고 있어. 이건 아이가 보내는 신호가 분명해."

"그게 무슨 뚱딴지같은 소리야? 신호를 보내는 거라니? 얘가 어떻게 우리한테 신호를 보내?"

남편이 후다닥 방으로 들어가 허둥지둥 옷을 걸치기 시작했다.

"갑자기 왜 그래? 우리 애한테 무슨 문제라도 있는 거야?"

뒤따라 들어온 아내가 남편의 팔뚝을 움켜쥐고 물었다. 그녀의 볼은 어느새 눈물로 촉촉이 젖어있었다.

"나 군대에서 통신병이었던 거 알지? 다른 건 몰라도 모스 부호 해독엔 누구보다 자신 있거든."

"모스 부호?"

남편이 그새 한층 더 어두워진 표정으로 고개를 끄덕였다.

"배 속에서 우리 애가 뭐라고 하는데?"

남편의 얼굴이 한층 어두워졌다. 잠시 망설이던 그가 아내의 어깨에 두 손을 살며시 얹었다.

"따따따 따아 따아 따아 따따따. 짧게 세 번, 길게 세 번, 짧게 세 번. 이건 재난 구조 신호야."

"구조 신호?"

"SOS. 우리 애가 당신 배 속에서 살려달라고 외쳐대고 있는 거라고!"

아내의 눈이 휘둥그레졌다. 충격을 받았는지 떡 벌어진 입에서는 아무 말도 흘러나오지 않았다.

"어서 병원 갈 준비해. 목에 탯줄이라도 감겼으면 큰일이라고!"

황급히 집을 나선 부부는 차에 올라서도 진정하지 못했다. 남편은 매드맥스처럼 광폭하게 차를 몰아 나갔고, 아내는 서서히 강도를 잃어가는 태동에 오열했다.

마치 약속이라도 한 듯 부부의 시선이 계기판 시계로 돌아갔다. 순간 두 사람의 가슴이 철렁 내려앉았다.

5:05.

설전(雪戰)

"미스 신, 오늘도 수고했어."

거울 앞으로 바짝 다가간 김 경사가 마사지를 받아 벌게진 얼굴을 살살 문지르며 말했다.

"내가 어제 애들이랑 탁구장에서 무리를 좀 했거든. 하루 종일 어깨가 빠질 듯이 아팠는데 미스 신이 만져주니 싹 나았어."

경사가 오른쪽 어깨를 주먹으로 톡톡 두드렸다. '싹' 나았다는 건 거짓말이지만 미세하나마 상태가 호전된 건 사실이었다.

"자, 이건 팁."

그가 너덜거리는 지갑에서 천 원짜리 지폐 두 장을 꺼내 미스 신의 손에 쥐어주었다.

"이발도 아주 잘 됐고."

옆의 손님을 챙기고 있는 이발사 정 씨는 듣는 둥 마는 둥 가위질만 해댔다. 김 경사는 정 씨의 그런 시큰둥한 반응에 익숙했다. 워낙 말수도 적고 재미가 없는 사람이라.

경사는 얇은 가을 점퍼를 걸친 후 이발소 문을 열었다. 기다렸다는 듯 문틈으로 매서운 칼바람이 스며들었다. 날이 저물어가는 중이었고, 잿빛 하늘은 여전히 미친 듯이 눈을 뿌려대고 있었다. 새해 첫날부터 본격적으로 내리기 시작한 눈은 닷새가 지나서도 멎을 기미가 보이지 않았다. 김 경사는 진창이 된 골목을 쳐다보며 긴 한숨을 내쉬었다. 문을 닫고 나온 그가 주머니에서 솔 담배를 막 꺼내 들었을 때였다. 먼발치 구멍가게에서 호빵을 사 들고 나오는 사내 하나가 그의 눈에 들어왔다. 김 경사는 대번에 놈을 알아볼 수 있었다. 박성철. 연말에 이 지역 금은방 네댓 곳을 털어간, 구(區) 내에서 소문난 좀도둑이었다. 오래된 삼거리 금은방, '경성당'은 특히 그 피해가 컸는데, 파출소장과 목욕탕 친구인 박 사장은 하루가 멀다고 찾아와 놈을 잡아내라며 울고불고 법석을 떨어댔었다.

김 경사는 담배를 도로 집어넣고 머리를 굴려보기 시작했다. 이발소 정 씨에게 파출소에 신고하라고 할까? 하지만 박성철은 어느새 모퉁이를 돌아나가는 중이었다. 빠른 걸음으로 움직이는 그를 놓치지 않으려면 지체 없이 따라붙어야만 했다. 비번인 그가 혼자

서 영웅적으로 놈을 잡는다면 특진의 기회가 주어질 수도 있었다. 김 경사는 마른침을 한 번 삼키고는 박성철이 사라진 쪽으로 후다닥 달려갔다.

눈 내리는 골목은 한산했다. 저만치 앞에서는 타이어에 체인을 감은 하얀색 스텔라 한 대가 엉금엉금 기어 오고 있었다. 김 경사를 발견한 운전자가 신경질적으로 경적을 빽빽 울렸다. 김 경사는 오른쪽으로 주춤 물러나 차가 지나갈 수 있게 길을 내주었다. 멀리 또 다른 모퉁이를 돌아나가는 박성철이 보였다. 스텔라가 새까만 눈 자국을 남기며 달아났지만 김 경사는 개의치 않고 부지런히 걸음을 옮겨나갔다. 그의 프로스펙스 운동화는 스며든 물에 질퍽이고 있었다. 발가락이 시려왔지만 그의 머릿속은 온통 놈을 잡아야 한다는 생각뿐이었다.

김 경사가 다음 모퉁이를 돌았을 때 박성철은 야산 쪽으로 내달리는 중이었다. 눈으로 덮여있지 않아도 오르기가 부담스러운 가파른 길을 놈은 마치 치타에게 쫓기는 얼룩말처럼 전력으로 뛰어오르고 있었다. 순간 김 경사는 깨달았다. 놈은 자신이 미행당하고 있음을 알아차린 것이었다.

"이런 망할!"

김 경사가 다급하게 그를 쫓기 시작했다. 더 이상 몸을 숨길 것도, 발소리를 감출 것도 없었다.

"박성철!"

김 경사는 진창을 철벅대며 두 다리를 분주히 놀려댔다.

"새꺄! 좋은 말로 할 때 거기 서라. 응?"

박성철은 연신 뒤를 돌아보며 달려나갔다. 솔직히 김 경사는 20대 중반 청년의 스태미나에 맞설 자신이 없었다. 게다가 지구력은 그가 갖추지 못한 무수한 능력 중 하나였다. 놈과의 거리는 어느새 눈에 띄게 벌어져 있었다.

김 경사는 평소에 뭐라도 하면서 체력을 길러놓지 못한 자신을 질책했다. 평소에 하는 운동이라고는 아이들이 조를 때마다 동네 탁구장에 가서 한 시간 땀을 빼고 오는 게 전부였다. 2년 전, 아시안게임 때 유남규와 현정화가 탁구 붐을 일으키지 않았으면 그마저도 하지 않았을 것이다.

김 경사가 잠시 눈을 뗀 틈에 박성철은 그의 시야에서 사라져버렸다.

"정상 참작해줄 테니까 거기 서! 경찰이 부르는데 말 안 듣고 도망가면 가중처벌 받을 수도 있어!"

하지만 김 경사는 그가 순순히 말을 들을 놈이 아니라는 걸 알고 있었다. 그는 부지런히 발을 놀려 박성철이 사라진 지점으로 올라갔다. 야산 입구를 지나 5분쯤 내달렸을 때 먼발치로 검은 형체가 그의 눈에 포착됐다. 박성철은 짓다 만 아파트 공사장 쪽으로 향하는 중이었다. 골목을 따라 내려가면 북적대는 시장에 이를 수 있었지만 경찰에게 쫓기는 입장에서는 오랫동안 방치돼온 인적 끊긴 공사장이 훨씬 매력적인 옵션일 것이다. 공사장을 가로질러 야산으로 들어가면 얼마든지 김 경사를 따돌릴 수 있기 때문이었다. 물론 설산에서 발을 헛디뎌 낙상하지만 않는다면.

김 경사는 폐가 타들어가는 기분을 느꼈다. 특진에 눈이 멀어 이 고생을 사서 하다니. 하지만 여기까지 추격한 이상 포기할 수는 없었다. 그는 연신 새하얀 입김을 뿜어내며 짓다 만 아파트가 흉물스럽게 버티고 서 있는 쪽으로 달려나갔다. 더 이상 놈에게 경고를 외쳐댈 기운은 남아있지 않았다.

박성철은 또다시 사라졌지만 바스락거리는 소리는 김 경사에게 그의 위치를 정확히 알려주었다. 우거진 잡목숲을 헤집고 들어가니 2미터 남짓 되는 철책을 힘겹게 기어 올라가는 절도범의 모습이 나타났다. 철책 윗부분은 가시철사가 얹어져 있었고, 한쪽에는 시뻘건 페인트로 조잡하게 '출입 금지'라고 적어놓은 표지판이 붙어있었다.

"인마, 거기 들어가면 위험해. 내가 살살 다뤄줄 테니까 얼른 내려와. 얼른!"

"아저씨, 오늘은 그냥 보내줘요."

철책을 넘어간 박성철이 반대편에 찰싹 달라붙은 채 김 경사를 쳐다보았다.

"집에 임신한 마누라가 있어요. 내일 아침에 자수하러 갈게. 약속. 마누라가 하루 종일 호빵이 먹고 싶대서 없는 돈 탈탈 털어 사가는 중이라고요. 내일 파출소로 갈 테니까 오늘은 그냥 보내줘요. 응?"

"네가 털어간 금은방이 몇 갠데 호빵 살 돈이 없어? 잔말 말고 이쪽으로 내려와. 네놈 마누라 봐서 정상 참작해줄 테니까."

"아, 몰라 몰라. 아저씨 맘대로 해. 어디 소속인데 이렇게 끈질겨? 나 같은 잔챙이 잡범 잡아서 무슨 부귀영화를 누리겠다고."

박성철이 철책에서 떨어져 나갔다.

"총이라도 보여주면 쪼는 시늉이라도 하겠는데 보아하니 빈손인 것 같고, 쫓아오든지 말든지 아저씨 맘대로 해요. 난 바빠서 먼저 가볼 테니까."

놈이 조롱하듯 씩 웃어 보인 후 홱 돌아서서 음산한 기운이 감도는 공사장 쪽으로 내달리기 시작했다. 재작년 가을에 착공된 아파트는 지난 늦여름, 시공사 부도로 공사가 전면 중단됐고, 반쯤 짓다 만 상태로 몇 달째 흉물스럽게 방치돼왔다. 김 경사는 구시렁거리며 철책을 기어오르기 시작한다. 이럴 줄 알았으면 장갑이라도 챙겨 나오는 건데. 창백하게 질린 손가락은 젖은 신발에 갇혀 얼어버린 발가락만큼이나 시렸다.

다행히 철책을 넘는 건 어렵지 않았다. 문제는 어둠에 묻힌 공사장에서 어떻게 놈을 찾느냐는 것이었다.

　"야, 박성철! 나중에 험한 꼴 당하지 말고 나랑 같이 웃으면서 내려가자. 응?"

　김 경사가 놈이 사라진 쪽을 향해 소리쳤다. 하지만 들려오는 건 대답 대신 멀어져가는 놈의 발소리뿐이었다.

　뼈대에 콘크리트 외피만 대충 두른 미완의 건조물은 위험천만해 보였다. 놈을 놓치는 것보다 낙상이 더 걱정되는 상황이었다. 김 경사는 발소리를 쫓아 부지런히 걸음을 옮겨나갔다. 지반 굴착 작업 현장이 불과 3미터도 채 떨어져있지 않았다. 자칫 발을 헛디뎠다가는 한순간에 골로 갈 수도 있을 것 같았다.

　그가 잠시 걸음을 멈추고 귀를 쫑긋 세워보았다. 어느새 놈의 발소리가 멎어있었다. 숨어서 날 기다리는 건가? 불쑥 튀어나와 날 덮치려고? 김 경사는 바짝 긴장했다. 그는 바로 옆 구덩이를 흘끔 내려다보며 조심스레 걸음을 옮겨나갔다.

　"좋은 말 할 때 이리 와. 이 아저씨 화나면 무섭다."

　박성철은 아무 대꾸가 없었다. 몇 초 후, 김 경사는 놈의 발소리가 멎은 이유를 알게 됐다. 두 사람이 디디고 들어온 구덩이 가장자리가 점점 좁아져가더니 마침내 뚝 끊어져버린 것이었다. 먼발치 낭떠러지 앞에 멈춰 선 박성철의 검은 형체가 보였다. 김 경사

254

를 등진 그는 체념한 듯 고개를 푹 숙인 채 서 있었다. 그제야 김 경사의 입에서 안도의 한숨이 터져 나왔다.

"결국 이렇게 될 걸 왜 도망을 쳐? 아까 골목에서 불렀을 때 순 순히 말을 들었으면 둘 다 이 고생 안 해도 됐잖아. 너 때문에 신발 이랑 바지랑 다 젖고, 이게 뭐야?"

김 경사가 잔소리를 늘어놓으며 유유히 걸어 나갔다. 씩씩대는 박성철의 어깨가 연신 들썩이고 있었다. 매서운 칼바람이 정적에 묻힌 공사장을 훑고 지나갔다.

"거기서 미끄러지면 골로 갈 수도 있어. 이쪽으로 천천히 와. 같 이 손잡고 사이좋게 내려가자고. 응?"

김 경사가 한 손을 놈의 앞으로 내밀었다. 박성철은 여전히 그 를 등진 채 서서 낭떠러지 밑 심연을 빤히 내려다보고 있었다. 김 경사의 손끝이 그의 어깨에 닿으려는 순간 박성철이 홱 돌아서며 들고 있던 호빵 봉지를 김 경사의 얼굴을 향해 냅다 휘둘렀다. 불 시의 일격을 당한 김 경사가 휘청거렸다. 박성철이 그 틈을 타 김 경사를 덮쳤다. 두 사람은 서로에게 엉겨 붙은 채 쓰러졌다.

"새꺄, 여기서 떨어지면 둘 다 죽어!"

김 경사가 두 손으로 박성철의 얼굴을 밀어내며 소리쳤다.

"빵에서 나온 지 1년도 안 됐어. 이번에 잡혀들어가면 언제 나올지 모른다고. 배 속 아이도 못 보고 또다시 빵에 들어갈 순

없어!"

박성철이 김 경사의 목을 조르며 악을 써댔다. 낭떠러지 밑으로 추락하는 건 두렵지 않았다. 고대했던 2세 탄생의 순간도 보지 못하고 지옥으로 되돌아가야 하는 암담한 상황이 두려웠을 뿐.

목이 졸린 김 경사의 머릿속이 아찔해졌다. 가해지는 엄청난 압력에 눈알이 튀어나올 것만 같았다. 그는 놈의 얼굴에서 떨어져나온 한 손을 필사적으로 더듬어 무기가 될 만한 것을 찾아보기 시작했다. 그리고 기적적으로 주먹만 한 돌덩이를 금세 찾아냈다. 그는 그것을 집어 들고 박성철의 얼굴을 향해 휘둘렀다. 돌은 둔탁한 소리를 내며 그의 관자놀이 윗부분에 떨어졌다. 박성철이 외마디 비명을 지르며 두 손으로 머리를 감싸 쥐었다. 그제야 숨을 쉴 수 있게 된 김 경사는 계속해서 돌덩이를 휘둘렀고, 박성철은 본능적으로 그의 팔을 낚아채 잡았다.

"좋아. 이젠 이판사판이야. 같이 떨어져 죽자고!"

박성철이 김 경사의 점퍼를 두 손으로 꽉 쥔 채 낭떠러지 쪽으로 몸을 굴렸다.

"이거 놔, 이 새꺄! 이러다 정말 떨어지겠어!"

"다시 빵에 들어가 썩느니 여기서 죽는 게 나아."

박성철은 계속해서 김 경사를 잡아끌었다. 어둠 속에서 그의 눈에서 뿜어내지는 시뻘건 광기가 똑똑히 보일 정도였다.

"이거 놓으라니까!"

김 경사는 점퍼에서 놈의 손을 떼어내려 안간힘을 다했다. 손톱으로 놈의 손등도 할퀴어보았고, 손가락을 잡아 뒤로 꺾어보려고도 했다. 하지만 광기에 사로잡힌 박성철의 손은 꽉 조여진 바이스처럼 꿈쩍도 하지 않았다.

"어, 어, 어….."

낭떠러지 끝에 다다른 박성철이 김 경사에게 몸을 밀착시키고 오른쪽으로 힘껏 굴렀다. 김 경사는 초인적인 힘으로 버텨보았지만 역부족이었다. 그는 박성철을 과소평가한 자신을 혹독히 질책하며 깊이를 가늠할 수 없는 심연 속으로 빨려 들어갔다.

극심한 통증에 김 경사는 당장이라도 의식을 놓아버릴 것만 같았다. 특히 허리와 오른쪽 다리의 통증이 심했다. 그는 부디 척추가 상한 게 아니기를 빌며 손가락과 발가락을 꼼지락거려 보았다. 사지가 제대로 말을 듣자 김 경사는 안도의 한숨을 내쉬었다. 그로부터 5미터쯤 떨어진 곳에서 박성철이 신음하고 있었다. 간신히 일어나 앉은 그는 왼쪽 팔꿈치를 감싸 쥔 채 고개를 좌우로 꺾어대는 중이었다.

"너 혼자 곱게 죽을 것이지 왜 물귀신처럼 날 붙잡고 늘어져?"

김 경사도 힘겹게 몸을 굴려 몸을 일으켰다. 오른쪽 발목이 시큰거렸고, 머리도 깨질 듯이 아팠다. 그는 일어나는 것을 포기하고 가까운 콘크리트 벽에 등을 갖다 붙였다.

"다리가 부러진 것 같아."

박성철이 우거지상을 한 채 두 손으로 오른쪽 정강이를 어루만졌다.

"저 높은 데서 떨어졌는데 멀쩡하면 이상하지."

김 경사가 어느새 퉁퉁 부어오른 발목을 주무르며 말했다. 샘솟았던 아드레날린이 쫙 빠져나가자 살인적인 냉기가 엄습해왔다. 같은 처지의 박성철도 몸을 덜덜 떨고 있었다.

"어이! 위에 누구 없어요?"

박성철이 어둠에 대고 소리쳤다.

"이 시간에, 이 야산에, 그것도 이런 날씨에 사람이 얼씬하겠냐? 누가 이런 외진 곳으로 달아나래?"

하지만 박성철은 김 경사의 말을 무시하고 몇 분에 걸쳐 고래고래 소리를 질러댔다. 물론 어디서도 인기척은 없었다.

박성철이 무리해서 몸을 일으키려다가 이내 외마디 비명과 함께 풀썩 주저앉았다. 김 경사가 주머니에서 라이터를 꺼내 불을 켰다. 아까 그가 휘두른 돌덩이에 맞은 놈의 머리에는 피가 말라붙어 있었다.

"분명 밖으로 통하는 출구가 있을 텐데. 인부들이 들락일 때 쓰는 사다리라도."

"아서라. 이 깜깜한 데서 무슨 수로 그걸 찾겠냐? 괜히 여기저기 들쑤시고 다니다가 더 다치지 말고 날 샐 때까지 잠자코 기다려."

"날이 새기를 기다리다가 얼어 죽을걸."

사실 김 경사도 그걸 걱정하고 있었다. 그가 걸친 가을 점퍼만 으로는 혹독한 겨울밤을 버틸 수 없었다. 박성철도 그다지 든든하게 걸치고 나온 것 같지는 않았다.

"나한테 라이터가 있으니까 땔감으로 쓸만한 게 있는지 좀 찾아 봐. 각목이나 시멘트 부대나 뭐 그런 것들."

두 사람은 엉금엉금 기다시피 하며 주변을 더듬거리기 시작했다. 얼음장처럼 차가운 콘크리트 바닥을 샅샅이 뒤져봤지만 불을 피울만한 건 보이지 않았다. 눈에 들어오는 것이라고는 꽁꽁 얼어 버린 넝마조각과 끊어진 철근 몇 개가 전부였다.

"난닝구라도 벗어서 태워볼까?"

박성철이 자신의 점퍼 가슴을 톡톡 두드리며 말했다.

"아예 바지랑 점퍼랑 다 벗어서 태우지 그래?"

김 경사가 한심하다는 듯 내뱉었다. 박성철은 씩씩대며 그에게 눈을 흘겼다. 어색한 침묵이 찾아들었고, 그들은 두 손을 점퍼 주머니에 찔러 넣은 채 몸을 웅크렸다. 칼바람이 또 한 번 늑대 울부짖는 소리를 내며 공사장을 훑고 지나갔다.

시간이 얼마나 흘렀을까, 김 경사는 정신이 혼미해져 옴을 느꼈다. 손과 발은 이미 감각을 잃은 상태였다. 점퍼 안에 고개를 파묻고 연신 입김을 뿜어보았지만 싸늘히 식어버린 몸을 데우기에는 역부족이었다.

박성철도 간간이 들릴락 말락 한 신음을 토해낼 뿐 아무런 말이 없었다. 두 사람 모두 '얼어 죽는다'는 게 어떤 기분인지 생생하게 체험 중이었다.

김 경사가 제대로 말을 듣지 않는 손을 간신히 움직여 주머니에서 담배를 꺼냈다. 그리고 한 개비를 뽑아 박성철 앞으로 내밀었다.

"이거라도 피우면 지금보다야 낫겠지 뭐."

그가 담배를 물고 라이터를 꺼내 불을 붙였다. 담배를 건네받은 박성철이 경계를 늦추지 않은 채 조심스레 다가왔다. 김 경사는 그에게 불을 붙여주고는 담배와 라이터를 도로 집어넣었다.

"마누라가 실종신고나 넣었을지 모르겠네. 이발하러 나간 사람이 자정이 넘어서도 안 들어오고 있는데."

"우리가 야산에 갇혀있는 걸 누가 알겠어?"

"그러게, 누가 이리로 달아나래?"

"또 그 얘기야? 누가 당신더러 쫓아오랬어?"

김 경사는 더 이상 싸울 기운조차 남아있지 않았다. 방금 불을 붙인 담배는 어느새 반 이상 짧아져 있었다.

또다시 침묵이 찾아들었다. 어둠 속에서 깜빡여온 주황색 점 두 개는 서서히 그 빛을 잃어가고 있었다.

"저체온증."

박성철이 꽁초를 바닥에 떨어뜨리며 말했다.

"뭐?"

"저체온증. 여기서 체온이 더 떨어지면 날이 새기도 전에 뒈질 거야."

놈의 말에 김 경사는 심란해졌다. 부디 그러지 않기를 바랐지만 조만간 구조대가 나타나지 않는다면 그의 말처럼 몇 시간 안에 얼어 죽을 수도 있었다.

"자꾸 졸음이 오고 말이 어눌해지지? 그게 그 신호라고."

"어디서 주워들은 건 있어서."

"이 정도 상식도 모르면서 어떻게 경찰이 됐지?"

"그렇게 똑똑하면 저체온증에 안 걸리는 법도 알겠군."

박성철은 한심하다는 듯 고개를 저으며 천천히 돌아앉았다. 김 경사는 알아들을 수 없는 말을 구시렁대며 두 손으로 바닥을 짚었다. 그나마 덜 아픈 쪽 다리에 힘을 주고 몸을 일으켜보려 했지만 이내 아찔함을 느끼고 주저앉아버렸다. 순간 기다렸다는 듯 서늘한 죽음의 공포가 엄습해왔다.

"아저씨, 몇 년 전에 세상을 떠들썩하게 했던 인천 모녀 살인사건, 기억해?"

한참 시간이 흐른 후 박성철이 입을 열었다. 혀가 굳어져 발음이 샜고, 톤에도 기운이 실리지 않았다.

"뭐?"

"십정동 모녀 살인사건 몰라? 장롱 이불에 싸인 모녀 시체가 발견돼서 한동안 떠들썩했었잖아."

김 경사는 잠시 기억을 더듬어보았다. 기억이 날 듯 말 듯했다. 인천… 십정동… 모녀 살인사건… 이불에 싸인 시체…. 뇌까지 얼어붙었는지 머릿속은 하얗게 질려있었다.

"갑자기 웬 뚱딴지같은 소리야?"

"그거… 내가 그런 거야."

창백한 놈의 얼굴에 희미한 미소가 머금어졌다.

"뭐?"

"내가 죽였다고."

그제야 김 경사의 정신이 번쩍 들었다. 그의 반응을 확인한 박성철이 킥킥 웃었다.

"한심한 경찰 놈들, 단서를 찾았네, 용의자가 있네, 몇 달 동안 떠벌리기만 하다가 결국 미제 상태로 덮어버리더라고. 이게 대한민국 경찰 수준이야."

"그들을 왜 죽였지? 그 집 모녀랑 아는 사이였어?"

"몇 다리 건너 아는 여자였어. 인천에 잠깐 살았을 때 사고를 좀 쳤는데 그 누나가 날 숨겨줬지. 별일도 아닌 걸로 싸우다가 누나가 경찰을 부르겠다고 해서 욱하는 마음에 죽였어. 그냥 겁만 주려고 한 얘기였겠지만… 내가 워낙 다혈질이거든. 한 번 흥분하면 주체가 안 돼."

"그 여자 딸은 왜 죽였어?"

"그 자리에 같이 있었으니까."

"엄마가 살해당하는 걸 봤다고?"

"그럼 내가 아무 이유 없이 어린앨 죽였겠어?"

"이 새끼, 이제 보니 좀도둑이 아니라 살인범이었잖아."

박성철이 다시 킥킥 웃었다.

"여기서 얼어 죽게 생겼는데 뭘 감추겠어? 속 시원히 다 털어놓고 가면 홀가분하고 좋지."

김 경사는 자신의 넋 나간 표정을 지켜보며 재밌어하는 놈을 무기력하게 응시했다.

"넌 기필코 내 손으로 체포할 거야."

"하긴, 특진하려면 좀도둑이 아니라 살인범 정도는 잡아가야지. 안 그래? 날 끌고 가면 몇 계급이나 올려주려나? 정말 내 덕분에 출세하는 거 아니야?"

박성철이 기침을 몇 번 토한 후 이내 조용해졌다. 한동안 의기양양했던 박성철은 다시 고개를 떨구고 두 손으로 점퍼 깃을 꼭 여미며 쥐었다.

김 경사의 머릿속은 한없이 복잡해졌다. 저놈 얘기가 사실일까? 내가 잠깐 꿈을 꾼 게 아니고? 어쩌면 박성철은 이곳에서 살아 나가지 못하리라는 걸 예감했는지도 몰랐다. 실종신고가 접수됐다 해도 인적 드문 설산 속 공사장에 사람이 갇혀있다는 걸 누가 짐작이라도 하겠는가.

"그게 다야?"

한참 후, 김 경사가 기침을 토하며 물었다.

"그 집 모녀 말고 또 죽인 사람 없어?"

박성철이 피식 웃으며 고개를 저었다.

"내가 무슨 연쇄살인범인 줄 알아? 그땐 욱해서 실수했을 뿐이야. 난 사람 죽이는 데 취미가 없다고."

구덩이 위에서 눈이 쉴 새 없이 뿌려지고 있었다. 김 경사는 어느새 머리와 어깨에 수북이 쌓인 눈을 털어내고 다시 두 손을 주머니에 찔러 넣었다. 자꾸 졸음이 찾아들었지만 놈의 말대로 꿋꿋이 버텨야만 했다. 이제 그들이 믿을 건 정신력뿐이었다. 그게 부러지는 순간 그들은 한 쌍의 냉동인간이 되어 며칠 후 뉴스를 장식하게 될 것이다. 하긴, 어차피 죽을 목숨인데 며칠이면 어떻고, 몇 주가 걸리면 또 어떻겠는가. 김 경사의 눈앞에 마누라와 아이들이 아른 거렸다. 그는 아직도 방치된 공사장에 갇혀 생을 마감할 수도 있다는 가능성이 실감 나지 않았다. 아무리 생각해도 이렇게 세상과 하직하는 건 정말 아닌 것 같았다.

김 경사의 눈이 다시 놈에게로 돌아갔다. 박성철도 졸지 않으려 필사의 힘으로 버텨내는 중이었다.

"우리 마누라가 작년에 비싼 외제 차를 한 대 뽑았어."

한참 만에 김 경사가 입을 열었다.

"포드 그라나다라고, 들어는 봤나? 명의는 마누라로 돼 있긴 한데, 그 사람이 무슨 돈이 있어서 그런 고급 외제 차를 샀겠어?"

불쑥 들려온 김 경사의 목소리에 박성철의 고개가 살짝 들렸다.

"네놈 자백을 듣고 나니 갑자기 입이 근질거려서 참을 수가 있어야지."

김 경사의 입꼬리가 살짝 올라갔다.

"사실 내가 몇 년 전부터 구린 방법으로 돈을 좀 모아왔거든. 어떻게 된 거냐면 말이야, 한 3년쯤 됐나, 이 야산 반대편 동네에 빨간 벽돌집이 하나 있는데, 너도 알지? 그 왜 중학교 뒤편으로 올라오면 이층 양옥집들 모여있는 동네 있잖아."

박성철의 창백한 얼굴이 김 경사 쪽으로 돌아왔다. 초점 잃은 눈빛에서는 미세하나마 호기심이 묻어났다.

"아무튼, 그 빨간 벽돌집이 사실은 아는 사람만 아는 불법 도박 장이거든. 대기업 임원에서부터 부잣집 사모님들까지, 들어가보면 아주 바글바글해. 롤렉스 차고, 진주목걸이 두른 사람들이 전쟁통 피난민들처럼 모여 앉아서 꾀죄죄한 꼴로 화투패 돌리는 모습, 상상이 돼? 말로만 듣던 델 직접 들어가보니까 완전 딴 세상이더구먼."

"거긴 어떻게 알고 찾아갔지?"

"제보가 들어왔어. 어떤 놈이 가져온 판돈을 다 잃고 분풀이로 찔렀거든. 본청 담당과에 보고하려는데 하우스가 눈치채면 큰일이라면서 일단 현장부터 덮쳐야 한다는 거야. 그래서 급한 대로 경장 놈 하나랑 순경 둘을 데리고 달려갔지."

그가 주머니에서 담배를 꺼냈다.

"마지막 두 개비 남았어. 보아하니 여기서 같이 얼어 죽을 운명인 것 같은데, 동지애를 발휘해서 네놈에게도 선심 한 번 더 쓰지 뭐."

두 사람은 몇 분간 말없이 담배를 뻐끔댔다. 생전 마지막으로 빨아보는 담배가 될지도 모른다는 생각에 김 경사는 울컥했다. 그가 빈 담뱃갑을 신경질적으로 구겨 한쪽으로 휙 던졌다.

"안에 들어가보니 아수라장이 따로 없었어. 그 왜 커다란 돌덩이 들춰보면 그 밑에서 우글대던 벌레들이 혼비백산해서 사방으로 흩어지잖아. 본 적 있지? 딱 그런 모습이었어. 경찰이 현관문을 막고 있으니 다들 약속이라도 한 것처럼 뒷문으로 우르르 달아나버리더군. 창문 밖으로 뛰어내리는 놈도 있었고.”

담뱃재는 어느새 김 경사의 손가락에 닿을 만큼 짧아져있었다. 그가 담배 연기를 길게 뿜어내고는 고개를 들어 허공을 응시했다.

“사방에 판돈이 수북이 쌓여있었고, 여기저기 사모님들이 벗어 놓은 모피코트가 널려있었어. 꽉 막힌 데서 담배들을 얼마나 빨아 댔는지 연기 때문에 눈이 따끔거릴 정도였지. 경장이랑 난 안에서 증거물을 확보했고, 순경들은 한 놈이라도 더 붙잡으려고 밖으로 뛰어다녔어.”

“대충 어떻게 된 건지 그림이 그려지는군.”

“후후.”

김 경사가 고개를 돌려 박성철을 쳐다보았다.

“경장이 안 볼 때 여기저기 살피는 척하면서 돈뭉치를 슬쩍 주머니에 쑤셔 넣었어. 마음 같아선 죄다 쓸어오고 싶었지만, 과유불급. 얼마인지도 모르고 그냥 손에 잡히는 대로 몇 다발을 챙겼지.”

“난 또 뭐라고. 경찰이 경찰 짓을 한 거구먼.”

“이게 다가 아니야.”

그 말에 귀가 솔깃해졌는지 박성철이 그를 돌아보았다.

"몇 달 후에 하우스 주인이 파출소로 날 찾아왔어. 삼거리 '가야성'으로 날 데려가서는 거하게 한턱내더군. 내가 잔뜩 경계하니까 비디오테이프 하나를 슬그머니 꺼내더라고. 그날 내가 판돈 쓸어가는 걸 봤다나? 순경들에게 붙잡혀있을 때 내가 돈을 슬쩍하는 걸 봤다는 거야."

김 경사는 입에 머금고 있던 배갈을 팔보채 위로 뿜을 뻔했던 순간을 떠올리며 몸을 바르르 떨었다. 그는 놈의 능구렁이 같은 눈빛을 아직도 생생히 기억하고 있었다.

"속임수 쓰는 타짜 놈들이 늘어나서 감시용으로 최신형 일제 비디오카메라를 한쪽 벽에 설치해둔 게 있는데 재수 없게도 돈을 쑤셔 넣는 내 모습이 거기 찍혀버린 거야. 순간 겁이 덜컥 나더라고. 아, 이놈이 나한테 돈을 뜯으러 왔구나. 그런데 협박하러 온 놈이 왜 비싼 밥을 사주는 거지? 이상하지 않아?"

김 경사가 정답을 요구하는 〈장학퀴즈〉 사회자처럼 박성철의 얼굴을 빤히 쳐다보았다. 그에게서는 아무런 반응이 없었다.

"복개천 너머에 하우스를 새로 차렸다더군. 나더러 정보원 노릇을 하라는 거야. 매달 얼마씩 성의 표시를 할 테니, 서에서 불시 단속이 예정돼 있으면 미리 알려달라나? 서가 단속에 나서면 관할 파출소가 인력 지원을 해줘야 하니 사전에 모를 수가 없거든. 올림픽 앞두고 불법도박을 뿌리 뽑겠다고 생난리를 쳐대니 얼마나 불안했겠어? 놈은 거래라고 했지만 그게 무슨 거래야? 협박이지. 목숨줄이 놈의 손에 달렸으니 거부할 수도 없고. 그래서….”

김 경사의 말끝이 흐려졌다.

“그래서 그 친구 끄나풀 노릇을 몇 년 동안 해오셨다? 그렇게 부정하게 모은 돈으로 사모님에게 삐까뻔쩍한 외제 차를 선물하셨다?”

김 경사가 고개를 끄덕였다.

“서에서 단속 일정이랑 지침이 내려올 때마다 놈에게 정보를 흘려줬지. 월급에 맞먹는 공돈을 매달 꼬박꼬박 받아 챙겼더니 금세 목돈이 만들어지더라고. 그 돈으로 애들 고기도 사 먹이고, 마누라 차도 한 대 뽑아주고, 부모님 용돈도 두둑이 챙겨드리고. 올봄엔 식구들 데리고 제주도에도 다녀올 생각이었어.”

“그게 무슨 협박이야? 아주 왕 대접을 받으셨구먼.”

“그래. 그놈 덕분에 팔자가 확 펴긴 했지.”

김 경사가 씁쓸하게 미소를 지어 보였다.

“그러다 작년에 찜찜한 구석이 있어서 세운상가에 한 번 나가 봤어.”

그의 얼굴에서 이내 미소가 사라졌다.

“시중에 나온 비디오카메라를 둘러봤는데 최신형 일제 카메라도 사이즈가 죄다 이만하더라고. 파나소닉에서 방범용으로 만든 것도 작지 않았고."

김 경사가 두 손을 어깨너비로 펴 보였다.

"그만한 카메라가 벽에 붙어있었으면 그 집에 들이닥쳤을 때 분명 눈에 띄었을 텐데 말이야. 난 본 기억이 없거든. 게다가 몇 군데 돌면서 알아보니 최신형도 30분짜리 테이프만 쓸 수 있다는 거야. 동네 하우스가 무슨 카지노도 아니고, 누가 곁에 지키고 서서 30분에 한 번씩 꼬박꼬박 테이프를 교체해왔다는 게 말이 돼?"

"그럼 그 테이프는…."

"내가 돈을 훔치는 걸 놈이 보긴 했을 거야. 하지만 증거는 없었겠지. 테이프는 날 속이기 위한 소품이었을 뿐이고."

다시 고개를 젖히고 허공을 올려다보는 김 경사는 박성철의 시선이 자신에게 단단히 꽂혀있음을 감지할 수 있었다. 놈은 지금 무슨 생각을 하고 있을까? 살인자와 부패 경찰. 범죄의 경중을 따지는 건 의미가 없었다. 절망이 끄집어낸 진실이 세상에 알려지는 순간 두 사람 모두 죽음만큼이나 깊고 암담한 나락으로 떨어지게 될 것이 뻔했다.

그의 머릿속에 비행기 타고 제주도 놀러 갈 생각에 잔뜩 부푼 아이들과 직접 그라나다를 몰고 동창회에 다녀올 거라며, 백화점에서 봐둔 목걸이와 귀걸이 세트를 사달라고 조르는 아내의 모습이 차례로 스쳐 갔다. 그의 입에서 또 한 번 긴 한숨이 터져 나왔다.

"얼어 죽기 전에 구조될 수 있을까?"

김 경사가 혼잣말하듯 물었다. 한동안 그를 빤히 응시하던 박성철은 입을 꼭 닫은 채 다시 고개를 떨어뜨렸다. 김 경사의 귓전에서 놈의 목소리가 맴도는 듯했다. *우린 지금 천벌을 받고 있는 거야.*

깜빡 졸았던 김 경사의 눈이 번쩍 뜨였다. 어느새 동이 터오는 중이었다. 어스레한 속에서 오른쪽 정강이를 주물러대고 있는 박성철의 모습이 그의 눈에 들어왔다. 찌푸린 얼굴로 연신 신음을 토하는 걸 보니 상태가 심상치 않은 모양이었다.

"부러졌나?"

김 경사가 물었다. 얼어붙은 입에서 새어 나온 목소리는 그의 귀에조차 간신히 미칠 만큼 희미했다.

"그런 것 같아."

김 경사도 상처 입은 오른쪽 발목을 조심스레 움직여보였다.

"음…."

지금 눈앞의 좀도둑, 아니, 살인범을 걱정할 처지가 아니었다. 동상에 걸린 게 분명한 발을 움직일 때마다 부기가 가라앉지 않은 그의 오른쪽 발목에서 날카로운 통증이 전해져왔다. 허리와 목의 통증도 그새 더 악화돼 있었다. *아무리 그래도, 설마 여기서 얼어*

죽기야 하겠어? 하지만 압도적인 절망은 이미 극적인 구조에 대한 일말의 희망을 삼켜버린 지 오래였다.

"새끼들, 지금 엄한 데만 뒤져대고 있는 거 아니야?"

김 경사는 함께 일하는 파출소 동료들을 떠올리며 한숨을 내쉬었다. 무능의 극치를 보여주는 장 소장 하며, 사건보다 무협 만화에 더 집착하는 박 경장, 그리고 그런 상관들 밑에서 눈치만 늘어난 순경들. 설령 실종신고가 제때 접수됐다 해도 그가 동료라 부르는 파출소 세금 도둑들이 신속히, 일사불란하게 조치에 들어갔을 리 만무했다.

박성철이 정강이를 주무르던 두 손을 다시 점퍼 주머니에 찔러 넣고 고개를 떨구었다. 모든 걸 체념한 듯한 모습이었다. 거대한 빙벽 같은 운명 앞에 두 손을 들어버린 모습.

김 경사의 눈꺼풀이 다시 무거워져왔다. 그는 허공에 대고 모깃소리에 불과한 고함을 몇 번 쳐대다가 이내 어깨를 축 늘어뜨렸다. 한동안 미동도 없는 박성철을 지켜보던 김 경사는 중력을 더 버티지 못하고 스르르 눈을 감아버렸다.

아득하게 들려오는 누군가의 목소리에 김 경사의 눈이 다시 뜨였다. 박성철도 그 소리를 들었는지 실눈을 뜬 채로 고개를 갸웃거리고 있었다.

"들었어?"

박성철이 말없이 고개를 끄덕이며 손가락을 입으로 가져가 댔다. 이내 또 다른 목소리가 그의 이름을 불렀다.

"김경호 경사님! 김경호 경사님!"

조 순경인가? 최 순경 목소리 같진 않고. 박 경장? 동네를 이 잡듯 뒤지다가 아무 성과가 없자 이제야 야산 쪽으로 수색 반경을 넓힌 모양이었다. 딱딱하게 굳어있던 김 경사의 입꼬리가 살짝 올라갔다. 살았다! 한없이 느려졌던 심장 박동이 다시 활력을 되찾았다.

"여기야! 여기!"

하지만 그새 쉬어버린 그의 목소리는 코앞 박성철의 귀에 간신히 이를 정도였다. 그의 시선이 놈에게로 돌아갔다. 박성철이 심상치 않은 눈으로 그를 노려보고 있었다. 극적인 구조를 앞둔 사람치고는 눈빛이 너무나 불안해 보였다.

"왜 그래?"

동사를 면했다는 기쁨보다 임박한 감방 생활에 대한 걱정이 앞선 걸까?

"짜샤, 그래도 목숨은 건졌잖아. 지금 빵에 들어가는 게 대수야? 살아서 자식새끼 얼굴 보게 된 것만으로도⋯."

순간 김 경사의 입이 딱 다물렸다. 그제야 박성철의 심상찮은 눈빛의 의미를 알아차린 것이었다. 누구도 알아서는 안 되는 진실, 살인범과 부패 경찰. 두 사람을 감방 동료로 만들어줄 치명적인 비밀.

"너 이 새끼….."

박성철은 여전히 입을 꼭 다문 채 김 경사를 죽일 듯이 노려보고 있었다.

"간밤에 나눈 얘긴 없었던 걸로 하자고."

박성철의 눈을 똑바로 쳐다보며 김 경사가 말했다.

"이걸 아는 사람은 우리 둘뿐이잖아. 우리만 입 닫고 있으면 아무도 다치지 않을 거야. 무슨 말인지… 이해하지?"

하지만 놈의 눈빛에는 흔들림이 없었다. 어쩌자는 거지? 저 새끼, 대체 무슨 생각을 하는 거야?

"나도 네가 한 자백을 잊을 테니까 너도 내가 했던 말….."

순간 또 다른 깨달음이 찾아들었다. 그들은 전혀 동등한 입장이 아니었다. 그에게는 혹독한 징계와 법적 책임이 뒤따르겠지만 사람을 둘이나 죽인 놈을 기다리는 건 무려 교수대였다.

"우리만 입단속 잘하면 돼. 둘 다 잃을 게 많잖아. 난 벌써 다 잊었으니까 너도….."

"어떻게 부패 경찰 말을 믿지?"

마침내 그가 입을 열었다.

"뭐?"

"내가 어떻게 당신을 믿느냐고."

"얘기했잖아. 우리 둘 다 잃을 게 많으니까…."

박성철이 고개를 저었다.

"난 이미 강도죄로 수배가 된 몸이야. 살아서 나간다 해도 난 빵으로 직행하게 될 거라고. 하지만 당신은 목숨 걸고 수배범을 잡은 영웅이 되는 거잖아. 신문에도 대문짝만하게 얼굴이 내걸릴 거고. 또 누가 알아? 위에서 정말 특진이라도 시켜줄지."

김 경사를 부르는 아득한 목소리는 점점 가까워져오고 있었다.

"둘 다 잃을 게 많아? 천만에. 지금 당장은 몰라도 내가 빵에 들어가 썩는 동안 당신이 입을 열지 않을 거라는 보장이 있어?"

"날 믿으라니까."

"나더러 부패 경찰을 믿으라고? 당신이 내 입장이라면 믿겠어?"

박성철이 힘겹게 몸을 틀고 김 경사 쪽으로 다가오기 시작했다.

"그래서 어쩌겠다고? 어떻게 내 입을 막을 건데?"

"이래도 죽고 저래도 죽는 거…."

"이봐, 박성철. 저 소리 안 들려? 괜히 긁어 부스럼 만들지 말고 내가 하자는 대로만 해. 그럼 우리 둘 다 살 수 있다고."

"그러게 왜 날 쫓아와서는 이 사단을 만들어? 응?"

박성철의 눈에는 살의가 잔뜩 머금어져있었다. 조금 전까지 죽어가던 사람이 맞나 싶을 만큼 그는 빠르고 힘 있게 다가왔다. 김 경사가 미처 방어할 틈도 없이 놈의 두 손이 그의 목을 움켜쥐었다.

"억울하게 나만 죽을 수 없지. 나만 죽을 순… 안 돼. 난 혼자 못 죽어. 네놈도 데려가겠어. 날 이렇게 만든 네놈도… 나만 죽을 순 없어. 나만…."

옆으로 고꾸라진 김 경사는 있는 힘껏 놈의 턱을 밀어내보았다. 하지만 죽기를 각오하고 달려드는 청년의 살기 어린 기운 앞에서는 속수무책이었다. 결국 김 경사의 두 손도 박성철의 목에 감겼다. 경동맥에 압박이 가해지면서 그의 머릿속이 아찔해져왔다.

두 남자는 서로에게 엉겨붙은 채 눈 덮인 바닥을 뒹굴었다. 김 경사도 필사적으로 놈의 목을 조여나갔다. 감각을 잃은 손에 힘이 제대로 들어가는지조차 의심스러웠지만 그는 반격을 멈추지 않았다. 기적적으로 내려진 생명줄이 이글거리며 타오르는 불꽃 위에서 위태롭게 흔들리고 있었다.

박성철의 관자놀이에서 핏줄이 꿈틀댔다. 눈에는 핏발이 서 있었고, 휘둥그레진 눈알은 당장이라도 튀어나올 것만 같았다. 김 경사는 자기 모습 역시 놈과 다르지 않을 거라 짐작했다.

잠시 후, 박성철의 동공이 조금씩 위로 올라가기 시작했다. 바이스처럼 조여오던 놈의 손도 아주 미세하게나마 느슨해지는 중이

276

었다. 이제야 한계에 도달한 것일까? 하지만 안도의 순간도 잠시, 갑자기 김 경사의 시야가 새까맣게 변해버렸다. 망할! 안 돼. 내가 먼저 가면 안 돼. 이 자식부터 보내야 한다고!

어디서 또 긁어모았는지 박성철의 손에 다시 힘이 들어갔다. 마침내 최후의 발악이 시작된 것이었다. 이제 고지가 얼마 남지 않았다. 놈보다 몇 초라도 더 버티면 살 수 있었다. 단 몇 초만이라도.

여전히 시야는 암흑에 잠겨있었지만 김 경사는 놈의 상태도 다르지 않을 거라 믿고 초인적인 힘으로 그의 목을 조여나갔다. 부디 자신이 최후의 승자로 살아남기를 간절히 바라면서. 부디 숨이 끊어지기 전에 야속한 동료들이 도착해주기를 빌면서.

"여깁니다! 김 경사님을 찾았습니다!"

조민국 순경이 구덩이 밑으로 손전등을 비추며 소리쳤다.

"경사님 말고도 한 명이 더 있는데요!"

박종우 경장이 헉헉대며 달려와 순경이 가리키는 쪽을 내려다보았다. 눈 쌓인 바닥에 드러누워있는 건 분명 김경호 경사였다. 하지만 그 옆에 엎어져있는 사내는 신원 확인이 불가능했다.

"경사님! 들리십니까? 경사님! 경사님!"

박 경장이 큰 소리로 불러보았지만 김 경사는 미동도 하지 않았다.

"어이, 거기! 내 말 들립니까? 들리면 좀 돌아누워봐요! 이봐요!
이봐요!"

옆에 쓰러진 남자 역시 아무 반응이 없었다.

"저기… 동사하신 거 아닐까요?"

조 순경이 상관의 눈치를 살피며 조심스레 말했다.

"자넨 가서 사다리든 뭐든 가져와. 바깥 안내문에 연락처 있을
테니까 시공사 담당자에게도 연락해보고. 내려가는 방법을 알아
야 들것이라도 보낼 게 아니야."

조 순경이 후다닥 사라지자 나머지 수색 인력이 속속 도착했다.
최유석 순경이 구덩이 속에 쓰러져있는 김 경사를 발견하고는 화
들짝 놀라며 큰 소리로 불렀다.

"김 경사님! 저희가 왔습니다! 곧 내려갈 테니 조금만 기다려주
십시오!"

김 경사가 아무 반응도 보이지 않자 최 순경이 박 경장을 돌아
보았다. 박 경장은 한숨을 내쉬며 말없이 고개만 저어댔다. 그제야
상황을 파악한 최 순경의 눈이 휘둥그레졌다.

박 경장은 비번이던 상관이 옷도 제대로 갖춰 입지 않은 채로
실종됐다가 정체를 알 수 없는 남자와 설산 속 공사장 구덩이에 빠
지게 된 사연이 궁금했다.

"추락사하신 걸까요? 아니면 동사?"

최 순경이 구덩이 밑에서 시선을 떼지 못한 채 물었다.

"그야 나중에 살펴보면 알겠지."

박 경장이 천천히 돌아섰다.

"조 순경은 사다리 가지러 갔으니까 자넨 여기서 현장 잘 지키고 있어. 뭐 여기서 누가 내려갈 수도 없겠지만."

"알겠습니다."

박 경장은 왔던 길을 따라 천천히 걸음을 옮겨나갔다. 전날 밤, 그의 뇌리에서는 두 아이의 손을 꼭 잡고 파출소를 찾아와 이발하러 나간 남편이 돌아오지 않았다며 불안해하던 김 경사 아내의 모습이 맴돌고 있었다.

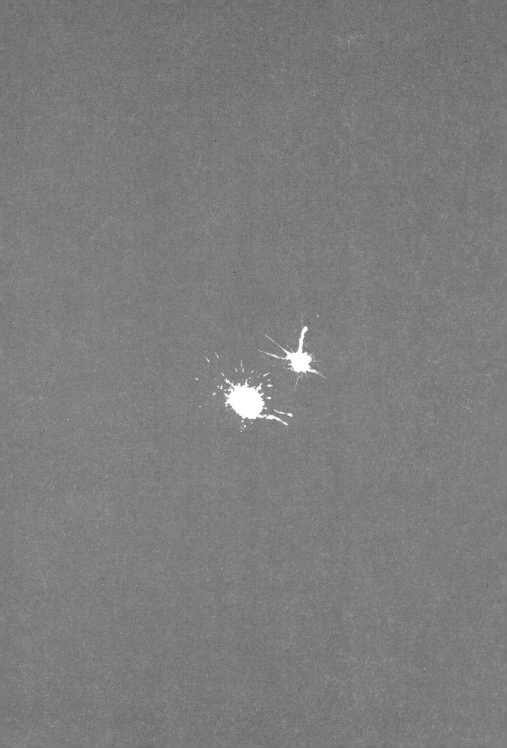